Pecado

Laura Restrepo
Pecado

ALFAGUARA

Primera edición: marzo, 2016

Primera impresión en Colombia: marzo, 2016

© 2016, Laura Restrepo
© 2016, de la presente edición en castellano para todo el mundo:
Penguin Random House Grupo Editorial, S. A. U.
Travessera de Gràcia, 47-49. 08021 Barcelona
© Diseño: Penguin Random House Grupo Editorial

© 2016, Penguin Random House Grupo Editorial, S. A. S.
Cra. 5a. A Nº. 34-A-09, Bogotá, D. C., Colombia
PBX (57-1) 7430700
www.megustaleer.com.co

Impreso en Colombia - *Printed in Colombia*

ISBN: 978-958-8948-21-8

Impreso en Nomos Impresores

Penguin
Random House
Grupo Editorial

Índice

A tres amigas del alma,
María Candelaria Posada,
Anette Passapera
y Pilar Reyes, mi editora

*Pensé que escribir esta historia sólo podía
ser un crimen o una plegaria.*

EMMANUEL CARRÈRE

Peccata mundi (1)

Érase un Rey que tenía una cierta pintura que valoraba por encima de todas las demás. A diario la observaba durante largo rato: en ella veía cifrados los secretos de su alma y adivinados los confines de su Imperio. La pintura era ambigua y oscura, como el propio Rey, y era inabarcable, infinita, como su reino. Justamente por eso le servía de brújula, de hoja de ruta, de mapa.

La pintura era *El jardín de las delicias,* tríptico que Hieronymus Bosch había pintado en un arrebato genial y alucinatorio. Ante los ojos de Irina, este famoso *Jardín* se extiende como un gran teatro del mundo, prodigiosamente onírico. Si el Bosco lo hubiera escrito o filmado, en vez de pintado, el resultado habría sido una guía completa de lo sagrado y lo profano: una Comedia divina y humana como las de Dante o Balzac; un evangelio apócrifo; un Apocalipsis según Coppola o según San Juan.

El tríptico se encuentra abierto de par en par. Irina lo observa. A la izquierda florece el Paraíso. En el centro está la Tierra. A la derecha arde el Infierno. El protagonista principal del postigo de la izquierda es una suerte de surtidor del color y la textura de la carne, una fuente cabezona y dotada de varias ramas, brazos o tentáculos. Como quien dice un pulpo. Un pulpo rozagante, orondo y bien hidratado, como un riñón perfectamente sano o un corazón a pleno ritmo. A Irina le pasa por la mente una sentencia de Pablo de Tarso que la hace estremecer: *Horrenda cosa es caer en manos del Dios Vivo.* De repente, ella comprende que el Gran Pulpo, fuente orgánica de la que toda agua brota, no puede ser otro que ese temible Dios Vivo del que habla Pablo.

El Rey que ha adquirido el *Jardín* del Bosco es Felipe Segundo, Sacra Majestad convencida del origen divino de su trono. Auténtico Dios en la Tierra, Felipe lo es gracias a la inmensidad de sus dominios y a la magnitud de su poder. En sus manos están los destinos del Mundo, así como en los tentáculos del Dios Vivo están pasado, presente y futuro del Orbe. También Felipe debe inspirar fervor y terror; también sobre él recae la doble tarea de señalar el camino y machacar a los desviados.

En el tríptico, los dominios del Pulpo se extienden sobre montañas azules y dulces praderas. Llena el ámbito una luz de maravilla, y todo está en paz. En medio de este edén nacen un par de muñecos desnudos y pálidos. Más que felices, parecen perplejos. El Pulpo nombrará al macho Adán, y Eva a su compañera.

Eso, más o menos, en lo que respecta al Paraíso. Ahora, en el panel primordial, que viene al centro, Irina cree ver una suerte de spa multitudinario donde chapotean pequeños terrícolas de ambos sexos, entregados con curiosidad a ciertos intercambios al parecer prohibidos. Se miran entre sí, se acercan unos a otros, se tocan, se abrazan, comen moras, naranjas, manzanas. Los hay que bailan contentos: se diría que ésos están borrachos. La humanidad acaba de descubrir las posibilidades del deseo. Hay un toque de humor en todo ello. Irina piensa que es como si alguien hubiera echado feromonas en un hormiguero.

Desde el panel izquierdo parece tronar la advertencia: comer la fruta es *pecado*. La palabra resuena en las alturas, pronunciada por primerísima vez: Pecado. *Peccatum* en latín, aunque quizá el Dios Vivo la haya dicho en arameo.

El tríptico refuerza en Felipe la convicción de que su propia misión es hacer eco de la voluntad de Dios, encabezando la cruzada contra el *peccatum* y defendiendo a sangre y fuego la causa de la vera religión.

Pero no todo está bajo control. Como los súbditos de Felipe, también las criaturas del Bosco desoyen la orden divina y persisten en la acción, que se desenvuelve como melodrama y deja prever un final trágico. Ni al Gran Pulpo ni al Gran Rey debe agradarles que en el hormiguero cunda el desorden. Yo amo a la humanidad sumisa, dice el Uno y repite el Otro, pero hombres y mujeres hacen lo que les viene en gana. Allá ellos. Que se atengan a las consecuencias.

El postigo de la derecha recibe con ebullición de fuegos y martirios a los Comedores de Fruta, a partir de ahora llamados *peccatores:* los adúlteros, los incestuosos, los soberbios, los indiferentes, los criminales. Aquí pagarán por todos sus *peccata*.

Éste no es *un* infierno; éste es *el* Infierno: un sótano de arrepentimiento y castigo mediante tortura que podría servirle a Felipe como arquetipo para su Inquisición: *la aplicación metódica de un protocolo de dolores, o el suplicio como arte de retener la vida en el sufrimiento, subdividiéndola en mil muertes* (Le Breton). Sin embargo, a Irina no se le escapa el sesgo infantil del averno del Bosco, excrementicio y pervertido a la manera de los niños cuando practican en secreto sus juegos más sucios y crueles.

Philippus Rex debe temblar ante la perspectiva de condenarse él mismo, humano al fin y al cabo, pese a su empecinada cruzada por impedir que el mal y la herejía se infiltren en su Imperio. O quizá por eso mismo. Irina intuye en él un pánico sacro al tormento del fuego, que tantas veces ha infligido a los demás.

En tanto que el *Jardín* ha sido posesión de Felipe, quien debía mirarse allí como en espejo, Irina lee todo lo que encuentra sobre el personaje y se obsesiona al punto de que acaba soñando con él.

En el sueño, ella camina por despeñaderos escarpados cargando al Rey en brazos. Es apremiante llevarlo a un lugar —cuál lugar no se sabe—, y ella debe apresurarse para llegar a tiempo. A tiempo de qué, tampoco se sabe. Pero el Rey pesa, pesa demasiado, su peso dificulta la marcha. Cuando Irina comprende que no avanzan y no podrán llegar, el Rey se vuelve liviano, cada vez más liviano, y ganan velocidad. Luego viene el desenlace, pero es confuso: Irina lo olvida al despertar.

Ha sido un sueño intenso, vívido. Parece disparatado, pero señala un camino. Crea un vínculo.

Se diría que Irina logra acercarse a la figura de aquel monarca, a quien hasta entonces apenas conocía y de quien lo poco que sabía le olía a fanatismo repugnante. Felipe Segundo, más mítico que real y más monstruoso que humano, siempre engolado y lejano, inclusive de sí mismo. Su cabeza es la de un moralista y su cuerpo el de un libertino, y en medio, como un cepo, aprieta el cuello una abultada gorguera blanca. A Irina le hubiera bastado con lo que su abuelo le contaba de niña, que Felipe Segundo era un señor de barba que además era el dueño del Mundo. Pero ahora visita día tras día el Palacio donde el Rey ha mandado colgar el *Jardín* (frente a su propia cama, probablemente).

Irina se pregunta si sólo ella anda obsesionada con este Rey, a quien llaman el Señor de Negro, o también las otras gentes que frecuentan el Palacio, ahora convertido en atracción turística. ¿Huelen su presencia los vigilantes que pasan el día estacados en sus butacas, en las estancias inmensas de aquel lugar desolado? ¿O las guías que repiten hasta el cansancio una misma cantinela, que rueda bajo las bóvedas como un eco? Es como una posesión, o más bien una ofuscación, le confiesa Irina a su hermana Diana, como cuando alguien, o algo, te invade por dentro y no te suelta.

Tratando de evadir las resonancias —el tictac de los muchos relojes, los pasos del muchacho en la torre, los rezos de los monjes—, Irina se sienta al sol en el Patio de los Evangelistas y tararea una canción de La Cabra Mecánica, *y tú que eres tan guapa y tan lista, y tú que te mereces un príncipe, o un dentista.*

19

De adolescente, también ella pudo haber soñado con tener un día su propio palacio con todo y príncipe. Y ahora que lo tiene, cuánto frío, Señor, le dice, y cuánta desazón se siente a tu lado.

El Rey muere en la madrugada de un 13 de septiembre, cuando faltan dos años para que termine el siglo. Algún tiempo después, alguien descuelga el cuadro de los aposentos reales para llevarlo a un museo. A partir de ese momento, Felipe pierde el derrotero. Vaga por la pavorosa belleza de su Palacio como un alma en pena, perdido en un laberinto de culpas y acosado por la sombra de sus pecados. Desconcertado, languidece de nostalgia en rincones a los que no llega el canto de los pájaros. Sobre esto deja constancia por escrito: *de lo que más soledad he tenido es de los ruiseñores, que hogaño no los he oído.*

Ya no halla cómo salir de aquí, de este extraño lugar que le ordenó construir su padre, Carolus Quinto Imperator, para que fuera su mausoleo. El resultado ha sido este convento de proporciones ciclópeas y austeridad sobrepuesta en el que Felipe habita y su padre yace, y que es a la vez palacio para los muertos y cementerio para los vivos. En un mismo recinto dispusiste su tumba y tu trono, le dice Irina.

Tres vigilantes del Palacio discuten entre ellos durante un receso. Fuman y se toman un café que sirven de termo y que acompañan con las ensaimadas que han traído del pueblo. Irina los escucha; le hace gracia la pasión con que reviven una querella que lleva cuatrocientos años dando vueltas sin ser resuelta, y que gira en torno al tiempo que le habría tomado a Felipe subir al cielo después de muerto. ¿Acaso no ascendió inmediatamente gracias a sus rezos constantes, a su ascetismo esmerado y a las treinta mil misas que mandó decir por su alma? Está claro que no. Si es cierto que fue tan bueno, ¿qué lo retuvo en la Tierra? Las opiniones varían, la polémica se enciende. Refunfuña con desagrado el vigilante mayor, un viejo de bigotes y ojillos de nutria. Masculla que todo eso son pamplinas; quienes saben de reinos de este mundo aseguran y que una corona no es nada, para qué sirve el único sombrero que no protege ni de la lluvia ni de la luna. Irina imagina al joven Felipe en la noche de su coronación: lunático y empapado.

El segundo celador, más joven y optimista, asegura que Felipe tardó cuatro meses en alcanzar la Gloria. La tercera integrante del grupo, una mujer que casi no cabe en su uniforme, opina que el lapso no fue de cuatro meses, sino de cuatro años. ¡Cuatro años vagando por los silenciosos corredores del vacío! Vaya fatiga. Cuatro años el bueno del Rey añorando el canto de los ruiseñores y deambulando sin rumbo, con ese pie en ascuas, hinchado como globo y atenazado por los filos de la artritis y el veneno de la artrosis.

Yo me sentía como en *Game of Thrones,* le dirá después Irina a su hermana Diana. De todos modos, se anima a preguntarles a los del termo de dónde sacan información sobre esa cronología ultramundana. La miran con extrañeza, pero le responden con cortesía. Ella es extranjera, eso se le nota, sobre todo en el acento, y no tiene por qué saber que, en su momento, distintos visionarios aseguraron haber comprobado con sus propios ojos que Felipe subía al cielo. Pero no coincidieron al establecer la fecha de tal suceso.

—Yo diría que no tardó ni cuatro meses ni cuatro años —ahora es Irina quien arriesga una opinión—. Para mí que el Señor de Negro todavía anda por acá. Sus pecados deben retenerlo, como un lastre, impidiendo que ascienda.

—No lo deja subir el peso de esa gente a la que mantiene emparedada, a cal y canto y hasta la muerte, en una torre de piedra —opina la mujer del uniforme apretado.

Seres muy cercanos al Rey languidecen y fenecen en la torre del oprobio. La primera, su propia abuela Juana, la Reina Demente. La segunda, Ana, la Bella Tuerta, su antigua amante caída en desgracia. El tercero, Carlos, su pobre hijo y heredero, perturbado y contrahecho. Herreros y albañiles los han ido enrejando y tapiando hasta que el último gramo de sol deja de alumbrarlos.

—Ojo, que todo tiene doble lectura —asegura el viejo que parece nutria, atusándose el bigote y advirtiéndole a Irina que no se confunda.

Felipe no se arrepiente de haber sido severo en los castigos, sino de haberlo sido demasiado poco. No pide perdón por su crueldad, sino por su excesiva indulgencia. Si se da golpes de pecho, no es por haber orquestado los terrores inquisitoriales, ni por haber instigado a su jauría rabiosa. No hay en él remordimiento por haber alineado a su Armada Invencible como otros hacen con soldaditos de plomo, ni por haber blandido la Ira de Dios como otros se valen de cañones. De eso no se retracta ahora que anda de muerto ambulante; se arrepiente, en cambio, de no haberlo llevado a cabo con mayor energía y eficacia.

Un balcón interior, estratégicamente ubicado a un costado del lecho real, se abre directamente sobre la capilla, que allá abajo respira en mansedumbre de incienso y penumbra. Sobre el altar, clavado en cruz e iluminado por cirios, alcanza a verse el Cristo más aporreado y sangriento que pueda imaginarse. Irina va atando cabos: tanto el Infernus Abominabilis como la Santa Iglesia son cámaras de tortura, y exaltan por igual al cuerpo destrozado. Cuerpos destrozados los que van quedando regados también por América, el territorio conquistado. El Reino, una carnicería. Irina piensa que el Rey está loco como una cabra. Como una cabra mecánica.

Durante sus recorridos por el Palacio, Irina le rastrea la pista al emblema que Felipe ha elegido para que aparezca grabado en cada escalón, en cada mueble, en cada viga, cada piedra, cada copa y cada plato; a lo mejor también bordado en sus camisas y hasta en sus sábanas. Ese emblema es una parrilla. Una parrilla de poner la carne al fuego: un objeto de martirio, un barbecue de rostizar gente en vida.

El Rey ha querido que la marca de su identidad sea esa parrilla, y consagra su Palacio a San Lorenzo, el mártir que muere asado.

Pero, al mismo tiempo, a Felipe no le tiembla la mano al mandar gente a la hoguera. Los inviernos se dejan venir más fríos que nunca, la peste asuela y el hambre aprieta. Tambalea el Imperio, al punto de arrancarle al cardenal palabras proféticas: *Dios nos ayude, está todo en vísperas de caer y no sé por qué aún no ha caído.* Al Rey se lo ve alcanzado de sueño; va por ahí cojo y cansado. Como si fuera oveja o conejo, a su divina majestad la drena una diarrea imparable. Sus médicos le aconsejan una dieta estricta a base de fruta, que no le tranca las churrias y en cambio lo mantiene anémico y demacrado. Aun así, Felipe sigue aferrado a su código arcaico, y no ceja en su celo contra los que llama herejes y desviados, para *reprimirlos en su insolencia y desvergüenza,* según sus propias palabras. A un pobre infeliz que le implora clemencia cuando las llamas están por devorarlo, el Rey le responde con desdén monárquico: *Yo mismo llevaría la leña para quemar a mi hijo, si fuese tan malo como vos.*

¿Es puro y beatífico aquel San Lorenzo que muere en la hoguera por defender su fe, pero no lo son aquellos que corren la misma suerte a causa de su fe propia, cuando ésta no coincide con la del monarca?

Irina hace inventario de virtudes y crímenes del Rey, intercambiables entre sí y reversibles, como una prenda bicolor: ética de doble uso, ¿como toda ética? Las notas que toma subrayan la dualidad del juicio moral. La naturaleza desdoblada del pecado, sus varias caras de poliedro.

Observando ansiosamente el tríptico del Bosco, ¿habrá notado Felipe, como le sucede ahora a Irina, que los placeres que en la Tierra disfrutan los humanos, o sea los pecados en que incurren, se parecen demasiado a los castigos que en el Infierno les imponen los demonios? Quien violó será violado, quien torturó será torturado, quien ignoró será ignorado, quien mató será mil veces asesinado.

Irina trata de aclarar el embrollo. El castigo es la otra cara del pecado; su reproducción exacta pero invertida. Por otro lado, placer y pecado son equivalentes. Ergo, ¿placer y castigo son intercambiables?

Irina sueña que lleva en brazos al Rey, que pesa poco y cada vez menos. Posiblemente esté muerto, o vaya muriendo sobre la marcha. Ella lo carga sin dificultad, y avanza rápido. Hacia dónde, no lo sabe.

Las Susanas en su paraíso

No dejes que me haga expulsar del Jardín.
C. P. V.

Las escuchábamos decir: San Tarsicio es el paraíso. Y San Tarsicio es la felicidad. Pero la felicidad aparecía como una casi nada, una tela de araña o un soplo, una visión que hoy teníamos delante y mañana ya no, como la flor de un día.

—¿Lo sospechaban ellas?

No eran propensas a sospechar. Daban la dicha por descontada, como algo que está ahí, en un pozo eternamente; como si las aguas de ese pozo les correspondieran por derecho propio. Así eran ellas, las Susanas. Hay algo que sabe el diablo por viejo pero también por diablo: como todo paraíso, San Tarsicio podría transformarse de la noche a la mañana en un infierno.

—Las Susanas lo sabían, ¿y preferían ignorarlo?

¡Atrás, fuerzas del mal! A lo mejor nosotras creíamos en conjuros y tratábamos de pronunciarlos, pero el mal avanzaba de todas formas, aunque al principio fuera invisible y sólo audible en el croar enervado de las chicharras, en el latigazo de redes contra los corales, en el rugido de motosierras por los pueblos vecinos.

San Tarsicio entronizó a las Susanas como en vitrina, o nicho de santo, por ser las primeras blancas en llegar a esta tierra de negros. Todo queríamos saberlo sobre ellas, que eran sólo tres, o cuatro con su señora madre, y en cambio nosotras formábamos una montonera picada por la curiosidad; ellas nos tomaban fotos mientras nosotras las devorábamos con los ojos. Cada cosa suya se volvía motivo de interés, como si fueran la cara oculta de la Luna que de pronto se revela.

—Las Susanas fueron una aparición.

Una aparición salida de unos jeeps todoterreno, luciendo pantalón largo, gafas de sol y zapatos de amarrar. Venían cargadas de cajas con provisiones: cereales, azúcar, enlatados, botellas de refresco y agua potable, papel higiénico, medicinas, linternas y pilas para las linternas.

—Saqueábamos su alacena..., ¿o lo hicieron nuestras hijas?

Hay que reconocerlo, saqueábamos su alacena pero sólo a pellizcos para que no se notara, primero nosotras de niñas y con el tiempo también nuestras hijas, serpenteando en fila de hormigas desde su rancho grande hasta nuestras cocinas, y escondiendo bajo las naguas un pote de mermelada o un paquete de lentejas, galletas Saltinas o café instantáneo.

Las Susanas llegaban a San Tarsicio con su palidez de ciudad y aquí se tostaban al sol hasta ponerse doradas. Nosotras pasábamos la punta de un dedo por su piel clara, nunca vista antes por estos lados. Como si fueran muñecas de tamaño natural y asombrosos pelos amarillos, les hacíamos trenzas y moñas y otros peinados con cintas. Ellas se dejaban mirar, se dejaban peinar. Y sin embargo eran intocables.

—La propia cercanía era su distancia, su cerco protector.

Seres como ellas aquí sólo se habían visto por televisión, en las telenovelas. Eran un imán; nos parábamos intrigadas a observarlas. Años más adelante, aunque se hubieran multiplicado las casas de veraneantes y ellas ya no fueran las únicas blancas, nuestras hijas seguían palpando las telas suaves en que se envolvían, las cuentas de colores que se enroscaban en el tobillo, las Coca-Colas que tomaban con hielo en vasos altos, las cremas olorosas que se untaban, los tatuajes violetas que tenían en el cuerpo y que el mar no borraba.

—¿Sus tatuajes? Una golondrina en el hombro de Alma, un corazón en llamas en la pierna izquierda de Diana, tres aros entreverados en el antebrazo de Irina.

Mira, siente, nos decíamos, qué bien les huele el pelo, mira, siente, en las uñas de los pies se echan esmalte, ¡y del nacarado! Mejor observar en vivo a las Susanas que apretujarse en la tienda del Kike frente a un televisor en blanco y negro. También la historia de sus vidas era de telenovela, al menos durante las vacaciones, cuando las teníamos cerca. De resto no sabíamos nada. Se podría decir que las Susanas descubrieron este paraíso, de no ser porque nosotras ya nos habíamos descubierto a nosotras mismas. Como cuando Cristóbal Colón *descubrió* las Indias.

—Al final de las vacaciones se montaban en sus todoterrenos y se perdían en la polvareda del camino, dando vueltas y revueltas hasta que los Montes de María se las tragaban. Si cuando llegaban eran aparición, eran desaparición cuando se iban.

Tres hermanas, las Susanas, tan parecidas entre ellas y tan distintas a nosotras. Como sus nombres sonaban extraños, las habíamos bautizado así, las Susanas. Irina, Susana Chica; Diana, Susana del Medio, y Alma, Susana Grande. Las tres con aire de otra cosa. Aunque Irina no era rubia de verdad, más bien pelicastaña con rayitos de peluquería. Y con ellas venía Señora Susana, su señora madre, la única que de veras llevaba desde la pila el nombre de Susana.

—Ella era la cabeza del clan. Sus hijas, las Susanas menores, recibían irradiación de ese nombre capital.

Aquí vimos crecer a las tres hijas, volverse adolescentes, después adultas y luego también ellas madres, siguiendo unos cambios marcados y bruscos, sin secuencia corrida, o de brinco en brinco, de diciembre a diciembre, como en fotografías de periódico. Para nosotras el tiempo era desgaste del día a día, y en cambio ellas aparecían por destellos. Sin saber cómo, nos fuimos convirtiendo en guardianas de su recuerdo y conservadoras de los objetos que dejaban olvidados.

—Esta mecedora, que fue de ellas...

Y este cuaderno escrito en tinta, y esta cacerola de teflón antiadherente aunque ya raspado.

—Señora Susana se cansaba de advertirle a Gladys: No le metas cuchara de metal al teflón porque lo dañas.

Y esta grabadora que ya no funciona y sus otras rarezas, que han quedado como recuerdos de aquel paraíso que existió en otro tiempo.

—Paraíso para ellas, eso va según; para nosotras, vida de la común y corriente.

La Susana Chica anotaba frases con tinta en un cuaderno rayado. Única de las tres todavía soltera y aún estudiante, preparaba su tesis de grado justo en esas vacaciones que quizá fueran las últimas. La recordamos de camisa suelta y lentes de aumento, sentada a la sombra en su terraza, examinando con una lupa las figuritas de las láminas de un libro que se iba poniendo pegajoso de sal y humedad, y nosotras detrás de ella en montonera, apretadas contra su espalda, déjame ver, Irina, préstame tu lupa, mira este bicho que está aquí pintado, ¿qué maldad le está haciendo a este otro?

—Eran perversos los muñequitos de las láminas y caminaban desnudos por el Jardín del Edén, que quedaba a la izquierda del libro. Y hacia la derecha pasaban a un lugar oscuro que venía siendo el Infierno.

Mira este otro bicho, y éste, y éste, decíamos, seguro éste es el diablo embutido entre un huevo, no, el diablo es este que parece grillo, con patas que le salen de la cabeza. La Susana Chica pasaba las horas estudiando sus monstruos, con nosotras asomadas sobre su hombro para poder ver. ¿Es para la universidad, Irina? ¿De qué se trata eso que escribes? Y ella explicaba: Es mi tesis y trata de estas bolitas rojas que el pintor puso en su cuadro, son las frutas prohibidas. ¿Naranjas? Naranjas o fresas, ésta es una fresa y este pájaro de pico fino la está pinchando, y esta otra parece una mora. ¿Prohibidas por qué, Irina, acaso están envenenadas? Es lo que trato de averiguar, decía ella, y también decía: Apártense un poco que me acaloran, ya las tengo otra vez encima, ábranse para que todas puedan ver. Son manzanas, Irina, le hacíamos caer en cuenta, son manzanas y la culpa fue de Eva, mira, ésta debe ser ella, Eva, con su pelazo rubio que le llega a las rodillas.

—A Adán y a Eva los habían pintado blancos, tan blancos como las Susanas.

Nosotras en montonera mirando las láminas de Irina, y siempre por ahí entrometido andaba Catarino Arena, con su manera callada, su boca llena de dientes, su platón de ostras frescas y ese poco de flores, hierbas y palitos que le gustaba ensartarse en el pelo.

—Más le hubiera valido no hacerlo, mejor no andarse con florecitas porque a veces lo sacaban corriendo del pueblo; la gente decía cosas de él, corrían chismes.

Catarino Arena tenía una mente muy suya propia, sabia para unas cosas y lenta para las otras, y podía contar quince. No *hasta* quince, sino quince. Cuántas ostras te pago, Catarino, le preguntaba la Susana Chica, y él: Quince. Pero si sólo comí seis. Quince. O: Pero, Catarino, si nos diste treinta. Él se hacía el que las contaba una por una y se mordía la punta de la lengua al abrirlas y ponerles sal, limón y una gota de tabasco: Son quince. No había manera, muchas o pocas, Catarino siempre cobraba quince ostras.

Irina escribe su tesis, mientras piensa se quita las gafas y nosotras aprovechamos para examinarle los ojos, que tiene muy verdes. Se sujeta el pelo con una pinza, ¿te hiciste rayitos, Irina, con agua oxigenada? Sus hermanas, rubias naturales ambas, descargan de los jeeps lo que traen de la ciudad, y a su alrededor nosotras apretamos el círculo. La Susana Chica se desentiende, examina aquel cuadro con lupa, medita en sus manzanas. ¡Irina!, le gritan, ven a ayudar.

San Tarsicio sobrevivía en medio de amenazas y acechanzas: era un paraíso en un cerco de fuego. No más llegar hasta acá resultaba de por sí una hazaña para las Susanas, que tenían que cruzar los Montes de María antes de que oscureciera, y además en caravana, para evitar a la gente armada que bajaba al anochecer y se tomaba la carretera. Los Montes de María se alzaban alrededor nuestro como un anillo de desgracias. Una vez aquí, las Susanas podían respirar, ya resguardadas por la burbuja que mantenía a San Tarsicio fuera de peligro.

—Al menos de momento.

Lo de ellas en esta playa era un ranchón blanco con siete dormitorios y sus siete baños. Una construcción de techo de paja, amplia y sin muros: un juego de terrazas abiertas a la brisa, como un castillo de naipes diseñado por Alma, la Susana Grande, que venía siendo arquitecta.

—Y sabía de esas cosas.

Vuelve el recuerdo de una noche de seis de enero, de una oscuridad tan tersa que casi veías pasar la caravana de los Reyes Magos en polvo de estrellas contra lo negro del cielo. A Alma, que duerme en la terraza más alta, la despierta pasadas las cuatro el presentimiento de una presencia. La piel se le eriza ante lo amenazante. Alguien está ahí y la observa tramando algo desde la tiniebla, algo que aceza en un rincón. El brazo de la Susana Grande se estira intimidado, como si tuviera que sumergirse en agua helada, hasta que logra encender la lámpara. Localiza al intruso y no se hace ilusiones, sabe enseguida que es maligno y que la observa con paciencia, dispuesto a esperar, porque cuenta con que ella no tiene escapatoria. Los ojos del extraño, impasibles; los ojos de la Susana, desorbitados del pánico. La actitud posesiva del visitante la desconcierta, el control del territorio es claramente de él; ella sigue mustia, acorralada, sin atreverse a mover. No se anima a bajar por ayuda, ni siquiera a desprenderse de la sábana que la cubre. Por fin se levanta, se desliza hasta el baño y ahí se atrinchera. Pero al rato se siente ridícula en esa situación, encerrada en el baño y sentada en el water; ya le pesa el sueño, se le cierran los ojos, añora su cama y, si quiere volver, tendrá que armarse de valor y hacerle frente al intruso. Se escuda en una toalla, abre de un golpe la puerta del baño, lo divisa. Con la toalla se le mide a capotazos que le salen atemorizados, apenas espavientos histéricos con resultado opuesto al deseado: el intruso embiste la toalla en vez de alejarse, excitado por los griticos quebrados de su víctima, y cuanto más lo torea ella, más arremete él y más cerca le salta, despidiendo un olor rancio por los cráteres de su coraza y cayendo al suelo, ¡plof!, con un ruido pegachento de globo de caucho repleto de agua.

—Era un sapo. Para qué contar eso, si al final el intruso no era más que un sapo. Un sapo de los feos, pero a duras penas un sapo.

Nunca un sapo es sólo un sapo. Además, el recuerdo es valioso porque viene siendo demostración. Demuestra que en las noches de San Tarsicio, en su ranchón abierto las Susanas no corrían peligros más serios que ése. Desplumábamos de a pocos su despensa, es cierto, pero nunca les robamos un radio, ni unas gafas de sol, ni siquiera los billetes que dejaban sin llave en un cajón del armario, aunque a su casa pudiera entrar cualquiera, a la hora que fuera. Pero a nadie se le hubiera ocurrido hacerles daño, y los hombres del pueblo las miraban con respeto. Hubo por aquí quien les compuso canciones que todavía cantamos, *linda Irina, linda Irina, tan cerca de mis ojos, tan lejos de mi vida.* Las Susanas eran mujeres de gran hermosura, y si dos de ellas llegaron a casadas, la verdad es que sus maridos fueron gente de ciudad, hombres de negocios que rara vez venían a acompañarlas. Y ellas permanecían solas y de por sí inalcanzables, aunque no las protegieran puertas ni candados.

—¿Alguien se inquietaba al verlas tomar sol casi desnudas, como Eva?

Debían inspirar más veneración que deseo, eso creo, como las santas de capilla o las estrellas de la tele. Aunque quién sabe.

—Nadie sabe con cuánta sed bebe el otro, ni qué sucede entre los pantalones de los hombres.

La gran pregunta era: ¿cuánto podría durar la burbuja protectora en medio de un territorio incendiado en violencia? Ya después lo supimos: cuando llegara el mal, no vendría de afuera. No lo traería el mar, ni iba a descender de los Montes de María. El germen ya estaba adentro, esperando su oportunidad.

Como en las láminas de Irina, o como en un tablero de ajedrez, en San Tarsicio casan el juego figuras blancas y figuras negras. Las Susanas blancas; todos los demás somos negros. El Nenito es negro y vive como nosotras a espaldas del mar, en el amontonamiento del pueblo. Se gana la vida pescando con sus hermanos y trabaja además como casero para las Susanas: les cuida el rancho, maneja la lancha y las saca a pescar mar adentro. Hoy les da la bienvenida y las ayuda a descargar. Con baldados de agua y a golpes de trapo despercude sus jeeps embarrados por la travesía. Diana, la Susana Media, se queda mirándolo.

—Nosotras vimos cómo lo miraba.

Justamente ahí estuvo el punto de quiebre. Diana lo miró y le gritó: ¡Ey, Nenito! ¿A qué hora creciste tanto? No fue más lo que le dijo, una frase sin misterio, apenas un saludo cualquiera, pero la clave estuvo en la mirada. El alcance de una mirada no debe menospreciarse.

De la noche a la mañana, el Nenito se había convertido en un varejón de hombre de sonrisa sin caries, con las muchachas del pueblo detrás de su metro noventa de altura y su físico de atleta, y si todas lo buscaban, ¿para qué querría él meterse con blancas? A estas alturas no falta quien siga soltándole un *te lo dije* y un *te lo advertí*. Diana lo miraba desde su ángulo, una mujer casada y diez años mayor, con dos hijos, dinero de sobra y título universitario, que está en plan de observar disimuladamente a su casero, un muchacho negro diez años menor, sin cinco centavos en el bolsillo y con escuela primaria por toda educación. ¿Vale anunciar que los problemas estaban cantados?

—Porque Diana lo mira también desde otro ángulo, el de una mujer que tiene delante a un muchacho muy hermoso, un hombrón que no pasa inadvertido, lo pongas donde lo pongas.

Qué bárbaro ese Nenito, comenta Diana esa tarde. Seis hermanos pescadores, Roberto, Alberto, Adalberto, Norberto, Gilberto y el Nenito. A él por ser el menor le otorgaron la singularidad de ese nombre, y aun así corrió con suerte, si se tiene en cuenta que a su madre los abuelos la habían bautizado Ambulancia. Ambulancia, la mujercita que entre los matorrales rebusca icacos, frutos de poca carne y escasa apariencia que aquí se dan silvestres y que ella cocina en azúcar, clavo y canela para venderlos después por centavos en vasitos de plástico. Ambulancia, un atado de huesos forrados en pellejo, tan magra como sus icacos, con un vestido en tela floreada que le nada inmenso y que la brisa le infla cuando va por ahí, ofreciendo su dulce. Sus seis hijos pescadores son gente fuerte y bien plantada.

—Un milagro que esa mujercita enjuta hubiera producido media docena de portentos.

En el pueblo se escucharon por los siglos voces venidas de África, y todavía se escuchan aunque ya no tanto. Son Ambulancia y sus comadres, que cantan lamentos de tiempos de esclavitud en lo que llaman *lengua*. Es una retahíla de tristezas heredadas que va bajando por generaciones de abuelas a nietas, pero no sabemos lo que significan sus palabras.

—Sí lo sabemos, aunque no lo sepamos.

Diana saca grabadora y registra nuestros cantos. Ha hecho averiguaciones y nos dice que son mezcla de dialecto angolano y portugués antiguo. ¡Ey, tú!, le grita al Nenito, ¿ya te aprendiste esos cantos? Son de mujeres, revira él mientras barre la playa con un rastrillo. El Nenito sabe tocar los bongós como los negros de antes, pero lo suyo es el rap.

—Trastataranieto de esclavos, el Nenito es rapero.

Las Susanas caminan hasta la orilla. Bajan al mar; es lo primero que hacen según su costumbre de año tras año. Las miramos de lejos. Sólo se acerca a ellas Catarino Arena, que siempre se entromete para ofrecer sus ostras de a quince en quince.

—Catarino con sus flores en el pelo y su desorden de dientes les ofrece quince ostras con limón y tabasco. ¿Tú mismo las pescas, Catarino?, le preguntan ellas, y él: Sí, yo mismo, de noche, yo mismo.

Las Susanas traen su palidez y su pelo liso de gente del frío; en esos primeros días el sol las quema hasta dejarlas coloradas. El sol daña sobre todo la piel tierna de sus hijos, que pasan noches sufridas, con ampollas que ellas alivian embadurnándolas de leche de magnesia, blanca y viscosa.

—Lo de la leche de magnesia fue sólo al principio. Últimamente utilizaban el Caladryl, esa crema color chicle.

Sobre la piel afiebrada les caía el frescor del ventilador, que los barría en oleadas, suavemente. Pasaban del calor al frío y del frío al calor, como pasteurizados, como cuando de noche salían tiritando del mar y se envolvían en toallas secas, o también en las mañanas, cuando se empapaban en sudor jugando con raquetas y luego corrían a la nevera por una Kola Román helada.

—Eso sería después, más adelante en las vacaciones. Por ahora acaban de llegar.

Acaban de llegar, todavía visten pantalón de dril y zapatos de amarrar y quedan maravilladas por tanta luz. Ellas deslumbradas con la luz, y nosotras deslumbradas con ellas. Hablan de eso, de la refulgencia de esta luz, de cómo la sueñan cuando están lejos y cómo las sorprende cada vez que llegan. Dicen que el mundo de aquí es todo azul, y nosotras nos preguntamos de qué color será en otros lados. Dicen que aquí la naturaleza exubera y que el ruido permanente del mar es el eco de un gran silencio. Dicen frases, de la luz, del mar, del color azul. Respiran el olor a sal y se dejan envolver por el vaho.

—Son las algas. Las algas se pudren y producen este vaho, espeso y resinoso.

Irina suelta un grito desde su cuarto, y después unas risas. ¡Qué susto!, dice, y hasta le tiemblan las piernas. Fue a bajar algo de unas repisas altas y ahí estaba escondido Catarino Arena, que por poco la mata del sobresalto. A ese muchacho le gustaba jugar con Irina. Tenía la maña de agazaparse en la oscurana para sorprender a la gente. Era su manera de hacerse notar, según creo, o a lo mejor sólo buscaba refugio en lugares resguardados, sin premeditar que luego la gente se asustaría al topárselo. Quién sabe. Irina se queda pensando y le comenta a la Susana Grande: Oye, Alma, ¿y no sería Catarino el que metió ese sapo aquella noche en tu cuarto?

Nosotras maldecimos porque las sábanas siempre están húmedas y la ropa no se seca en los armarios, y en cambio las Susanas agradecían toda esta humedad. Decían que era vapor de vida, muy bueno para el pelo y saludable para la piel. Lo primero que hace Diana...

—Lo primero que hace Diana cada vez que llega es subir a su balcón a buscar a su pájaro.

Ese tal pájaro suyo es una rareza, un ave de tipo solemne y guerrero, de pico fiero y ganchudo, aparentemente macho aunque quizá sea hembra, que por propia voluntad y sin que nadie intervenga se ha venido a vivir al balcón de ella, guardando una distancia orgullosa pero deferente a su manera, y que es aficionado a picotear los vestidos de baño que ella cuelga a secar. Un pájaro extranjero, ajeno a estas playas, muy de montaña y muy poco marino. ¿Qué hacía por aquí el pájaro ese?

—Tal vez viniera de Isla Marakas.

Maracas no, Narakas. Isla Narakas, la propiedad del mafioso que por capricho instaló alrededor de su casa un zoológico de fieras que trajo en aviones desde el África. Ese mafioso al que mataron luego y le desmontaron su red de traficantes. Su Isla Narakas quedó desierta y se la fueron comiendo el saqueo y la carcoma, y los animales del zoológico murieron de hambre entre sus jaulas. El pájaro del balcón de Diana tal vez escapó volando de allí y vino a parar a San Tarsicio, ésa es la única explicación para su presencia y su permanencia.

—Tal vez fuera sobreviviente de ese zoológico desdichado.

Tal vez. Único sobreviviente de toda la mala historia de la Isla Narakas, donde sucedieron cosas horrendas. O tal vez el pájaro buscó a Diana para decirle algo, traerle una noticia. Los halcones peregrinos son aves de buen augurio, si es que éste no era más bien aguilucho, no estábamos seguras de su especie. En caso de que se tratara más bien de aguilucho, habría elegido a Diana para hacerle una advertencia. Bien lo uno, bien lo otro, lo único cierto es que cuando un pájaro te escoge y te señala, puedes dar por seguro que va a pasar algo.

—Lo único cierto es que Diana se había apegado a ese pájaro.

Juraba que él sabía reconocerla, que la miraba a los ojos, que ella le silbaba y él le respondía enseguida. Decía que él era su ave fénix. Le dejaba en un plato trozos de pan, de pescado, de carne, y sin embargo él seguía picoteándole los vestidos de baño y se los dejaba como roídos por las ratas, y además devoraba la carne del plato.

¡No está! ¡No está el pajarraco!, la escuchamos gritar desde arriba. Debe andar por ahí, revolando, le dijo desde abajo Señora Susana, ya vendrá, siempre viene.

—Diana espera que regrese su pájaro.

La casa de las Susanas. Anclada en medio del viento a cien metros de la orilla, frente a la playa de arena limpísima salvo el rimero de plásticos que la marea viene a volcar, y que el Nenito retira en las madrugadas con su rastrillo. Salvo eso, la playa es inmaculada y luce sus cocoteros, sus uvitos, sus almendros y algarrobos, durante el día sus grandes pompones de buganvilia anaranjada y fucsia, y en las noches, invisible pero tibio, el perfume de los jazmines y las magnolias. Lejos, hacia la derecha, se estira nuestro pueblo de negros, y más lejos aún, hacia el otro lado, el laberinto en penumbra de un manglar prehistórico. Sólo eso. Ni restaurantes, ni hoteles, ni extraños acelerando lanchetas de las ruidosas: por ese entonces no conocíamos el negocio del turismo ni la pesca por deporte. Las Susanas andaban diciendo: Esto es el paraíso. Y luego repetían: En San Tarsicio todo es luz. Una borrachera de luz tan intensa que se chupa los colores y emborrona la visión. Eso decían ellas y no se equivocaban, aquí el luzarrón te obliga a entrecerrar los ojos y te mantiene aquejado de jaquecas.

Dan las seis en el recuerdo. Ha amainado el calor, sube el chachareo de las chicharras, el cangrejerío corretea por la arena y las Susanas regresan a la playa. Traen otra cara, una que reconocemos. Se han quitado la ropa de ciudad, lucen en cambio túnicas amplias y frescas y ya no llevan el pelo liso como un aguacero: la humedad les encrespa la melena y el viento se las revuelca. Se han embadurnado con aceite de coco y han dejado los relojes en la maleta. Se han aclimatado, como quien dice: el clima ya tiene control sobre ellas. La piel les huele a otra cosa, y ahora sí: empieza su veraneo. También en eso, como en todo lo demás, vamos al reverso de ellas, que trabajan durante el año y por aquí vienen a echarse un descanso; nosotras recibimos paga cuando llegan ellas, y el resto del año andamos sin trabajo remunerado.

Diana es música de oficio, compone anuncios de radio y televisión y siempre anda tarareando las canciones que ella misma inventa. Señora Susana dice mientras le compra cucharas de carey a la vieja Magalena: No deberías vender objetos de carey, Magalena, porque se van a acabar las tortugas. Y la vieja le contesta: Ajá, seño, mejor que se acaben las tortugas a que me acabe yo. El Nenito les acerca a las Susanas sillas de lona para que se sienten a mirar la puesta de sol, y en una bandeja les trae ron Bacardí, limas, azúcar, hojas de hierbabuena y hielo picado, para los mojitos. En el horizonte, los barcos japoneses extienden redes como alas negras que van arrasando el mar. Bandadas de garzas blancas y garzas moras regresan al nido en la tarde que muere, y el mar parece quebrado en trocitos como un gran espejo. En cada trocito, el último sol deja sus destellos: el mar en traje de luces, como un torero. Las Susanas brindan con mojitos y luego el día se hace oscuro y ellas regresan al rancho. Venga, Nenito, guárdeme ya esas sillas, recójame por favor esos vasos, no me deje todo por ahí tirado que entra el mar y se lo lleva, ordena Señora Susana. Él hace caso, de buen talante. La Susana Media lo mira de reojo. El Nenito pasa por detrás, y como cree que no lo están viendo, se echa de contrabando un trago de ron a pico de botella.

Pasan los días, el halcón peregrino no regresa y la Susana Media está abatida por su ausencia. Sospecha que el pájaro pudo haber regresado a Isla Narakas, de donde quizá provino originalmente, y le pide al Nenito que la lleve hasta allá en la lancha para buscarlo. A él se le ponen los pelos de punta.

—Eso es un decir. Nada pone de punta unos pelos tan ensortijados.

No interrumpa, comadre, y menos con irrelevancias. Al Nenito los pelos se le ponen de punta, decía, y a nosotras la piel de gallina. Ni se nos ocurre pisar ese sitio, que mi Dios nos libre de Isla Narakas. No más pronunciar ese nombre ya suena a condena; cualquiera que sepa lo que pasó allí borra ese lugar de su existencia. Es fucú, la Isla Narakas; dicen que es la propia boca del mundo inferior, la caldera donde hierven las tinieblas.

Pero Diana insiste, quiere recuperar a su mascota y lo demás la tiene sin cuidado. Encara al Nenito: Llévame. Trata de convencerlo y, como no lo logra, se pasa al ruego. Él no quiere, y punto. Allá no voy, punto, cualquier cosa menos eso, cualquier lugar menos esa isla, allá no vamos a encontrar nada bueno, allá es mejor no meterse, niña Diana. Ella no da su brazo a torcer, no está acostumbrada a que le den un no por respuesta. El Nenito se hace el loco y se escabulle. Ella lo busca, lo encuentra, le insiste: Llévame. No. Sí. No. El forcejeo entre los dos casi parece pulseada, o retozo de adolescentes. Pero es más que eso.

—Si ellos dos lo ignoran, a nosotras no se nos escapa: es mucho lo que está en juego. Va a cerrarse el primer eslabón de una cadena y ya no habrá quien pare ese carro cuando se desboque.

Allá no, niña Diana, no insista, por qué tan terca, no ve que allá está el Mal, trata de explicarle el Nenito, pero sus propias razones le suenan infantiles y se avergüenza. Ella se ríe: Llévame, estás muy grande para ser tan miedoso. Él se defiende: Mire que en esa casa torturaron y mataron gente, feo lo que pasó allá, muy feo.

—Decían que al mafioso dueño de esa isla el olor de la sangre le producía sueño, y que mientras sus hombres torturaban en el sótano, él se iba a dormir arriba con el aire acondicionado a tope, para que el ruido del aparato tapara los gritos.

El Nenito sabe una sola cosa: que allá no quiere ir. Pero esta Susana del Medio es una señora joven y amable, de mechones dorados que vuelan al viento, y es hábil para la pesca con arpón y esnórquel y lleva un bikini negro que el agua casi le arranca cada vez que el Nenito la ayuda a encaramarse por la borda a la lancha. Él se ha fijado en sus piernas aunque no deba, son largas esas piernas, y están muy morenas, él no puede impedir saborearlas cuando la ve depilarlas con cera, y también aprecia su nariz respingada y otras partes de su cuerpo, y le gusta oírla canturrear y se sabe los comerciales de radio que ella ha compuesto. Nada que hacer, el Nenito va reconociendo que no tiene chance con lo de Isla Narakas, para qué discutir, si el empleado es él y ella la patrona, y los deseos de una dueña deben ser órdenes para su casero, para no mencionar las ganas que el casero le tiene a la patrona.

Al final él cede: Está bien, pues, vamos. Vamos a Isla Narakas y que sea lo que Dios quiera. Preparo la lancha y vamos, dice, pero después no diga que no le advertí, niña Diana.

Desde la orilla los despide una figura. El sol que les brilla contra los ojos la emborrona, y les impide reconocerla. Diana se hace alero con una mano y distingue allá a lo lejos a Catarino Arena, que les ondea un adiós y les grita unas palabras que el ruido del motor no les deja oír. Es Catarino, dice la Susana Media, pero ¿qué dice? Quién sabe, responde el Nenito.

—Nos inquietamos nosotras: se aviva el viejo resquemor. Sabemos que, ahora sí, la historia está en marcha. Los acontecimientos empiezan a desenvolverse y el cumplimiento se acerca.

El viaje en lancha de todos modos trae sus compensaciones para el Nenito: van sentados lado a lado y el muslo de ella se pega al suyo. Él retira su pierna respetuosamente, entiende que el vaivén del mar produce el roce, así que lo evita, no quiere importunar o parecer grosero. Pero ahí está otra vez, el muslo de ella pegado al suyo, y si él lo retira, ella vuelve a acercarlo. ¿Será que Diana no se da cuenta?, debe preguntarse el Nenito. ¿Serán caprichos de su muslo solo, sin que se entere su cabeza? Y así van, centímetro aquí, centímetro allá, ocupados en el jueguito y mirando hacia otro lado como si ninguno se diera cuenta, y en cambio ambos muy pendientes. Hasta que aparecen ante la visa los farallones de roca erizada que convierten a Isla Narakas en fortaleza natural.

—¿Fortaleza que defiende qué?

A estas alturas no defiende nada, apenas unas ruinas renegridas y desertadas donde retumba el eco. Sobre Isla Narakas el cielo se agita zarandeado por energías raras, y las gaviotas chillan en un aire inquieto. El silencio pesa sobre la vegetación reseca. El Nenito y la Susana alcanzan la orilla y desembarcan. Tantean camino y apartan maleza con el recelo de quien avanza por entre un cementerio, como si allí la muerte se hubiera quedado a vivir y se les fuera pegando a la suela del zapato.

Buscan al halcón perdido por los matorrales y entre las breñas, pero sólo encuentran restos calcinados de otros animales, los que murieron de hambre en cautiverio. ¿Se habrá enfermado mi pajarraco y habrá regresado a morir en este lugar de espanto?, llora Diana. ¿Habrá querido el halcón volver a las ramas deshojadas de estos árboles? Feo, lo que pasó aquí, muy feo, había dicho el Nenito, y Diana dice ahora: Quién entiende a ese mafioso, a qué mente retorcida se le ocurre convertir el paraíso en un matadero.

Lo que queda de la villa es un espectro que aún huele a chamusquina. Sobre muros calcinados y sin ventanas se alcanzan a leer letreros brutalmente obscenos. Hasta fosa con muertos habrá allá abajo, dice Diana, qué pesadilla es ésta, mejor nos vamos. Más tarde le preguntarán sus hermanas: Pero qué fue lo que viste. No mucho, adentro estaba oscuro pero me pareció escuchar gritos, o serían más bien bramidos de las fieras en sus jaulas, porque las fieras murieron pero su hambre sigue viva y ahí encerrada. No le contará Diana a Irina, ni a Alma, que el Nenito le dijo: Calla, loca, no digas cosas raras, y que se lo dijo así, tal cual, tuteándola de repente y en confianza, como si ella no fuera su jefa sino su amiga. Calla, no digas esas cosas. Y le tendió la mano: Ven.

Diana no contará tampoco que el Nenito y ella entraron juntos a la ruina pisando desperdicios, trapos sucios, condones usados, jeringas, y sobre todo no confesará que iban agarrados de la mano. Ni que el Nenito quería recoger un arete de falsa pedrería que relumbró entre la ceniza cuando lo rozó la luz de la linterna, ni que ella le gritó: ¡No toques eso! No contó que siguieron camino sin soltarse de la mano, como si no fueran amigos sino novios, ni que ella se le acercó al cuerpo para aspirarle el olor y que le dijo con risa: Hueles a humo y a canela, como los icacos que cocina tu madre. Y él, todavía sin soltarla: A eso huele toda mi casa.

La mano de ella, amañada en el cuenco de esa otra mano que el tacto percibe muy negra. Según nosotras, así es la vida: si años atrás fueron los dedos nuestros los sorprendidos ante la piel clara de las Susanas, ahora es una de ellas la que palpa piel oscura y descubre cuánto le gusta. Se rozan la piel de él y la piel de ella y saltan chispas, y el futuro queda impreso en las líneas de sus manos.

Más adelante, Irina va a anotar en su cuaderno: *El destino del Paraíso queda sellado en el Infierno.* Y viceversa: *El perfil del Infierno se delinea en el Edén.* Por eso todo es tan confuso. Quizá sería menos indescifrable si en vez de colocarse frente al cuadro, como hace la gente en los museos, ella lograra penetrarlo, recorrer su interior. Vivir y morir según sus códigos secretos, apropiárselo desde adentro, en vez de andarse con teorías de crítico o interpretaciones de espectador.

—No será la primera vez que el Nenito toque a la Susana del Medio.

No será la primera, aunque quizá sí la última. Ya lo sabe Diana, claro que se da cuenta, siente la atracción cuando van de pesca y él la agarra al jalarla del agua para devolverla a la lancha. Este hombre y el mar son una sola y misma cosa, cree ella del Nenito, no es inusual que eso piensen las blancas de los negros, porque a lo mejor es cierto, y eso mismo debe sentir Diana cuando el deseo se le enciende, y a lo mejor hasta sueña con su casero mientras tararea esas canciones que anda componiendo sobre la alegría de la piel y la brisa marina, con estrofas de lunas menguantes, cangrejos, caracoles y amores de verano.

—Inclusive, quizá, de unos días a esta parte Diana esté pensando en el Nenito casi todo el tiempo; se le nota en lo alelada que anda.

Inclusive quizá, porque así es la cosa con los encaprichamientos y las calenturas: producen una fiebre que no calma. Encontramos un arete, les dirá Diana a sus hermanas, ¿De oro? No, de fantasía, una baratija que te hacía pensar en qué le habría pasado a la dueña, qué suerte horrible habría corrido allí la mujer que llevaba ese arete. Pero ¿viste sangre en el suelo, en las paredes, algo? No, creo que no. Primero hubo un incendio y luego debieron saquear, sólo dejaron basura y ese olor que te ahoga.

Dentro de las ruinas, el Nenito y la Susana creen divisar siluetas y sobrevuelo de sombras, aunque en realidad no haya nadie, y escuchan ecos de llantos, o de gritos, aunque sólo suene el silencio. Mierda, dice ella, qué lugar tan macabro, y él: Te lo dije. La linterna va alumbrando a su paso por las cenizas ¿rastros de orgías, de matanzas? Botellas vacías de Old Parr, una guitarra desfondada y con las cuerdas crispadas como tendones rotos. Otras señales secretas que la oscuridad oculta a los ojos.

El pájaro que los ha hecho ir hasta allí no aparece, ya se sabía que no aparecería, quizá se hizo humo una vez cumplida su encomienda. Ya había propiciado el enlace. Algo ha sucedido. Hay contactos que no son así no más, porque dan vida o la quitan, o al menos cambian las cosas, y pensar que todo lo han hecho las solas manos, la de él y la de ella por su propia cuenta, impulsadas por una voluntad independiente de sus dueños y descubriendo una vía que el resto del cuerpo aún no comparte. Nosotras lo sabemos, desde antes lo supimos: ese recorrido por Isla Narakas marca un antes y un después.

—¿Será éste el inicio que va a fijar el final? Medimos los alcances y prevemos los riesgos. El azar tiene sus flexibilidades, pero hay giros agudos que no permite. Ya luego las manos se sueltan y el hechizo se rompe. La Susana y el Nenito se alejan de los arbustos marchitos de cayena, de los bejucos que crecen y se enmarañan en polvo de huesos, de las olas que prefieren esquivar el cerco de arrecifes, que es corona de entierro. Cada uno de ellos vuelve a ser cada quien, el Nenito acá y ella allá; queda restablecida entre ambos la distancia kilométrica, y aunque naveguen de regreso en la misma banca de la misma lancha, ella es de nuevo blanca y él otra vez negro, ella la dueña de casa y él su casero, que ya no la trata de tú; por instinto y por prudencia ha vuelto a hablarle con el debido respeto. La tibieza del contacto tal vez perdure en los dedos por un rato, a lo mejor unas horas o una noche entera, pero acabará desvaneciéndose. Como si no hubiera sucedido nada.

—Pero sí ha sucedido.

Sí ha sucedido y sí sucedió; nosotras fuimos testigos y tarde o temprano veremos las consecuencias.

A partir de la visita a la isla de la muerte, se respira desazón en el rancho de las Susanas. Es como si algo se hubiera desacomodado, como si ahora los zapatos nos apretaran o la ropa nos quedara grande, como si las marionetas de María Calobé, la maestra de la escuela, hubieran empezado a representar un papel que no les corresponde. Un desplazamiento de

53

milímetros apenas, lo suficiente para que una nube de ansiedad se atraviese en nuestro cielo, que anda encapotado y sofocante. En las noches las Susanas bajan envueltas en sábanas de los pies a la cabeza para que no las pique el mosquito, que ha caído como plaga por la ausencia de brisa, cosa rara en diciembre, que es cuando más y mejor sopla, y en cambio ahora no. El mar amanece de malas pulgas, gris y revuelto y oliendo a repollo y a brea. Parece haber otra luz, más complicada. Una luz con un toque sombrío, y en el mar un fondo de melancolía.

Las Susanas han invitado a cenar a Lucas, el enfermero del pueblo, a quien quieren bien y le tienen confianza. Las noticias que hoy trae Lucas son buenas y son malas. Según las buenas, la guerrilla se ha alejado de los Montes de María y ya no secuestra tanto; al parecer, la ha derrotado un nuevo jefe paramilitar más sangriento que los de antes, uno que se cuelga al cuello cadenas de oro y se hace llamar la Changa. Ésa es la noticia buena. Según la noticia mala, la Changa asesina más que la propia guerrilla, y se arrepiente menos. Corre la voz de que ha tasajeado víctimas con motosierra y que ha adoptado un grito de guerra: *¡Matanga dijo la Changa!* Dicen que así brama, *Matanga dijo la Changa,* y que ésa es su luz verde para dar inicio a la carnicería. En la ojeriza de esta Changa puede caber cualquiera, blanco o negro, rico o pobre, hombre o mujer. Dice Lucas el enfermero que el grupo de matones de la Changa exhibe un temperamento inquieto y movedizo, propio de amantes de la adrenalina y de la acción nerviosa en motocicleta. Para enemistarse con él basta con mirarlo mal, o con no mirarlo y herir su amor propio, o negarse a darle el apoyo monetario que anda pidiendo para la reconstrucción de una capilla, porque es rezandero, el famoso Changa, y se ha nombrado a sí mismo guardián de la ética y enemigo del pecado de la carne. Señora Susana no considera siquiera la posibilidad de mandarle ni un solo centavo para su capilla, que arme un zafarrancho si quiere, dice ella agitando un puño en el aire, que la tal Changa se pare en la cabeza si le da la gana, que a mí no me intimida, yo no voy a darle un peso. A Lucas esos despliegues de valor lo inquietan; sabe bien que si te llegan a soltar un *Matanga dijo la Changa,* hasta ahí te llegan los días de tu vida y no hay bravuconería que valga. ¿Pero en San Tarsicio ya ha metido el hocico la Changa?, quieren saber las Susanas, confiadas como siempre en la cápsula protectora que aísla a su paraíso. Todavía no, dice Lucas, pero se está acercando, ya va dejando su reguero de muerte por otros pueblos y está extorsionando a algunos ganaderos blancos de la zona.

Irina escucha y anota: *Vientos perturbados agitan la quietud del paraíso.*

En reemplazo del pájaro fugitivo, el Nenito le ha traído a Diana un lorito atado con cabuya por una pata, una criatura de color limón, llena de gracia, con los ojitos vivaces, la pechera amarilla y las alas ribeteadas en azul eléctrico. Pero Diana pone el grito en el cielo casi sin mirar el regalo: Me horrorizan las aves cautivas, le dice al Nenito indignada, pobrecito animalito, ¿no te da lástima?, cómo se te ocurre amarrarlo así, ¿no ves que lo magullas?, regaña a su casero, lo hace sentir fatal, le pide que suelte ya mismo al loro. El Nenito protesta, trata de justificarse, explicarle que quería que ella dejara de sufrir por el otro pájaro, el halcón perdido. Pero ella es tajante y no quiere saber razones: Suéltalo ya, le ordena, y él lo desata de muy mala gana.

El lorito, al principio indeciso y turulato, al momento ya revolotea estrenando libertad, hasta volverse un punto verde en una rama. No se habla más de ese asunto, que ensombrece al Nenito y lo enfurruña: le borra la sonrisa sin caries. ¿Por qué hace trompas mi niño bonito? ¿Adónde se fue la alegría de la casa?, le hace mimos Amapola, su prima hermana, que anda limpiando los baños. La señora Diana lo ha parado en seco y lo ha puesto en su sitio, ha mandado a volar al pajarito que él le consiguió con tanto esmero, y le ha endilgado a cambio severa reflexión moral con lección de ecología. Si ella al menos le hubiera dado las gracias, o le hubiera devuelto el regalo, que ya hasta sabía medio hablar; el Nenito había malgastado sus horas de descanso, los ratos de su siesta, enseñándole al lorito a decir Su-sa-na, Su-sa-na. El Nenito va mascullando mientras recorre tarde en la noche el camino que va desde el rancho grande hasta su altillo en el pueblo: Valiente tontería y qué perdedera de tiempo, mejor olvidarse de eso, al carajo el lorito y al carajo la Susana, así serán todas las blancas, gente ingrata y rara en la que no se puede confiar.

Vuelve a salir el sol y se serena el mar cuando ya el fin de las vacaciones se acerca. Irina ha cerrado sus ojos tremendamente verdes. Es la hora grata y quieta de la marinada, cuando la brisa sopla tierra adentro, y la Susana Chica echa la siesta en una hamaca. A saber por dónde ronda su alma mientras su cuerpo descansa así, tan desmadejado; imposible descubrirlo, la siesta de cada quien es territorio privado y los sueños pertenecen al reino de los secretos. Cuando despierta, se sobresalta: tiene enfrente a Catarino Arena, que se ha colado hasta la terraza, así como se entromete siempre en todos lados, porque Catarino Arena todo lo husmea y de todo se entera, y ahora se ha apoderado de la lupa y examina con una atención ensimismada las figuritas pecadoras del cuadro que estudia Irina, la parte del Infierno, la de la derecha, que es su preferida, donde todos andan en bola y cometiendo sus actos perversos. Sin proponérselo, Irina se ha ganado un cómplice empecinado. ¿Qué haces aquí, Catarino?, le pregunta, y él le responde con una contrapregunta: Me compras unas ostras, ¿sí?, te las dejo baratas. Y cuántas me vendes, no hace falta que me digas, ya lo sé, me como seis y te pago quince, ¿o me como quince y te pago seis?

Irina le señala a Catarino una imagen que aparece en la pintura. Es un pájaro tragón con trajecito azul que tiene la cabeza entre un caldero y los pies entre odres de vino, y que devora un cuerpo humano al tiempo que defeca otro que ya se ha comido.

¿Qué está haciendo este bicho, Catarino?, le pregunta ella. ¿Ése? Ése está jugando. Luego Irina le muestra otro, un aficionado a la parranda que con la boca sopla una gaita y por el ano toca un flautín. Y éste, ¿qué hace? Y Catarino, que es de palabras pocas e insistentes: Ése está jugando. Y así van, uno tras otro, y según Catarino todos están jugando, hasta que Irina le señala un asno negro con garritas de águila que abraza estrechamente a una mujer desnuda. Y este asno negro, le pregunta, ¿también está jugando? ¡No!, dice Catarino con una sonrisa congestionada de dientes, ése está fornicando.

El origen de Catarino es un misterio; nadie en el pueblo sabe a ciencia cierta de dónde salió ni cómo apareció, y lo más seguro es que él mismo tampoco lo sepa, o que lo haya olvidado. Salido del mar, le dicen, porque se las arregla para desclavar a oscuras las ostras del arrecife, íngrimo solo, allá en las honduras del agua negra y sin más herramientas que un platón de lata abollado y una navaja curva. Salido del mar, le dicen también, porque no se le conoce familia, ni tampoco procedencia. Apareció de la nada, se instaló en un tambo medio derruido en las goteras del pueblo y desde entonces se asegura el alimento vendiendo sus ostras, que le arranca al mar antes del amanecer. No importa que haya tormenta o que esté bravo el oleaje, Catarino se sumerge una y otra vez hasta que regresa con su platón lleno de ostras. En eso les gana a todos; por aquí ningún otro es tan hábil. ¡Catarino, véndeme dos docenas de ostras! Ya voy, seño, te cuestan quince. Muy hábil pescando ostras, eso sí, pero en lo demás Catarino quedó crudo, como quien dice le faltó un hervor en cuestiones de cerebro, es un niño grande, una criatura infantil pero alebrestada, y en el pueblo hay malosos que se aprovechan de la inocencia con que él se presta para juegos raros.

¿Y la filipina, Nenito, por qué no la usas?, le cae Señora Susana y en su tono hay un énfasis, como si la pregunta, como todas las suyas, fuera más bien una orden. Le ha traído de la ciudad tres casacas, unas especiales de algodón blanco y cuello subido que llama *filipinas,* para cuando trabaje en la casa y sirva a la mesa. El Nenito suda a chorros: desde temprano revuela impermeabilizando vigas contra el gorgojo. Anda como le gusta, sin camisa y en bermudas desflecados, y su pecho brilloso, sus pantorrillas poderosas, sus hombros de nadador son imponentes, es decir, que se imponen cuando no corresponde. Señora Susana le pide a Gladys que corra hasta la tienda del Kike y compre un desodorante para el Nenito; será su manera de insinuarle a él, sin tener que decírselo, que despide un olor de los mil demonios.

Con el paso de los años ya nos vamos conociendo, nosotras a las Susanas y ellas a nosotras: demasiado, si se quiere. Ya nosotras no somos tan ingenuas como antes, o a lo mejor ni siquiera seguimos siendo nosotras, porque ahora son nuestras hijas las que trabajan aquí. Se acabaron esos tiempos de deslumbramiento, cuando las Susanas eran únicas. A estas playas llega ahora mucho veraneante blanco, que se aloja en hoteles y cena en restaurantes recién inaugurados; la playa ya no tiene tantos uvitos. La admiración incondicional por las Susanas y su leyenda dorada van quedando molidas por el trato cotidiano; el pelo rubio ya no descresta como antes y la piel blanca está muy vista. Las Susanas se han bajado de su altar elevado: viven en un rancho que nosotras limpiamos, y duermen en camas que nosotras tendemos, y comen la comida que les preparamos. El mundo secreto de ellas ya es de nuestro dominio, con sus luces y sus sombras, y con más sombras que luces. Sobre su intimidad podríamos escribir un tratado.

El Nenito termina su guerra contra el gorgojo y se ducha con manguera en el patio de atrás, restriega su bello cuerpo con estropajo, se echa jabón en el pelo hirsuto. En la cocina, Gladys y Amapola, sus primas hermanas, tienen listo el almuerzo. ¡Ven a servir a la mesa, negro, que esto se enfría!, le gritan. La familia ya está sentada y allá se les presenta el Nenito con las jarras de jugo y las bandejas. Róbalo con pimentón y mango verde, plátano frito y arroz con camarones, anuncia muy serio, como si estuviera diciendo algo importante.

Viene bañado y peinado y no huele a chucha, sino al perfume floral del desodorante que le han comprado. Se ha puesto la filipina recién lavada y planchada por Gladys, pero la lleva desabrochada y abierta sobre el pecho, desfachatadamente. La Susana Media, que pela una naranja con un cuchillito afilado, se descuida por andar mirándolo y se hace un tajo en el índice, nosotras nos damos cuenta, tomamos nota. No es nada, miente ella, chupándose la sangre y luego apretando el dedo con un pañuelo, voy por una curita, ya vuelvo. Échate mercurocromo, le dice la madre y las tres Susanas ríen; al parecer hace años que no existe un producto llamado mercurocromo en las farmacias.

Irina sigue obsesionada con su cuadro de *El jardín de las delicias,* pero su tesis de grado no avanza. De ayer a hoy sólo ha escrito estas palabras: *Placeres y tormentos son iguales, como si el amor y su castigo fueran la misma cosa.*

Al día siguiente, temprano, la situación se complica otro poco. Ya están sobre la mesa las arepas de huevo, el queso costeño, el jugo de naranja y las rodajas de papaya, mango y piña, y las Susanas bajan a desayunar. Los hermanos del Nenito pasan a ofrecer el pescado que hace unas horas sacaron del mar. Que si esta barracuda bien grande para hacerla frita, o este bagre tan bonito para el sancocho, o mire, seño, llévese esta sierra que está que ni pintada para filetear. ¿O el pulpo? Mira qué pulpo, Alma, ¿lo compramos? Irina hurga con un palito a esa criatura babosa y rosada que cuelga de una vara y que mueve en cámara lenta los tentáculos, como implorando ayuda; una criatura mitológica, demonio o dios. No, no quiero comerme este monstruo, dice, ya tengo suficientes con los de mi tesis.

Los hermanos pescadores regatean y meten bulla, Roberto, Alberto y Gilberto: ofrecen mariscos, ostras, algas marinas para ensalada, cajitas de Bálsamo Tigre traídas en contrabando de San Andrés. En cambio el Nenito permanece callado, de repen-

61

te tímido como una iguana. Él, que es tan charlatán y desenvuelto; Señora Susana siempre ha comentado que si no le lleva las riendas templadas, el Nenito se desboca. Y ahora qué bicho lo habrá picado, por qué tan retraído, qué le pasa. Ey, Nenito, por qué no saludas, ¿acaso dormimos juntos?, le pregunta Diana, y con esa frase da inicio al drama de la jornada.

La Susana Grande, que ha visto cómo se frunce la madre, le pega a Diana una patada por debajo de la mesa. Irina suelta el pan que tiene en la mano. Las tres hermanas se miran y levantan las cejas, esa mueca rápida que ya les conocemos y que les sirve para decir *¡mierda!* sin pronunciar palabra, mierda, qué cagadón, ahora cómo salimos de ésta. Y es que en San Tarsicio las tres vuelven a ser niñas ante la autoridad de la madre.

¿Cuál es el escándalo? Poca cosa: el *acaso dormimos juntos* que ha pronunciado Diana, apenas una forma de decir, tal vez un mal chiste; nada que justifique el gran disgusto de Señora Susana, tan susceptible a esas cosas, tan intolerante frente a naderías, aunque mirándolo bien, viniendo de Diana la frase no habrá sido del todo inocente, sino que cobra su poco de resonancia, y lo que altera a Señora Susana no es tanto lo dicho como *a quién* se lo ha dicho. Algo que las tres Susanas conocen de sobra, y que a estas alturas ya vamos captando también nosotras: a Señora Susana le fastidia mucho lo que ella misma llama *gestos de confianza con la gente del servicio.* Desmenuzando el sentido: nosotros, los de aquí, somos *gente del servicio,* y la Susana del Medio se dejó venir con un *gesto de confianza*. Infringió la norma. El trato entre blancos y negros puede ser cordial, y hasta cariñoso, siempre y cuando no se pase de la raya. Es la reglamentación que nadie nos ha explicado, pero que vamos asimilando.

Las palabras de Diana han entrado como dardos a oídos de su madre, dejándole un mal sabor de boca, apenas unos grados por debajo de la rabia. Señora Susana, que ha sido madre tan amorosa y aún mejor abuela, y que juega con sus nietos a las adivinanzas, los palíndromos, la mímica y las charadas, y que amablemente monta pequeñas piezas de teatro con los niños negros del pueblo, esa misma Señora Susana tiene un ladito iracundo que cada tanto aflora.

Irina busca su cuaderno rayado, donde anota sus pensamientos sobre las manzanas prohibidas. Escribe: *Dios le tiene tanto miedo al sexo como mi madre.*

El *gesto de confianza* tuvo nombres propios: Diana la remitente y Nenito el destinatario, como cuando subimos a Bajos del Cantú a poner una carta al correo. ¿A qué le teme Señora Susana? A algo que no puede mencionarse porque no tiene nombre, un contacto inimaginable, un corazón oscuro de la fruta.

Aunque el sol la ha puesto tan morena, la Susana del Medio visiblemente empalidece. Se espesa el ambiente, en este instante se enfría el desayuno. El Nenito, ¿se da cuenta? ¿Se da por aludido? No es nada, seño, no es nada, le dice al aire por decir algo, o por zafarse del compromiso saliendo ileso, y se escabulle hacia a la cocina, donde la Gladys y la Amapola, sus primas hermanas que tanto lo miman, le sirven su cafecito con leche y sus dos huevos fritos sobre una montaña de arroz con frijoles. Qué pasó allá en la mesa, por qué las caras largas, curiosea Amapola, que es la más chismosa. Cosas de blancas, dice el Nenito agarrando la cuchara con la zurda y como si fuera pala, y entrándole a los frijoles con un hambre de tiburón.

En la terraza se oyen otra vez las risas de la familia, los comentarios amables. Hemos rozado el borde pero al fin nada ha pasado, el desastre se ha evitado a tiempo y queda apenas una desazón que ya se esfuma. Amapola y Gladys trapean las baldosas y despejan la mesa con sus delantales de cuadritos azules y blancos, la una, y verdes y blancos la otra. Señora Susana, ya serenada, se dedica a su pasatiempo favorito, descifrar un crucigrama, que en un punto se le atora: Alguien que me diga una balada de Juan Luis Guerra de ocho letras, la I en la tercera y la quinta, la R en la séptima y terminada en A. *Quisiera,* le responde enseguida Catarino desde los escalones, donde anda sentado con sus flores en el pelo y haciéndose el invisible. Pues sí, es *Quisiera,* reconoce asombrada Señora Susana, ¡Pero si eres muy listo, Catarino Arena!

El sol inunda y alegra la playa, Diana está en la ducha y Alma ha salido a esquiar con sus hijas. El color rojo ha desaparecido del paisaje: azul es la bóveda del aire y azules los desiertos del océano. El nuevo día se instala por fin y el centro de las cosas vuelve a tomar control del paraíso.

La Susana Chica escribe: *Hay una esquina del territorio que está vedada, allí nadie debe penetrar. Mi madre ejerce la vigilancia; ella es la guardiana de la Puerta.*

Conservamos recuerdos de tiempos felices. Las Susanas y sus hijos jugando de noche en el mar con la capa de plancton, que fosforesce sobre las olas, en luz lenta contra la oscuridad más profunda, la que no tiene luna y en cambio sí miles de estrellas, lo que se dice un cielo cuajado de estrellas, o sea que son tantas que no caben arriba y unas cuantas se desprenden y se dejan caer; las que llamamos estrellas fugaces. Podemos verlas, a las Susanas. El plancton, esa maraña de hilos verdes refulgentes, se les pega al cuerpo como una segunda piel y las vuelve criaturas de luz. Saltan en el agua negra y despiertan esa filigrana de energía prohibida y radiación secreta, convertidas en sirenas fluorescentes o peces de plata.

De vez en cuando, también nosotras tenemos nuestro momento. Nos tendemos de noche en la arena a contar estrellas, y si pasa una fugaz, pedimos un deseo. Luego hay que esperar años para que se cumpla.

Las mecedoras son distintas, pero lo que se dice es lo mismo. Las mecedoras de las Susanas: de madera y mimbre, en su terraza frente al mar. Las nuestras: de hierro encordado en hilos de plástico, en la acera frente a la puerta de la calle. Mira, compré estos platos de peltre, ¿recuerdas los que teníamos de

65

niñas, esos pintados con rosa y pajarito?, podemos encargarles unos a los chinos, estaría bien, pero sin pajarito, sólo blancos con el borde azul, ah, ésos, ésos habría que comprarlos en el mercado, si quieres vamos.

Esa conversación, ¿es entre ellas, o la decimos nosotras? A la hora del *sí supiste,* ¿quién está hablando? Sí supiste que Toño se hizo operar las amígdalas, sí supiste que Imelda entró a estudiar veterinaria, y que los Brangelinos están por divorciarse, y que Slim ya no es el hombre más rico del planeta. ¿Sí supiste? Al hablar de la angina del hijo, de los pies hinchados de la madre, de la maña del uno de comerse las uñas, o del negocio que puso la otra, ¿son palabras nuestras o de ellas? Alguien que escuche dirá que es una sola y misma voz la que corre como un arrullo, o como un arroyo, vieja como el mundo, cambiando de bocas para ir diciendo lo mismo, como era en un principio y seguirá siendo cuando las mujeres guinden sus hamacas en los valles de la Luna o saquen sus mecedoras a las colinas de Marte.

—La charla en la mecedora puede ser la misma, pero nuestros pensamientos son distintos a los suyos. Ellas nunca sabrán lo que nosotras rumiamos en silencio.

Tendidas al sol, las Susanas hablan de platos de peltre cuando por primera vez ven bailar la champeta. Qué cosa es eso, champeta, preguntan, y las niñas del pueblo les hacen una demostración con grabadora, seis años la más pequeña y la mayor nueve, así, mira, Irina, mira, Diana, mira, Alma, así se baila champeta, y arrancan las pequeñitas a menearse de una manera desconcertante, santo cielo, pero qué baile es éste, una imitación sin tapujos de los movimientos del coito, y si alguien tiene dudas, ahí está la letra para despejarlas, *húndelo, húndelo, húndelo-húndelo-húndelo, por delante, por detrás, hasta el fondo,* no sé qué más, algo por el estilo pero en todo caso directo y al grano, y las Susanas medio divertidas, medio aterradas ante la desenvoltura de esas nenas que se contonean en semejante merequetengue, *húndelo-húndelo-húndelo,* qué angustia verlas en ésas y al mismo tiempo qué risa, son tan buenas bailarinas, flexibles como varitas de mimbre, que hasta en esa mímica disparatada se ven graciosas.

Si quedaron impresionadas con las niñas, vengan esta noche al pueblo a ver bailar a las grandecitas, las puya Lucas el enfermero, vengan esta noche y me dicen qué opinan. Las tres Susanas aceptan y aquí están ahora en el Decamerón, la discoteca del pueblo: patio encementado y bolas giratorias de espejo, juegos de luces rojas y música a todo voltaje por megaparlantes. Adentro nuestras hijas adolescentes, que nos llevan una cabeza de estatura; vaya a saber de dónde sacaron esas piernas tan largas y expuestas al aire según la moda de San Tarsicio, todas de minifalda supermini y blusita extraombliguera, y nuestros hijos con ellas, unos muchachotes que se encajan los jeans muy ajustados, calzan Adidas y exhiben los hombros con camisetas tipo esqueleto.

Y ahora somos nosotras las divertidas viendo cómo las Susanas ven bailar la champeta, tiesas las tres, Irina, Diana y Alma, al borde de la pista como estatuas de sal, como si se hubieran tragado un palo de escoba, con los ojos abiertos como platos, esos mismos platos de peltre que esta mañana andaban comprando, y ahora sintiéndose medio taradas, medio incompetentes, maniquís bajadas del páramo donde el frío les congela las hormonas, o al menos eso cuentan los que suben por allá, que las gentes de montaña se la pasan acurrucados entre sus ruanas, lo que debe ser calumnia, pero en todo caso aquí, al borde de la pista, siguen paralizadas las Susanas, testigos de excepción de este despiporre de feromonas, las parejitas bailando en semejante apretuje, entreveradas, o machihembradas como diría el carpintero, en un mecemece a presión dirigido directamente a las partes pertinentes, restregando y frotando, cada pareja en su balanceo sobre una sola baldosa, porque la modalidad champeta no es para andarse con volteretas y pasos de salón, sino que exige abismarse en un amacice trabado, cada parejita en marea compacta con las demás parejas, siempre y cuando al mismo tiempo la unidad hembra/macho se reconcentre profundamente en lo suyo, en el ritmo de sus ganas y en su propia cadencia locamente sensual y estrecha. Y las Susanas ahí, respirando esa vaharada de sexo y mirando a esta juventud que baila a todo trapo, *amándose con lenguas y pelos y narices* y en medio de un calor tremendo: con tus piernas, con tu pelo, con tu lengua, *con mis piernas, con mi pelo, con mi lengua.*

¿Ya se lo pilló Diana, la Susana del Medio? Sí, ya lo vio. Allá al fondo está el Nenito, imposible no verlo si es el más alto y lleva puesta la camisa color amarillo pollito de los domingos, claro que lo vio, Diana se hace la que no, pero sí que lo ha visto y el corazón le ha pegado un brinco, uno de esos brincos que duelen como un pequeño infarto, un nudo ciego de sístole y diástole; una punzada en el corazón, ésa sería la forma de decirlo. Y él, ¿la ve a ella? Él lleva la cara hundida en la melena crespa de una morena increíble, una que tiene el perfilazo de Nefertiti pero con candongas a lo Tongolele, una escultura viviente a la que él aprieta por la cintura como si le fuera la vida en ello, el Nenito y la morena completamente compenetrados, o penetrados casi, con los ojos cerrados como rezando, o como soñando el uno con el otro mientras flotan en esa luz roja que podría ser de burdel, o de iglesia.

Irina escribirá después, cuando regresen a su rancho: *Los muñequitos que ha creado Dios le perdieron el miedo a la fruta e inventaron la champeta. Grande es la ira de Dios, y temible será su venganza.*

Diana se presenta al desayuno sombría y taciturna: inventa que tiene jaqueca. Y cómo no va a tener, si desde anoche anda como si le hubieran dado con un bate en la cabeza, y además la vemos tomando pastillas contra la acidez. No le falta razón, nada arde tanto en las tripas como los celos. Señora Susana suelta la pregunta, como quien no quiere la cosa, ¿y dónde estuvieron anoche? Algo le han contado ya de lo que pasa en las fiestas de sábado en la discoteca del pueblo. ¿Era *cheek to cheek*?, indaga

69

Señora Susana y sus hijas sueltan la risa, como siempre que ella se deja venir con un comentario de otros tiempos. No, mamá, no eran Fred Astaire y Ginger Rogers, no era chachachá, mamita, era champeta.

No crean, les dice Lucas el enfermero, esa sexualidad desbordada tiene sus bemoles, las niñas del pueblo quedan embarazadas antes de cumplir los catorce. Y Alma: Pues no me sorprende, si con sólo mirar por poco salimos de ahí embarazadas hasta nosotras. Lucas celebra el chiste, pero no tanto; es muy preocupante, dice, ya no sabemos qué hacer con ese problema.

A Diana se la nota inquieta; ver al Nenito con otra, entregado a otra chica en semejante trance, sin duda le ha producido una alteración considerable. Hoy debemos estar atentas a todas sus movidas. Está cargada la escopeta de los acontecimientos y sólo hace falta que Diana apriete el gatillo para que la historia dé el giro que toca y ajuste sus piezas.

Durante la mañana no sucede gran cosa, al menos nada fuera de la rutina de unas vacaciones comunes y corrientes: las Susanas no pueden salir en la lancha porque el motor se dañó, como pasa siempre, y el Nenito ha tenido que correr a Bajos del Cantú, a traer al mecánico. Entre tanto la Diana no se mete al mar ni juega con raquetas, más bien se hace la remolona y la adormecida sobre una toalla en la arena. Cuando Gladys le acerca la bandeja con tajadas frescas de sandía, dice que no quiere sin siquiera abrir los ojos ni ocuparse en dar las gracias. Ya de por sí es muy extraño que permanezca tan quieta y rechace la comida, ella que siempre ha sido movimiento perpetuo y apetito insaciable.

—Seguro tenía cerrada la tráquea. El amor y los celos atrancan la tráquea, que es conducto hacia el estómago.

Pero qué dice, comadre, si la tráquea es canal del aparato respiratorio. Más bien será un alboroto de contrariedades lo que le bulle en la panza a la Susana Media, eso no interesa, comadre, no interrumpa con detalles, lo fundamental es que las horas de la mañana se estiran en una espera tensa y que sólo ya entrada la tarde, a eso de las tres, empiezan a asomar los verdaderos síntomas, los movimientos inusuales en la quietud de la siesta, cuando la Diana aparece muy bien perfumada y mejor maquillada en el patio de atrás, donde duermen en hamacas la Gladys y la Amapola, que ya han recogido la mesa y lavado los trastos. Diana las despierta con cualquier pretexto, cosa que no haría en otras circunstancias: dice que no encuentra no sé qué medicina para su madre, una mentira evidente, todas sabemos que Señora Susana toma sus remedios antes del desayuno y luego al acostarse. Enseguida Diana pide disculpas: Perdón, perdón, les dice a las dos muchachas, no quise despertarlas. Pero sí que quiso, y ahí mismo aparece como sin querer queriendo la pregunta verdadera, la que todas esperábamos: ¿Alguna de ustedes ha visto al Nenito, sabe si ya volvió de Bajos? Gladys y Amapola entrecruzan miradas de sobreentendimiento. ¿Así que para eso se ha puesto como maniquí de escaparate esta Susana Media, para eso el perfume, el vestido elás-

71

tico que le forra las nalgas y el pañuelo rojo, como llamarada en la cabeza?

—Ya se sabe el dicho, guerra anda pidiendo la que de rojo se arregla.

Le responden que sí, que el Nenito ya volvió de Bajos y que hace un rato lo vieron remendando redes con sus hermanos. Ahí va ésta a la reconquista, le susurra la Gladys a la Amapola cuando Diana se aleja playa abajo, arrancando por el camino un pompón de buganvilias color magenta y ajustándoselo a la pañoleta. Ahora sí, le dice la Amapola a Gladys, aquélla ya lleva el disfraz completo.

El sol de la tarde, ya manso y amable, permite que los colores brillen en su intensidad. La luz se suaviza, dorada, y no hay línea que divida el cielo del mar. Diana se deja llevar por la playa desierta, caminando con los pies descalzos sobre el filo del agua. Se deja llevar, registrándolo todo no con la cabeza sino con las apetencias de su piel. La vemos más radiante que nunca, decididamente seductora, ahora que le obedece al instinto y no a la brújula de la razón. Su cabeza se deja arrastrar por el runrún de un canturreo que se acopla al de las olas, tan dulces en la placidez de esta hora serena. O al menos así parece. Se diría que su mente se deja llevar, pero lo cierto es que los pies de Diana saben bien adónde se dirigen: paso a paso la van conduciendo hacia el samán que tiende su sombra sobre el embarcadero. Hacia allá va la Diana con ese trapo rojo que es bandera corsaria, esas flores magentas que lanzan mensajes, esas curvas remarcadas en tejido elástico y esos pies descalzos, que chapotean por la orilla en plena conciencia de unos objetivos claros. Esta mujer va buscando lo que busca, decimos entre nosotras. Y cuando lo encuentra se le planta enfrente con los brazos en jarra.

Pero no ha tomado por sorpresa al Nenito, que aunque remienda redes en la sombra, está en realidad pendiente de esa figura que ya de por sí esperaba. Desde hace rato te estoy mirando, le dice él a ella, y es de notar que ha vuelto a tutearla, Pero andabas en las nubes y no me veías cuando te hacía señas, dime en qué venías pensando. Y ella se le sienta al lado y ahí están los dos, otra vez por fin el uno junto del otro, ya sin recelos ni interferencias, y como si nadie más existiera en la extensión del mundo.

Hoy cerramos nosotras los ojos mirando hacia atrás y tratamos de recuperar la imagen de aquel momento, ese instante puro de puro paraíso, sin Changas ni sus Matangas, sin Islas Narakas ni sus tormentos, sin órdenes de Señora Susana ni planta eléctrica que se dañe, ni motor de lancha que se descomponga, ni combustible que se agote y nos deje sin bomba de agua. Después de la siesta y antes del anochecer: ahí se han encontrado Diana y el Nenito y han empezado a decirse cosas, mientras los muslos del uno y del otro se rozan e inician su propio lenguaje. El sol vespertino, ya en el punto descendente del arco, les va abriendo campo a los visos dorados del aire.

¿Qué tanto cantabas?, le pregunta él. Una de esas músicas que me invento, una tonadita que me da vueltas por la cabeza, contesta ella. Sonaba un poco a rap, opina él, y ella: Precisamente, le he puesto *El rap del cangrejo,* pero hay partes que no cuadran, está en borrador apenas. Diana vuelve a tararear, ahora en voz más alta. El Nenito empieza a marcar el ritmo con las palmas sobre las tablas del entarimado y el rap del cangrejo va quedando grabado en la memoria de este sitio, quizá no igual a como ellos lo componen pero sí parecido, o al menos como les gusta cantarlo ahora a nuestras hijas, o será a nuestras nietas, según versión que ellas mismas han acomodado: Mar que me arrulla y perdona, yo su hija, él mi madona, yo nonata, aún no expulsada, en su vientre acompasada y todavía adentro, por eso me encuentro incluida en sus aguas, sin blusa ni enaguas, fieramente viva, en eso convertida, precisamente por eso, más despiertos mis pies que mis sesos, más mío el pelo que los huesos, y siempre de huida, materia fluida, límpida y nítida, tibia y amniótica, criatura mínima y a la deriva, pero no perdida y sin miedo a nada, más bien impulsada hacia un gran no-destino, frasco alga tronco limo, ritmo del oleaje, botella sin mensaje o mensaje sin botella, en todo caso huella de fósil marino, partícula suelta de algún submarino, o brizna de viento en alas de un cuento, pero sin urgencias, tampoco apetencias, ni penas, apenas, gota de sal o grano de mar, apenas, apenas, gota de mar o grano de sal.

Sí, sí, más o menos, aplaude el Nenito entusiasmado cuando escucha la canción de boca de Diana, y va reforzando el ritmo con un palmoteo ya más encendido, tiene errores graves, opina, aquí y allá va medio forzado y se le jode el flow, pero sí, está bien, más o menos funciona, no serás genial como un Hakim, pero aguanta, ¿a ver?, dale otra vez y lo vamos ajustando, en hip hop estás cruda, nena, tu contenido no es lo que se dice dark, no sé, no sé, además falta argumento, ¿me entiendes? El rap tiene que contar alguna vaina, yo diría que eso que compones no es rap, lo lamento, si acaso sería champeta, ¡sí, Dianita, eso es! ¡La champeta del cangrejo!

Calla, insensato, le espeta ella, ese asunto espinoso de la champeta mejor ni tocarlo. Pero si anoche yo..., intenta él, pero ella lo corta: Calla, te dije, más bien dime dónde están tus tambores, dale, Nenito, vamos a montar esta joda con la percusión que toca. ¿Que dónde están mis bongós? Pues están en mi casa pero los traigo, me gusta la idea, montemos esta joda: el Nenito le apuesta al doble sentido porque capta al vuelo el acercamiento de un quiebre interesante, ve que la puerta que parecía cerrada se ha abierto hacia algo, quizá estén a punto de cruzar una cierta esquina, tal vez esté sonando para ellos el minuto de la verdad.

—También nosotras nos percatamos de la gravedad del momento y abrimos los cinco sentidos, alertas, pendientes...

Tengo los bongós en mi cuarto, si quieres voy por ellos, sugiere el Nenito, y aquí entra Diana a actuar con un arrojo a la altura de Eva: No, dice, o mejor dicho ordena, hasta acá no los traigas, yo te acompaño por ellos. Están lejos, dice él reculando hacia zona segura, como cerciorándose de no interpretar mal las intenciones de ella para no dar un nuevo paso en falso, que podría resultar tan doloroso o hasta más que el cagadón del lorito amarrado, están lejos los bongós, repite con énfasis, los tengo en mi altillo, en el pueblo... Y ella, alzando una ceja y poniéndole a la mirada un brillo intencionado: Te acompaño hasta allá, le dice, de todos modos tengo que ir al pueblo a ver a Catarino Arena, me han dicho que está enfermo, que por eso hace días no lo vemos, ya me parecía raro que no anduviera metiendo las narices por todos lados, me dijeron que está enfermo y le mandé decir que esta tarde pasaría a saludarlo y a ver qué necesita, a lo mejor habría que llevarlo al hospital de Bajos a que lo revisen, vamos, voy contigo, tengo que ver a Catarino Arena y de camino hacia allá sacamos los bongós de tu cuarto, cómo la ves, Nenito. Sacamos los bongós de mi cuarto, sí, se ríe él, contento y encaminado hacia su destino con una desprevención casi infantil. Va repitiendo lo que recuerda de la champeta del cangrejo: Oye, Diana, le dice, *marino y submarino* es una rima chambona, no te esforzaste mucho con ésa. Y Diana lo reta, caminando adelante con paso rápido: Pues entonces mejórala, chico, vuélvela más dark.

Tengo a Bob Marley completo, mira, Diana, y también a los Beatles, disco por disco, no me falta ninguno, *Let It Be, Abbey Road,* el *Álbum blanco,* todos desde *A Hard Day's Night* hasta *Yellow Submarine,* le dice el Nenito a la Susana Media mientras le muestra con orgullo los casetes que atesora en su cuarto y que son grabaciones hechas sobre grabaciones pero que él guarda meticulosamente ordenadas, todas entre sus cajitas y todas las cajitas por orden cronológico en una repisa de tabla sobre dos pilas de ladrillos, mira, Diana, ¿te gusta Bob Marley?, tengo todo Bob Marley, es el rey indiscutido, y en esta repisa está mi colección de rap, en eso no hay quien me gane, The Notorious B.I.G., los emecés clásicos, tengo a Eazy-E, míralo, el genio del Gangsta Rap, y todos estos hasta Eminem, qué te parece, ¿ah?, son los maestros, nena, ante éstos tienes que arrodillarte.

—Y la Susana Media, ¿qué opina de lo que ve?

La Susana Media mira todo sorprendida, como si estuviera conociendo al Nenito por primera vez, o corroborando lo que ya percibió la noche anterior, cuando lo vio bailar con una muchacha tanto más joven y más linda que ella misma. Antes lo veía con ojos de dueña de casa que observa al casero, al lanchero, al negrazo buenón que acepta mansamente órdenes de las señoras blancas y se encaja su filipina recién planchada para llevarles mojitos a la playa.

—¿Y ahora?

Ahora no. Ya te digo, ahora hay sorpresa en la mirada de Diana. El Nenito se ha fabricado sobre el techo de la casita de su madre un altillo con todo y balcón al mar; catre con sábanas limpias y mosquitero; paredes muy pintadas de blanco; perfección de maniático en la ordenación de sus cómics, sus revistas deportivas, sus instrumentos de percusión y su colección de caracoles raros; grabadora Sony con todos los gallos; ropa bien doblada y guardada en un armario; colonia cara, aftershave y dentífrico en el lavamanos, y al lado del desodorante que le ha comprado Señora Susana, otros dos habidos por iniciativa personal.

No se le había ocurrido a Diana que el Nenito pudiera tener un mundo tan propio y tan bien montado, ni que cultivara sus aficiones, ni que se las hubiera ingeniado para fabricarse un vividero independiente y acogedor, para remate con estupenda vista al mar. Pero si esto es el penthouse de un playboy, le dice en chanza, y él le responde, ofreciéndole un vaso de limonada: Es apenas el lugar donde vivo, gracias por venir a visitarlo.

—¿Y las filipinas que Señora Susana le obliga a llevar?

Las filipinas las mantiene colgadas en ganchos donde no se arruguen ni les caiga el polvo, pero al lado relumbran sus camisas rojas y amarillas de príncipe de barrio. Y de golpe se ha vuelto afrodisíaco ese olor invasivo a caramelo, clavo y canela del dulce de icacos. Ah, qué, Nenito, pero si vives aquí como un Dios, le dice Diana sentándose en el catre, y él, soltando toda la risa y atrayéndola hacia sí en un repentino abrazo: *Soy* un Dios, Diana, *soy* un Dios.

Llegadas las cosas a ese punto, lo mejor es mirar hacia otro lado y dejar que entre ellos dos suceda lo que tenga que suceder. Cuando el destino decide cumplirse, lo único prudente es no atravesarse en su camino. Y además tampoco sabemos el detalle de lo que pasó allí, no estábamos presentes como para atestiguar.

—Pero hay cosas que sabemos aunque no las sepamos.

Adelante, entonces. Como obedeciendo un mandato muy antiguo, ella y él le entran de lleno y en plena conciencia a la realización de su tarea, la que está escrita desde el inicio, y se entregan con entusiasmo y fervor a ser hombre y mujer, y dejan de par en par las puertas del balcón para que la brisa los bañe y el mar los meza con su portentoso flow, y se divierten juntos y cada cual se abre y se entrega como una fruta madura, y se maravillan con la mutua compañía, y se deleitan en el contacto, que será más estrecho y profundo que el de una champeta religiosamente bailada, y se miran a los ojos olvidados de todo lo demás, y revuelcan las sábanas y hacen crujir el catre, y mientras se aman con lenguas y pelos y narices, van sellando la suerte final del paraíso y marcando un último día en el calendario de la fatalidad.

¡A Diego lo picó una abeja! Diego, el hijo mayor de Diana, corre llorando donde Señora Susana, su abuela, y entre mocos y lágrimas le muestra el pie izquierdo y le dice que lo ha picado una abeja. Señora Susana enseguida llama a Diana: Diana, Diana, a tu hijo lo picó una avispa. No es gran cosa, pensamos, peores percances les pasan a diario a estos niños sin que nadie se altere demasiado: picaduras de erizo o aguamarina, cortadas con cachos de vidrio, insolaciones, amenazas de tétano con un clavo oxidado. Pero cuando Señora Susana se da plena cuenta de que Diana no está, ahí es cuando el drama desemboca en tragedia. Cuando Diana no aparece aunque estén echando abajo la casa a gritos, ahí es cuando Señora Susana se sale definitivamente de sus cabales y desata el agite más arrequintado, ¡que se muere el niño, que se muere! ¡Dónde está Diana, dónde está Diana!

Tranquila, Señora Susana, se atreve a sugerir Gladys, y más le valiera estar muerta. ¡No me digas que tranquila!, le grita Señora Susana fulminándola de rayo, haz lo que te digo, busca a Diana y trae el antihistamínico. ¿Qué cosa, señora? ¡El antihistamínico, niña! ¿Acaso no ves que Dieguito es alérgico a las picaduras de avispa?

La casa arde en conmoción, todos buscan la inyección que va a impedir que el niño haga una reacción alérgica, y Dieguito aúlla como poseso y se agarra a dos manos el tobillo que recibió el aguijonazo. Pero no encuentran a Diana y tampoco la inyección, que no está en el cajón donde siempre la dejan por si se presenta la emergencia. Señora Susana se está volviendo loca de preocupación; con agonías de pájaro cautivo aletea por todo lado con grandes aspavientos de las dos manos.

—Las dos manos de la madre, largas, casi translúcidas, bellísimas manos que ninguna de sus tres hijas heredó, y que con los años se han deformado por la impiedad de una artritis, que aquí en San Tarsicio se ha ido haciendo más y más evidente año tras año.

Señora Susana que va aleteando con sus manos transparentes y el niño Diego que grita a todo pulmón, y si la alergia no se tranca a tiempo, al pobre crío se le va a inflamar la garganta y se puede asfixiar, y la Gladys y la Amapola revolotean de arriba abajo buscando la salvación. Irina y Alma han oído el escándalo y ya comparecen, la una tiene alzado al niño, la otra trata de aplacar el frenesí.

—Entre tanto, nosotras cruzamos los dedos para que no suceda lo que está a punto de suceder.

Pero en efecto sucede, tal como debía suceder: Señora Susana empieza a llamar a gritos también al Nenito, que por supuesto tampoco aparece. Ay, Virgencita santa, ahora sí se devela la adivinanza, blanco es, gallina lo pone y frito se come, dos más dos son cuatro, cuatro y dos son seis, Diana no aparece y el Nenito tampoco. ¡Diana, Diana, al niño lo picó una avispa y no encontramos el antihistamínico, no lo picó una avispa, lo picó una abeja, que no, que una avispa, una abeja, qué carajos importa avispa o abeja, Diana, por todos los santos, dónde demonios está Diana! ¡Alguien que encuentre al Nenito y le diga que venga enseguida! ¿¡Pero dónde carajos se metió el inútil del Nenito?! La Gladys lo sabe, a esas alturas ya todos sabemos que ambos desaparecidos andan muy a gusto y muy dados al placer, ni más ni menos que allá, en el altillo aquel con vista al mar y olor a caramelo, dedicados precisamente a eso, con perdón por la vulgaridad del dicho: dándose eso mismo, caramelo.

Pero la Gladys no lo confiesa y se hace la que corre a buscar por la playa, a sabiendas de que por ahí no va a encontrar. La Amapola lo sabe, todo el pueblo sabe dónde se ha metido ese par. Pero nadie dice nada. Alma vuela en el jeep por la carretera hacia la farmacia de Bajos. Irina corre a llamar a Lucas el enfermero. Las demás buscamos a Diana, buscamos al Nenito, en todos lados menos en el lugar donde sabemos que están. Y Señora Susana, ya desgañitada: ¡¡¡Diaaaanaaaaaa!!!

—Algunas creíamos que había que interrumpir al par de tórtolos para avisarles; otras decían que los dejáramos en paz. Que sí, que no, que sí, no logramos decidirnos, y ahí estuvo el error. No faltó mucho para que Señora Susana en persona apareciera por las calles del pueblo preguntando por Diana casa por casa, y ni siquiera tuvo que preguntar demasiado, cuando alguien cedió a la presión y confesó.

Medio pueblo se amontona detrás de Señora Susana cuando abre de un empujón la puerta del altillo y los encuentra allí, ambos desnudos hasta el asombro, lo que se dice empelotos desde la coronilla hasta la uña del dedo gordo del pie, y de lo más divertidos dizque cantando lo del cangrejo, el Nenito sentado en el piso, acompañando con los bongós, y Diana de pie, bailando al son en alzamiento de piernas y revoleo de brazos, como aspas de ventilador.

—Se lo digo yo, que en ese momento ya estaba allí y lo vi: eran la imagen pura de la felicidad.

Irina escribiría después en su cuaderno rayado: *El pecado original no es otro que la felicidad.* Pero Irina no siempre fue acertada en sus comentarios; se le iba la mano con las palabras.

Y frente a la escena inaudita que están presentando el Nenito y la Susana Media, ahí está ahora Señora Susana, demudada, pálida como una sombra, temblorosa, a la vez iracunda y derrotada, temible como un ángel vengador en el momento en que sólo atina a decir, con el tono incriminatorio de quien dicta una condena: Tu hijo Diego muriéndose, Diana, y tú aquí.

—*Y tú aquí:* nadie en el pueblo olvida esas palabras.

Y luego viene lo mejor, o mejor dicho lo peor: el Nenito que se levanta y se le planta enfrente a Señora Susana con todo el metro noventa de su imponente desnudez, cada parte de su cuerpo expuesta en tamaño proporcional a su estatura, pero sobre todo enorme él en su propia persona, alma crecida y no disminuida por primera vez frente a su patrona. Y ante semejante cosa, Señora Susana ruge, ya en el colmo del horror: ¡Dios mío! Y comenta el Nenito, socarronamente y volteándose hacia Diana: ¿Ves? Tu madre me ha dicho dios mío, ella sí me cree.

Pero el chiste de chistoso no tenía nada, y nadie olvida el rencor, y en últimas la imposibilidad de comprender, o sea la mezcolanza apretada de sentimientos que resonó en la acusación que enseguida Señora Susana pronunció tan despacio, haciendo vibrar cada palabra con una voz salida del fondo de su indignación: *Y tú aquí.* Como si nada peor hubiera podido ocurrir, como si nada peor pudiera volver a ocurrir: Y TÚ AQUÍ.

Pero Diana ya no está; en un segundo se ha envuelto en una de las sábanas que andan tiradas por el piso y ha salido corriendo hacia su rancho, en busca de su hijo.

—*Diego muriéndose y tú aquí.* ¿La muerte del primogénito iba a ser el castigo por la falta cometida? ¿No resultaba un poco exagerado?

Diana que corre playa arriba como una exhalación, y Alma, que ya ha regresado, le sale al encuentro. Sin parar de correr y al borde del infarto, Diana pregunta: ¿Dónde está Diego? Y Alma, acezando y manteniéndole el paso: En el rancho, con Irina. Y qué le pasa a Diego, por Dios, Alma, dime qué le pasa a Diego. Que lo picó una abeja, imbécil, y no te encontrábamos ni encontrábamos el antihistamínico, dice timbradito Alma, y entonces Diana pregunta: ¿A mi hijo Diego lo picó una abeja? ¿A Diego?

A Diego, ya oíste, y ¡ahora corre, carajo!, le grita Alma. Y ahí es cuando Diana frena en seco, se da media vuelta y encara a su hermana: ¿Qué dijiste? Alma repite lo que viene gritando: Dije que le apures, mierda, que a Diego lo picó una abeja y no tenemos antihistamínico, eres una irresponsable, qué carajos andabas haciendo, hija de puta, ¿crees que no lo sé?, ¡tú encamada con ese negro mientras tu hijo entra en shock!

Y entonces Diana, clavándole a Alma una mirada tan fulminante que debió calcinarle las pestañas, las bolas de los ojos y por ahí derecho hasta la masa encefálica, le dice desde la severidad contenida de una distancia helada: Mi hijo *Juan* es el alérgico a la picadura de avispa, Alma. Diego no. Juan es el alérgico, a Diego no le pasa nada.

—Hasta emocionante fue ver así a Diana, y así la recordaremos siempre, tan airada y desnuda y envuelta en su sábana como una estatua antigua en el instante de su libertad, o mejor dicho como la propia Estatua de la Libertad, parando en seco con el brazo en alto a su hermana mayor y mandando muy al demonio a su señora madre por entrometida y por maniobrera y por andar juzgando lo que no le corresponde.

Por esos días se soltó a llover locamente, el cielo se deshizo en agua, el sol se escondió como si estuviera avergonzado, Diana y Alma no se dirigían la palabra, los mosquitos aprovecharon la falta de brisa para hacer su agosto, el Nenito quedó de brazos cruzados porque Señora Susana lo echó del trabajo, Catarino Arena seguía enfermoso y afiebrado en su hamaca sin que Diana llegara a visitarlo, los niños se aburrían bajo techo jugando a las cartas. Ésta anda mal, le comenta Irina a Alma sobre la cabizbaja Diana, y Alma le contesta con un poco de risa y un poco de veneno, como empezando a perdonar pero sin lograrlo del todo: Pues sí, mal, y cómo quieres que ande, si se le acabó su romance Milli Vanilli. Y luego le pasa por el lado a Diana canturreando: *It's a tragedy for me to see the dream is oooover...*

Y fue entonces, en medio de ese clima húmedo y de tensa incomodidad, cuando Señora Susana presentó los primeros síntomas. Se le estaba olvidando hablar.

Tal vez la conmoción y el disgustazo que le produjo Diana la dejaron anonadada, la cosa es que empezó a trastocar las palabras. Las primeras en darse cuenta fueron la Gladys y la Amapola, atrás en la cocina mientras la patrona les indicaba cómo preparar el postre de islas flotantes. Bate los huevos con esa mariposa, le ordenó a Gladys. ¿Cómo dice la señora? Que batas los huevos, te digo, con esa mariposa. ¿Mariposa, señora, no será más bien tenedor? Que no, mujer, que no, con esa cosa, te digo, bátelos con esa cosa. ¿Señora Susana, querrá decir con la batidora? Eso, eso, a buen entendedor pocas palabras bastan, con la batidora, sí, con la batidora. Y esa misma noche otra vez, Señora Susana a Amapola: Ya me voy a dormir, déjame mi té de hierbas en el tejado. ¿En el tejado, Señora Susana? ¿Tejado te dije? Sí, señora. ¿Y cómo se llama acaso? La Señora Susana tal vez quiso decir mesita de luz. Eso mismo, déjame mi té en la mesita de luz. Señora Susana reflexiona, sorprendida ante su propio error. Quise decir mesita de luz, debió pensar, por qué habré dicho tejado.

Más adelante son Irina y Alma las que se dan cuenta, y hasta la propia Diana también lo detecta pese al coraje y la irritación que se trae contra la madre: Señora Susana andaba confundiendo las palabras, que se le cambiaban unas por otras, como si un loco cantara la lotería y dijera rey cuando sale el gallo y gallo cuando sale el rey.

—¿Habrá sido por eso que confundió a Juan con Diego cuando la picadura de abeja?

Más bien al revés. Confundió a Juan con Diego a propósito y porque le convenía; porque le permitía levantar un castillo de culpa sobre su hija Diana. Y de ahí en adelante siguió embrollada pese a su voluntad. Ésa es mi interpretación. Pero vaya a saber, tampoco soy médico ni sacerdote para dictaminar. El hecho cierto es que hasta las cosas más familiares se le desdibujaron en una nebulosa donde mesa podía ser escoba, escoba podía ser vaca y vaca podía ser camisa, y si le preguntaban los nombres de sus cuatro nietos, los seres más cercanos a su corazón, tendía a confundirlos o incluso a pronunciar en cambio los de sus propios hermanos.

Al principio a sus hijas, las tres Susanas, aquello medio les da risa, no les queda claro si se trata de una broma o de uno de esos entretenimientos de charadas, palíndromos, mímicas o adivinanzas que tanto le gustan a su madre, y la propia Señora Susana parece divertida cuando ve que la lengua no le obedece, como si fuera un animalejo travieso que le estuviera jugando malas pasadas. Pero enseguida las Susanas se preocupan grandemente, cuando se convencen de que algo grave le está pasando a su madre y que urge ponerla en manos de expertos, así que deciden decretar el fin de las vacaciones y adelantar el regreso. Levantan campamento, empacan a la carrera y ahí estamos nosotras, agitando pañuelos a lo largo de este camino de tierra que bajo hileras de yarumos y de guayacanes lleva de San Tarsicio hasta Bajos del Cantú, y que luego atraviesa los riesgos y riscos de los Montes de María, para soltarse más adelante a serpentear montaña adentro y convertirse en esas autopistas que nosotras no hemos recorrido, y aventurarse por los mil cruces y abismos de una cordillera que desconocemos. Y allá va Señora Susana en los todoterrenos de la caravana familiar, junto con sus hijas y sus nietos y sus perros, sus maletas y tiliches. Allá va ella, la matriarca, la mandamás, la matrona, allá va, pero ya no sabe quién es quién, qué es qué ni cuál es cuál, porque entre su cabeza juegan a las escondidas los nombres y las palabras.

—Quién hubiera dicho que Señora Susana iba a ser la primera en sufrir.

Quién hubiera creído que ella sería la primera atropellada por el cataclismo de acontecimientos que se desató en Isla Narakas, ese lugar más conocido entre nosotras como Isla Marakas y señalado por muchos como la propia boca del infierno. Resultaba difícil entenderlo, cómo podía ser que ella, la censuradora, la castigadora, resultara siendo la castigada.

—Quién hubiera dicho. Claro que ese lío con las palabras ya se lo traía desde antes, aunque soterrado. Hacía rato venía confundiendo la escoba con la basura, la tos con el jarabe y la miel con la mostaza.

Dos meses después de su partida nos llega la noticia. Esa molestia que afloró en Señora Susana durante sus últimos días de San Tarsicio, ese inocente y hasta entretenido barullo del vocabulario, había sido causado, según decir de los médicos, por una enfermedad del cerebro llamada aneurisma, que le fue enredando la salud hasta llevarla a la muerte.

Imaginamos su día final, ella hecha un zurullo mínimo y perdido en el fondo de la cama, bendiciendo a sus tres hijas y a sus cuatro nietos con su mano bella y transparente, esa mano que sus hijas claramente no heredaron, esa mano lastimada por la artritis y luego convertida en el último instante en garrita seca y entorchada, como de pájaro. No mentimos al decir que nos dolió su muerte.

Pese a todas sus mañas y sus ñáñaras, sus altiveces y sus desplantes, Señora Susana siempre estuvo pendiente de nosotras, y nuestros niños echarían de menos las obritas de teatro que montaba con ellos y los lápices de colores y los libros de cuentos que les traía de regalo, y Gladys y Amapola nunca encontrarían otra patrona que les enseñara tan buenas recetas de cocina, ni que se sentara tanto en el patio trasero a conversar con ellas, aunque la mitad del tiempo fuera para reprocharles algo. Así era ella, Señora Susana, y en todo caso no la olvidaríamos, y desde luego no es hipocresía afirmar que nos dolió su muerte.

El siguiente diciembre nos encontró esperando a las Susanas, pero no llegaron. Mandaron decir que andaban en el duelo y enredadas con trámites de la herencia, y no vinieron tampoco un año después. A su rancho se le espelucó la paja del tejado, en los baños se arremolinaron las hojas secas, la bomba del agua siguió estropeada, los ventiladores se oxidaron, las repisas de la alacena permanecieron vacías y colonias de iguanas se instalaron en las terrazas.

Algunas novedades fueron sucediendo entre tanto en todo San Tarsicio, ciertos cambios que les dieron a nuestras vidas un giro hacia lo malo. Empezando porque los barcos japoneses acabaron de romper el coral con el arrastre de sus redes inclementes, y fue tal la escasez de pescado en estas costas nuestras, que los hombres en patota debieron emigrar hacia los mares de Santo Ventura, Islas del Viento y Sagrada Familia. Los hermanos del Nenito iban entre la manada que se expatrió. Allá, en esos puertos de abundante pescado y beneficios de la civilización, pasaban nuestros paisanos meses y meses lejos de casa, del calor de sus camas y del amor de sus esposas, y sería por añoranza, o habrá sido más bien arrastrados por las ganas, que se aficionaron a frecuentar a las prostitutas del puerto, que podían contagiarles el mal francés y otras dolencias venéreas. Algunos regresaron enfermos: en sus caras demacradas, su languidez de espectros, su genio apocado y su anatomía consumida, era difícil reconocer al vecino que un tiempo antes había partido de aquí saludable y entero. Supimos entonces que el sida, la novedosa plaga, había llegado a San Tarsicio y se había instalado entre nosotros.

Mientras nuestro pueblo de negros se iba apagando, el balneario de los blancos se iba alumbrando con letreros de neón, y el Nenito, la Gladys, la Amapola y muchos más se convirtieron en meseros, botones, cocineras, camareras y jardineros de los restaurantes y de los hoteles. Pero el cambio más sentido vino aparejado con el empoderamiento de la Changa, que por todo el entorno se consolidó como rey en la sombra y fue haciendo de las suyas con total impunidad y abuso, imponiendo su grito de guerra, *Matanga dijo la Changa,* casi como himno nacional.

—Todo iba cambiando y sólo la luz seguía igual, esa luz fulgurosa que en los buenos tiempos envolvía a las Susanas en un halo de claridad, casi un halo de santidad, al menos ante la fascinación de nuestros ojos devotos.

Todo había cambiado y sólo el sol seguía en lo suyo, derramando cada día la misma luz cegadora. En su celo de moralidad, la Changa lo prohibía todo; al fin de cuentas se había convertido en amo y señor, en mandamás a medio camino entre general y sumo sacerdote, y sus matones de motocicleta se encargaban de que sus órdenes fueran cumplidas al pie de la letra. Cómo serían sus ansias que acabó prohibiendo hasta la champeta, que según su apreciación era el baile más inmoral, el canto inaceptable a la irreverencia, el pecado y la sexualidad.

—Pero los muchachos y las muchachas de San Tarsicio no dejaron de bailarla. Les gustaba la champeta y se atrevieron a desafiar las motosierras de los matarifes, que ya andaban por ahí cortándoles las manos dizque a los ladrones, tajándoles los huevos dizque a los adúlteros y dejando sin piernas a los que intentaban escapar.

Con todo y eso, la champeta se siguió bailando en San Tarsicio. Pero ahora clandestinamente, ya sin focos rojos y con la música muy en susurro, casi silenciosa, y había que ver aquello, a las dos de la madrugada y sin más claridad que la luna: nunca antes el *húndelo-húndelo* había sonado tan suave. Los muchachos y las niñas se mecían y se apretaban con el mismo fervor de antes, pero ahora había algo más, un misterio, un peligro, un aire de conspiración. La champeta en defensa del inalienable derecho a la calentura, o arrechera que se dice por aquí, con las juventudes dispuestas a brincarse mangoneos aunque eso significara desafiar al criminal. La champeta vuelta rebeldía: ver para creer.

Hasta una noche de sábado en que la Changa decidió que ya no más burleteo a su autoridad, y mandó que sus sicarios cayeran sobre el pueblo, sacaran a rejo a la concurrencia de la discoteca, rociaran con gasolina el establecimiento y le prendieran fuego. Seleccionaron a cinco de nuestras hijas y a cinco de nuestros hijos, o serían cinco y cinco de nuestras nietas y nietos, y ante nuestros ojos impotentes, ante la inutilidad de nuestros ruegos y lágrimas, los desnudaron de la cintura para arriba, los ataron a los postes de la luz en la plaza pública y los molieron a látigo hasta derrengarlos. Como castigo ejemplarizante, según anunciaron.

Seguían cundiendo las noticias alarmantes. En los Montes de María, por los lados de una vereda abandonada que llaman Los Algarrobos, funcionarios de la Fiscalía destaparon una fosa común con ciento veintisiete cadáveres sin identificar. ¡Ciento veintisiete asesinados, cuando en todo San Tarsicio no debíamos quedar ya ni trescientas almas sin asesinar! La Changa declaraba enemigos a diestra y siniestra, dejando reguero dondequiera que fuera pasando. Sus hombres traían cadáveres de otras veredas y los enterraban aquí, o mataban aquí y enterraban allá. Su negocio era el tráfico con la muerte, y cada día lo afinaban y lo iban dejando mejor organizado. Eso y más aceptábamos nosotras con el alma rota, pero también con un reborde de resignación, convencidas como estábamos de que todo obedecía al cumplimiento de lo inevitable. El paraíso se desmoronaba después de cometido el pecado, según estaba escrito en el libro del destino con una caligrafía que creíamos descifrar.

Al tercer año de ausencia, la gran noticia nos tomó por sorpresa: las Susanas mandaban decir que había que limpiar, arreglar y tender camas, porque ese diciembre la casa volvería a ser habitada. ¿Regresaban entonces? ¿Sería verdad? ¿No todo estaba enterrado, y le quedaba todavía a esta historia un capítulo por contar? No hace falta decir cuánto nos esmeramos preparando el escenario del reencuentro, ni contar cómo pulimos y brillamos, y preparamos el arroz con coco y el sancocho de bagre, y tuvimos lista la ensalada de mariscos y el jugo de mango, y bregamos a disimular los destrozos y a reparar en lo posible los deterioros. No mencionaré que pusimos floreros en cada cuarto, papel higiénico en los baños, jabón en las jaboneras, y en cada mesa de luz una jarrita de agua cubierta con servilleta bordada. Tampoco quisiera contar cómo Amapola y Gladys despercudieron sus delantales de cuadritos, azules y blancos la una y la otra verdes y blancos, ya desteñidones ambos y medio deshilachados en los bordes, pero remozados por ellas a punta de almidón y plancha. Mejor no recordar. Mejor hiciéramos olvidando que para darle la bienvenida también a la difunta Señora Susana, para no dejarla por fuera de la celebración, en el cuarto que fuera de ella entronizamos una corona entretejida en cinta morada y flores blancas de papel crepé, con su nombre y fecha de fallecimiento en letras doradas.

Pero la sorpresa resultó aún más sorpresiva de lo que esperábamos. Nosotras afuera con nuestras mejores galas, bordeando el camino que viene de Bajos por entre yarumos y guayacanes, nosotras, nuestras hijas y nuestras nietas, todas en expectativa y agitación de nervios, oteando la polvareda para ver aparecer los tres todoterrenos con su cargamento de provisiones para la despensa, alboroto de niños y perros y la familia entera de las tres Susanas, la tribu completa salvo por supuesto Señora Susana, que en paz descanse. Cuando comprobamos que viene nada más uno. Un solo todoterreno y detrás, siguiéndole la huella, un Mercedes-Benz negro.

Del todoterreno descienden dos figuras, una de Ray-Bans y sombrero vueltiao y la otra sin gafas ni sombrero, apenas camisa a rayas, pantalón kaki y zapatos tenis. Pero ni el uno ni el otro son ellas, las Susanas, sino sus maridos. José Alejandro, esposo de Alma, que es el de sombrero y anteojos oscuros, y Mario Granados, el de camisa rayada, que viene siendo el marido de Diana. Recién bajándose, sin mucho saludar, ya nos van soltando la advertencia: se quedan tres días apenas, porque han venido a vender el rancho. Nada más a eso, y del Mercedes-Benz se baja la pareja que viene a conocerlo, porque está interesada en comprar.

Mucho no refiero lo que nos sucede después del desencanto; los laberintos de la memoria no atesoran la frialdad de una operación monetaria, y menos si al paraíso, o a lo que de él va quedando, se lo quiere tasar como inversión inmobiliaria. Los maridos de Diana y de Alma no producen impacto con su presencia, y no es que los odiemos, ni los despreciemos, simplemente se salen del cuadro. Y sin embargo ellos se las ingenian para hacerse notar, produciendo un nuevo sobresalto y borrando de un plumazo la idea de que no habría nuevo capítulo por contar. Sí que lo hay.

—Y no gracias a José Alejandro, que más bien se dedica a echarse sus whiskys en la terraza con los presuntos clientes, sino por cuenta de Mario Granados, el marido de Diana.

Imaginamos que Diana se queda en su cuidad fría pensando en su marido, que anda por San Tarsicio. Debe pensar que a oídos de él llegan cosas: chismes. Eso teme Diana, y se echa a temblar. Que tal que a Mario Granados, ingeniero sanitario, le dé por meterse al pueblo y por andar preguntando, indagando aquí y allá, jalándole la lengua a todo el que abra la boca. Y aunque no vimos a Diana, porque ni esa vez ni nunca volvió por San Tarsicio, podemos imaginar su susto tan inmenso, los fieros latidos de su corazón, cuando al regreso del viaje Mario Granados le pide que se siente, porque hay algo que tiene que decirle.

—No lo sabemos así, pero podemos imaginarlo.

Imaginamos la escena que sigue. La Susana Media temblando, agarrada de atrás en su silla, segura de que en los recorridos y averiguaciones que por el pueblo ha hecho su marido tiene que haber escuchado algo. A sus oídos tuvieron que llegar rumores de los amoríos de ella con el casero negro, habladurías sobre el viejo escándalo, comidilla de sus infidelidades con ese Nenito de uno con noventa y sonrisa sin caries, que ahora es mesero en el restaurant Sama Pluma, tiene ya un hijo de dos años y medio y se ha arrejuntado con la madre del niño, que no es otra que aquella morena bonita de la champeta en el Decamerón, la que despertó en Diana el ardor de esos celos que la arrojaron de una buena vez a sus brazos; a los brazos del Nenito, se entiende.

—A Diana la imaginamos en su ciudad helada, con sus botas y su abrigo, o lo que sea que se ponga para protegerse del frío, aunque helada ella también, sobre todo por dentro y del sobresalto ante el reclamo que Mario Granados está a punto de soltarle. Se le coaguló la sangre cuando Mario Granados le dijo: Tenemos que hablar.

Un *tenemos que hablar* viene siendo igual a una sentencia; le mata los gusanos en las tripas a cualquiera. Tenemos que hablar, pronunció Mario Granados a su regreso de San Tarsicio, y ya Diana fue imaginando la petición de divorcio motivo adulterio, con todas sus consecuencias: para quién el apartamento, los muebles para quién, los niños con quién vivirán, *devuélveme el rosario de mi madre y quédate con todo lo demás,* y así, así, etcétera, etcétera hasta las lágrimas.

Pero lo que Mario Granados escuchó en el pueblo y ahora le repite a su esposa es un relato breve y va por otro lado. Empieza con los hechos de la Changa, que desde hacía rato traía casada la bronca contra los homosexuales, y que de tanto vetar y tanto castigar, terminó prohibiendo el sida. Decretó un

Matanga dijo la Changa contra los que tuvieran esa enfermedad, los portadores del contagio, los pescadores que lo habían traído de otros lados. Anunció su resolución en grafitis, MUERTE A SIDOSOS, y abrió un compás de espera. Concedió salvoconducto de tres días y tres noches para que se autoexpatriaran los que se dieran por aludidos.

—Solamente tres días y tres noches.

Después de ese lapso, advirtió la Changa, todo enfermo de sida que permaneciera en los perímetros de San Tarsicio sería cosido a bala, y su cuerpo consumido por el fuego hasta no dejar rastro de su sangre envenenada. Los que se sintieron interpelados escaparon, todos menos uno: Catarino Arena. Ya debilitado por la enfermedad, que en su persona hacía estragos hasta un punto de inmovilidad, Catarino se fue quedando, sin padre ni madre ni hermanos, ni quien lo acogiera, y en todo caso sin tener adónde ir, como quien dice sin nada ni nadie ni perro que le ladre. Solitario en su vivienda improvisada, en una trastienda a medio demoler. Catarino se fue quedando, se fue quedando y se quedó, tendido en su hamaca, esperando a que cayera la noche de la batida notificada. Como era su costumbre, los sicarios de la Changa llegarían con sus gritos y sus motos de alta cilindrada a cumplir la orden con arma justiciera. Y Catarino Arena se fue quedando, tal vez porque ya sabía demasiado bien que quince no hacen docena.

—Desde las dos de esa tarde de espanto, las más viejas preparamos la mochila para no estar por allí a la hora de la hora.

Todos nos fuimos yendo, y Catarino permaneció. Acostado en la hamaca, de espaldas al mar, en su trastienda destartalada al fondo de un lote de pancoger, donde alguien todavía tenía ánimos para cultivar algo de yuca o de plátano. Hacia las tres de la tarde, las viejas pasamos a despedirnos. Adiós, Catarino Arena, que la muerte te sea leve. Lo decíamos llorando, con grandes ademanes y clamando al cielo según es tradición entre las mujeres en esta tierra. Llorábamos lágrimas verdaderas, pero aun así nos despedimos de él y nos fuimos alejando. Catarino nos miraba sin rencor desde su fiebre. Una por una fuimos pasando, como ovejas al matadero, o más feo todavía, como ovejas que pretenden escapar del matadero, mientras que atrás se queda el cordero. La bendición, mamita, Catarino nos iba pidiendo. La bendición, mamita. Y nosotras se la echábamos con la diestra, desde lejitos y sin besarlo en la frente por pánico al contagio.

Después de nosotras, siguió la romería. Vecinos y vecinas, niños y niñas, fueron desfilando frente al quicio sin puerta de su cobertizo, para dejarle un regalo. Una nadería, siquiera un recuerdo antes de abandonarlo. Así de pasadita, un adiós apenas con la mano y un regalito que pudiera agradarle, un paquete de cigarrillos Pielroja, una botella de ron, unas galletas dulces, unas espigas de avena, unas cocadas, un dulce de icacos en vaso de plástico. Ofrendas humildes para el condenado.

—¿El Cordero Pascual?

—Si así le suena.

Catarino Arena agradecía desde la hamaca con su sonrisa de dientes en desorden. Aceptaba cada presente con una reverencia cansada, una levedad de gestos, sin decir nada. Porque todo sucedió en silencio: no hubo palabras.

—No hay palabras cuando lo que se dice se ha debido decir antes.

No hay palabras cuando se están diciendo demasiado tarde. Hacia las siete de la noche ya no quedaba nadie en el pueblo, salvo el muchacho. Solo, en su hamaca, esperando a oscuras la muerte anunciada. Detrás de él sonaba el mar. Debió ser larga la espera, porque hasta las once no se escuchó el tronar de las motos, las voces de los hombres, las amenazas, los insultos. En algún momento antes de la medianoche lo cosieron a bala como habían pronosticado, y quemaron su hamaca, su cobija, su almohada, su despojo de rancho. Desde nuestro escondite en el monte olfateamos el humo y vimos las llamaradas, y así supimos que lo que iba a pasar ya había pasado.

Al amanecer escuchamos el rugido de motocicletas en retirada, y nos animamos a regresar. Cuatro voluntarios con mascarilla y guantes de caucho recogieron los restos de Catarino, lo encostalaron en bolsas grandes de basura y lo enterraron a la orilla de un barranco, a distancia prudencial de las viviendas. Al final alguien ofició una ceremonia de limpia y desinfección con chorros de creolina, para neutralizar las cenizas de su casa y los efectos ponzoñosos de su sangre derramada. Y nosotras supimos a las claras que ahora sí: el martirio y muerte de Catarino Arena marcaban el fin del fin, el verdadero final del paraíso.

Y tú no fuiste a visitarlo, le reclamó el marido a la Susana Media, le prometiste a Catarino Arena que pasabas a verlo, y se quedó esperándote. No fue más lo que dijo Mario Granados a su regreso. O sea que nosotras, ¿nos habíamos confundido de pecado? Quizá las maromas que en la cama ejecuten los Adanes y las Evas no hacen ni cosquillas en los ijares de Dios. Ni siquiera Mario Granados, ingeniero sanitario y esposo de Diana, pareció escandalizarse con los chismes de engaño. O no llegaron a sus oídos, ¿o supo pasar de agache? Difícilmente. Quizás la verdad oculta que ahora pretende asomar ante las cataratas de nuestra ceguera sea ésta: los siete pecados mortales son en realidad ocho. No ver el horror, o verlo y ahí sí, pasar de agache. Dejarse llevar por lo más liviano, ¿puede ser ése el octavo pecado, el que no tiene nombre?

Pero nosotras fijamos la vista donde no era, y erramos el vaticinio. Señalamos en la dirección equivocada. Seguíamos muy bien la pista, pero en algún punto nos desviamos. Quizá por eso se nos escapó el verdadero foco rojo que mandaba señales intermitentes de alarma, el momento del derrumbe, cuando el infierno que viene anunciado empieza de veras a desenchiparse, y la camada de los demonios, desde siempre ahí, pero ahuevada y adormecida, decide espabilarse y salir de su madriguera.

Quién sabe. Tal vez no haya manzana que no venga envenenada. Qué dirá de todo esto Irina en sus cuadernos, eso no lo sabremos. A lo mejor tampoco ella tiene claridad al respecto, y prefiere dejar los renglones en blanco. La cosa es enredada más allá del alcance. Tal vez no comprendemos nada, quizá no haya nada que explicar.

La promesa

Me la pasaba encerrada en el baño. Me gustaba ese lugar porque era el único de la casa que tenía falleba, y ni mi madre ni mi tía podían irrumpir cada vez que les daba la gana. A mi madre la inquietaban mis largos encierros y pegaba el oído a la puerta, imaginando que yo andaba en algo. No eran descabelladas sus sospechas, porque yo me encerraba a odiarla a ella y añorar a mi padre.

Mi madre era una mujer dada a la discusión, a la pelea, al desencanto, y yo me protegía de ella pensando en mi padre.

El baño tenía baldosas azules y blancas, las blancas predominaban y las azules se agrupaban de tres en tres, en forma de ele: imitaban el salto del caballo. Me gustaba el ajedrez, y en el colegio decía que me había enseñado a jugar mi padre. Eso no podía ser cierto, porque él se había ido cuando yo tenía tres años.

Me decían que reía en sueños; creo que yo soñaba con su regreso. A mi lado siempre estaba, siempre, la presencia de mi padre, que era una enorme ausencia.

A partir de los siete años me solté a leer, y de ahí en adelante no he parado nunca. Sabía que mi padre era un gran lector, un profesor de latín que de vez en cuando me mandaba desde Europa libros ilustrados en idiomas que yo no comprendía. Mi padre era esos libros, que yo adoraba. Era esas ilustraciones sin palabras, o acompañadas de palabras en clave, que me hipnotizaban y que imantaban mis días.

Esforzándome por adivinar el significado de esas láminas en colores podía pasarme semanas, y hasta meses, inventando y desarmando y volviendo a inventar unos relatos enredados y dramáticos que suponía ligados a cada ilustración, pero en los que siempre éramos protagonistas mi padre y yo. Yo no tenía padre pero lo tejía a punta de historias, me encerraba a fabularlo: me iba descubriendo a mí misma a medida que lo construía a él. El baño era el lugar de mis pesquisas secretas, el laboratorio donde destilaba mis mejores mentiras, las que se volvían más verdaderas que todo lo demás.

Uno de los libros enviados por mi padre contenía versiones para niños de algunas obras de Shakespeare, y ahí venía la ilustración que más me obsesionó durante años. Ahí estaba, y debajo traía las palabras *Cordelia disowned by Lear*. Cordelia era una muchacha rubia con una cara muy dulce y muy triste, y la otra figura, imponente y temible, era la de un hombre envuelto en un manto rojo, que debía ser rey porque tenía corona. En los diccionarios pude averiguar que se trataba de un padre y su hija, que *disowned* quería decir repudiada, y que repudiada quería decir rechazada, maldecida, apartada, abandonada.

Cordelia *disowned* by Lear. Más adelante tuve noticia de otras conjuras lapidarias como aquélla.

Sentencias pronunciadas en clave incomprensible y pavorosa, como el Mene, *Mene, Tekel, Ufarsin* de la Biblia, el *Morituri te salutant* de los gladiadores romanos, el *Helter Skelter* de la tribu Manson. La niña que fui llevaba por dentro su propia conjura: *Cordelia disowned by Lear.*

Me gustaba mi nombre, Ana, porque me decían que lo había escogido mi padre, y en mis cuadernos escribía muchas veces Ana, Ana, Ana, el nombre que él había querido que yo llevara. Y también escribía muchas veces Perucho, Perucho, Perucho, el nombre que yo había escogido para él.

Mon père: me gustaba repetir esas palabras, mon père. ¿Por qué en francés? Quién sabe. Tal vez porque él andaba por países lejanos y hablaba lenguas que yo desconocía. En todo caso él no era mi padre, sino mon père. Él era Père, Perito, Perucho. Él era mi Perucho.

Mi hermano y yo vivíamos con mi madre en casa ajena, y ella se encargaba de repetirnos que ahí estábamos arrimados gracias a la caridad de mi tío. Pero que todo sería distinto cuando mi padre regresara, porque entonces sí, tendríamos casa propia y seríamos una verdadera familia.

Mi padre era para mí una verdadera familia, mi padre era una casa propia. La familia y la casa que sin él a duras penas teníamos. Un día me llegó un regalo suyo que no eran libros, sino una cajita de música en forma de burbuja de cristal. Adentro tenía una cabaña suiza, y si le dabas vuelta, caía un chaparrón de nieve sobre su tejado suizo. Entre tanto sonaba *Für Elise.* Desde entonces mi padre fue una cabaña suiza en la nieve. Mi padre Beethoven, y yo su Elise.

No fueron muchos sus regalos, tal vez me llegaron cuatro o cinco veces en todos esos años. Suficiente para que yo supiera que él me recordaba.

No quería parecerme en nada a mi madre, y sin embargo pensaba en mi padre con palabras que eran de ella: cuando él vuelva... Ella siempre dijo que él iba a volver, sabiendo que no era verdad. Yo lo repetía, pero a diferencia de ella, yo estaba segura de que iba a ser verdad.

Tenía una foto de él. Un hombre alto, flaco, con ojos de basset hound. Me gustaba su sonrisa porque creía que me sonreía a mí, y como aparecía mirando a la cámara, me ilusionaba pensar que me miraba a mí.

En algún momento me enteré de que se había casado en segundas nupcias con una alemana, y que allá tenía dos hijos. O sea que mi padre ya tenía una casa propia que no era en Suiza, y vivía con una mujer que no era mi madre, y quería a dos hijos que no éramos mi hermano y yo. Creo que él mismo me lo contó en una carta, que rompí sin terminar de leer. La noticia no me interesó, y la olvidé enseguida. O tal vez olvidé un poco a mi padre, al menos por un tiempo.

A los quince me eché todo el *Quijote,* y juraba que mi padre era idéntico a él: otro caballero de la triste figura. A los dieciséis ya andaba yo de novia, de un español que se llamaba Juanjo. Lo veía a escondidas porque mi madre lo odiaba. No leía nada, Juanjo, no estudiaba nada, pero me llevaba a pasear en su moto y me enseñaba a conducirla. Él era unos diez años mayor y yo una adolescente estupenda: alta, fuerte y linda. El trabajo de él era incierto; decía que en publicidad. Yo era virgen y un día le pedí que me hiciera el amor. Me llevó a un cuartucho de atrás de su oficina, y ahí lo hicimos. Estuvo bien, me gustó bastante. Al final me entró un poco de angustia, y le pregunté si se iba a casar conmigo. Él me dijo que sí. No era mal tipo, Juanjo. Creo que mi madre lo detestaba por la sospecha de que yo tenía sexo con él. Mi madre era alérgica a todo lo que tuviera que ver con sexo. Y en cambio yo, que había descubierto que el sexo era un pasatiempo agradable, me iba con Juanjo al cuartucho cada vez que ella bajaba la guardia.

Cuando me gradué del colegio sucedió algo extraordinario. Mi madre tuvo una idea. Una idea extraña, viniendo de ella. De regalo de grado, me dio un pasaje de avión para que fuera a visitar a mi padre, que por entonces vivía en Estados Unidos. ¿Sería posible semejante cosa, tan portentosa? ¿Sería cierto que por fin iba a su encuentro? La cabeza me zumbaba, no podía dormir, tocaba el cielo con las manos, no pensaba en nada más, el pobre Juanjo trataba de adivinar qué me estaba pasando. Yo ni bolas le ponía, ni a él ni a nadie, porque me había instalado a vivir en otro planeta. Me había llegado el momento desde siempre esperado, y de ahí en adelante yo sería otra. De hecho ya era otra, porque iba a ver a mi padre.

Nunca entendí por qué hizo eso mi madre, si no me quería. Ella sólo quería a su propio dolor, estaba enamorada de su condición de abandono, y yo le resultaba un estorbo. ¿Por qué lo hacía, entonces? ¿Por qué me mandaba donde mi padre? ¿Acaso como gancho? ¿Me utilizaba como una especie de emisario, o de señuelo para que él regresara? O a lo mejor la pobre sólo había querido hacerme un bonito regalo. Fuera lo que fuera, me tenía sin cuidado; en ese momento sus motivos no podían importarme menos.

Volaba más alto que el avión cuando partí rumbo a Nueva York, tal era mi ansiedad. Me había vestido de mujer adulta, con sastre azul marino, blusa blanca, pañuelito al cuello y zapatos negros de tacón alto; debía parecer azafata. ¿Cómo iría a ser el encuentro? A él, yo lo reconocería enseguida, dondequiera que estuviera, así viniera disfrazado de conejo. Pero él, ¿sabría cómo era yo? Nunca le había enviado una foto mía, en realidad llevaba años sin escribirle siquiera. ¿Y si no estaba esperándome? Yo iba sin su teléfono, sin su dirección. ¿Qué iba a hacer si él no estaba en el aeropuerto? Me bajé de ese avión como quien se tira al vacío sin paracaídas.

En Nueva York empezaba el verano. Las mujeres llevaban vestidos anchos, de telas floreadas. Y casi enseguida lo vi, ni siquiera tuve que buscarlo, era tan alto que sobresalía entre la gente agolpada a la salida del desembarco. Y cómo no iba a reconocerlo, si era tan igual a mí. Ya me lo había advertido mi madre, *él y tú se parecen como dos gotas de agua*. Y resultó verdad, ese hombre que estaba ahí tenía mi mismo empaque, y hasta sus dientes eran como los míos. Él con entradas en la frente amplia, un buen poco de canas y unos ojos tristes de basset hound, tal como yo los soñaba.

Ante mí tenía de golpe todo lo que esperaba de él, y de alguna manera también todo lo que esperaba de mí misma. En cierto modo éramos como dos seres que se conocieran en ese momento, y en cierto modo vivíamos el reencuentro de dos seres que fueran la misma persona.

Lo abracé y le dije: Perucho.

No supe decirle más.

Fue un abrazo largo, apretado, muy largo y apretado, y sin palabras. Ninguno de los dos soltaba al otro, como para compensar tantos años de distancia. Yo lo olía, aspiraba su agua de colonia, sentía la textura un poco áspera del paño de su saco, y si entreabría los ojos alcanzaba a ver la piel de su cuello muy de cerca, como con lupa. Una franja de piel que sobresalía de su camisa y quedaba a la altura de mis ojos. A juzgar por ese retazo de piel, mi padre era más moreno de lo que yo imaginaba. Mi padre, tan lejano como un recuerdo y tan borroso como una fotografía, de repente se convertía en una franja de piel detallada en cada poro, cada pelo, cada lunar, casi en cada célula. Toda la vida añorándolo, y ahora tenía a dos centímetros de mis ojos el palpitar de su arteria carótida, y sentía contra mi pecho los latidos de su corazón. Cuando se rompió el abrazo y pude verle la cara, fue como mirarme al espejo.

Enseguida me anunció que nos quedaríamos unos días en Brooklyn, en un apartamento que le habían prestado, y como no habló de su esposa alemana, ni de los hijos que tenía con ella, yo supuse que se habría separado. Y así era, había roto en Europa y se había venido solo para Estados Unidos. Pero eso lo supe después, en ese momento no más registré que no los mencionaba. Ni tampoco a mi madre, en realidad, ni a mi hermano; por ellos ni preguntó. Pero a mí eso no me cayó mal, más bien se lo agradecí. Ése era el gran momento de mi vida, mi encuentro con mi padre, y todo lo demás sobraba.

Los días de Nueva York pasaron volando. Recorrimos de arriba abajo el Central Park y el Metropolitan, el Village y el Soho, felices de estar el uno con el otro. En una de las estaciones del metro, él paró en seco en medio del tumulto, me miró entre divertido y sorprendido, como viéndome por primera vez, y me dijo que me había convertido en una mujer inteligente y muy bella. Yo me puse dichosa, orgullosa como un pavo real. Ni se me pasó por la mente recordarle que era apenas una niña.

Todo en él me atraía, su aliento a cardamomo (masticaba esas semillas), su voz densa y serena, sus camisas de cuadritos, sus jeans escurridos en las nalgas, como los de todo flaco de piernas largas. Me gustaba ese empaque suyo de monje adusto pero sensual. Todo en él me hacía pensar en los *Carmina Burana,* de Orff. Cuando él supo de mi predilección por esa música, me llevó a escucharla en un concierto en el Avery Fisher Hall, y luego consiguió la letra y me la tradujo del latín y el alemán antiguo, *destino monstruoso y vacío, tu rueda da vueltas, perversa, vano bienestar que se disuelve en la nada,* él sentado en un sillón, divertido con la desfachatada chacota a la moral que contenían esos versos, y yo a sus pies en actitud de adoración, escuchándolo arrobada. Me gustaba la manera como se encajaba las gafas de trotskista en el puente de la nariz. Los lentes, que hacían de aumento invertido, me permitían examinar el entramado de rayitas blancas que se extendían alrededor de sus ojos, contrastando con el tono asoleado del resto de su piel. Eran la marca de los años, esas arruguitas, el talón de Aquiles de su cara.

Me parecía el hombre más guapo del universo mundo, aunque ahora que miro la única foto suya que conservo, se me ocurre que tal vez no lo fuera tanto. Ni tan monje, ni tan misterioso; más bien un cuarentón flaco. Y atractivo, eso sí, desde luego.

No habrían pasado ni dos semanas cuando a él le salió uno de los nombramientos que estaba esperando; lo contrataban de tiempo completo en una universidad de la Florida, y para allá nos fuimos.

Al llegar, alquilamos un apartamento amoblado. Era pequeño pero luminoso, con vista a unos prados y a una franja de mar que alcanzaba a verse a lo lejos. Los muebles no eran nada especial pero tampoco ofendían, y el lugar venía con sábanas y platos y lo indispensable: como casita de muñecas. Yo estaba encantada, sobre todo porque la universidad quedaba cerca y podía ir a pie, y él me apoyaba en mis planes de matricularme en estudios de literatura. Era mi primera vivienda sin mi madre y sin mi tía, y eso me daba una sensación estupenda de libertad. Aquello no sería en Suiza, ni le caería la nieve, pero en cambio tenía sol y mar. Lo primero que hice al llegar fue bajar al supermarket, comprar una docena de manzanas, arreglarlas en un gran bol y colocarlas al centro de la mesa. Fue mi manera de apropiarme de esa casa: mi primera casa, por fin casa propia, aunque fuera alquilada.

Constaba de salita comedor, terraza y dos alcobas. Él se instaló en la más pequeña, que tenía camas gemelas, y a mí me dejó la otra, con mejor vista, una cama doble, buen clóset y un escritorio con cajones.

Frente a mi cama colgaba un afiche. Era una reproducción de *El jardín de las delicias,* del Bosco, y para mí ésa fue una buena señal, y me hizo gracia ver ahí en la reproducción, en medio de tanto bicharraco abyecto, a Adán y Eva, par de abuelos, ellos sí cándidos y plácidos, todavía libres de culpa como un par de muñecos, o de gusanitos blancos. Desde niña me obsesionaba ese cuadro, que aparecía destacado a todo color y doble página en un libro de arte de mi tío que yo sacaba a escondidas de la biblioteca para encerrarme con él en el baño, donde me pasaba las horas inspeccionando sus figurinas

114

perversas y atormentadas. Las repasaba una por una y sin perder detalle, hondamente interesada en esas maldades peculiarísimas y más intrigantes que los famosos pecados capitales que me hacían memorizar en clase de religión. Creo que aprendí más de lujuria con ese cuadro que con las *Playboy* y las *Penthouse* que mi hermano escondía arriba del armario. Precisamente el baño parecía un buen laboratorio para la investigación escatológica que propiciaba el Bosco, en particular en la esquina del tríptico dedicada a infracciones digestivas. Ahí estaba ese pajarraco que se apoltronaba en un retrete con un caldero a manera de gorro y un trajecito azul. Y ese otro que vomitaba, y el que cagaba monedas de oro. A un pobre le habían encajado en el ano un sofisticado instrumento musical, otro pedaba humo negro, y los más desgraciados literalmente se ahogaban en un pozo de mierda.

Allí en Florida *El jardín de las delicias* se cruzaba otra vez en mi camino, y era como el reencuentro con un viejo amigo.

El apartamento tenía un solo baño que quedaba en medio de los dos cuartos, con una puerta hacia uno de ellos y otra puerta hacia el otro.

Ese baño fue en sí mismo como un rito de paso, una iniciación, un puente, casi una invitación. Desde mi cama yo podía oír todo lo que mi padre hacía ahí adentro, si tosía, orinaba o se lavaba los dientes. Y esos ruidos secretos pero compartidos resultaban de una intimidad perturbadora, de una familiaridad indebida y al mismo tiempo irresistible. Es mucho lo que te puede pasar por la mente cuando el otro está desnudo bajo la ducha y hasta ti llega el vapor.

Supongo que a él, de su lado, debía sucederle otro tanto... cuando era yo la que entraba, y cada noche en ese apartamento se encendía una reverberación, una expectativa, una agitación a duras penas contenida, como si un cable de alta tensión pasara de un dormitorio al otro a través del baño.

Ya al día siguiente la tensión bajaba con el desplazamiento de la acción a la cocina, la terraza o el comedor, con la televisión prendida en el noticiero, las prisas por no llegar tarde, la comida compartida, toda esa cadena de gestos domésticos que colocaban a cada quien en su lugar, y volvían a dejar claras las pautas de una vida en familia. La luz del sol no era cómplice: imponía distancias que no se podían franquear.

En cambio la noche, con sus luces apagadas, se prestaba pavorosamente a la confusión.

No sé cómo pasó, si yo dejé abierta mi puerta hacia el baño, o si fue él quien se atrevió y la abrió. No tengo claro quién dio el primer paso. Podría echarles la culpa a las circunstancias, o a mi madre por haberme enviado allí. Podría culparme a mí misma, y de hecho lo hice durante años. Ante todo podría culparlo a él, a nadie más que a él. Debía culparlo a él, y con el tiempo aprendí a hacerlo. Podría inclusive hacer algo tan tonto como echarle la culpa a ese baño atravesado, o a *El jardín de las delicias*. Pero sigue habiendo en mí una convicción que nada ni nadie ha logrado extirpar: aquello fue un llamado ancestral, profundo, como salido de la entraña de la especie, y a ese llamado respondimos los dos.

Empecé a vivir con mi padre una especie de rutina de días apacibles y noches de mucho sexo. Él tenía unas erecciones que duraban eternidades, y era un amante emprendedor y silencioso. En general conversábamos mucho, básicamente de literatura, pero durante las largas sesiones de cama él no pronunciaba palabra. Mucho movimiento sin sonido, como en cine mudo. Me quedaba dormida cuando ya no podía más con tanto ajetreo nocturno, y en cambio él seguía despierto, creo que la noche entera. En la duermevela yo lo adivinaba ahí, a mi lado, mirándome, y aun dormida podía sentir la insistencia de su mirada. Él me decía que me había visto reír en sueños, y yo le respondía que estaba soñando con su regreso. Se dormía al amanecer y se levantaba entrada la mañana, cuando yo llevaba rato revolando.

¿Cómo era él en realidad? Todavía hoy me lo pregunto. Creo que en esos días de convivencia lo veía tal como lo había imaginado a lo largo de sus años de ausencia: un hombre serio, guapo, lector, taciturno. Eso veía en él, o eso quería ver. Debía haber mucho más, o mucho menos, pero mi mirada era unilateral y empecinada.

Por las tardes él dictaba sus clases y mientras tanto yo leía en la biblioteca, recorría el campus en cicla, lo esperaba. Compartíamos lecturas, caminábamos juntos, íbamos de vez en cuando al cine o a la playa. Cuando era su turno de cocinar, comíamos en casa, y cuando era mi turno, salíamos por pizza. Supongo que convivíamos como una pareja bien avenida de recién casados. Pero ante sus colegas de la universidad, él me presentaba como su hija. Ésta es Ana, mi hija, acaba de terminar bachillerato y está aquí para empezar estudios de literatura. Así les decía y eso sonaba muy natural. *Era* muy natural, al fin y al cabo era la verdad, yo era eso, su hija, y mi mayor sueño era estudiar literatura y llegar a ser profesora universitaria, como él. Negar que éramos padre e hija hubiera sido imposible, físicamente nos parecíamos demasiado y desde luego la enorme diferencia de edad nos habría puesto en evidencia. Y para qué negarlo, no había necesidad, ante los ojos de los otros seguramente parecíamos un padre y una hija, gentes normales, sin más ni más.

Por alguna razón, yo no me sentía incómoda con lo que estaba pasando. Yo era básicamente una muchacha enamorada, enamorada perdida de ese hombre que estaba con ella. Por fin me encontraba en el lugar donde siempre había querido estar: en los brazos de mi padre.

Andábamos encantados el uno con el otro. Ésa es la palabra, encantados: vivíamos en un estado de encantamiento. Él era un conversador extraordinario, pero puntillosamente selectivo. Siempre teníamos temas pendientes, que no incluían los de la vida real. De eso no se hablaba, y no había ajuste de cuentas. Como si el pasado no existiera, yo no le preguntaba por qué había desaparecido abandonándonos. Ni yo le pedía explicaciones, ni él me las daba. De literatura le hacía mil consultas, de cine, de música, de historia, y él se extendía en respuestas ingeniosas y bien documentadas. Disfrutaba enseñándome, y yo aprendiendo de él. Pero nunca le preguntaba nada de nosotros, y menos de amor. No decíamos ni un te quiero, ni un para siempre, ni qué felices somos. Nada de eso. No sé si evitábamos esa clase de frases, o si simplemente no les encontrábamos utilidad. En todo caso eran palabras que no cabían, y pronunciarlas hubiera sido desgarrador. Habrían roto el hechizo. La clave era no nombrar, no juzgar, no cuestionar, sólo dejarse llevar. Ése debía ser el acuerdo tácito que los dos cumplíamos, aunque nunca lo hubiéramos formulado. Recuerdo que por entonces yo ya había leído *Lolita*, y aunque discutíamos sobre todos los autores habidos y por haber, a Nabokov ni se lo mencionaba. Como si evitáramos terreno minado.

Las cosas simplemente se daban, marchaban solas y no les poníamos nombre. Quizá porque eran cosas que no tenían nombre, o porque el nombre que tenían debía ser aterrador.

Los días iban pasando tan suavemente, que llegué a pensar que podríamos seguir así para siempre. Se estaba cumpliendo un destino. Él era el hombre de mi vida, yo había vivido para esperarlo, ahora lo tenía conmigo y él era para mí como un dios. Si para él todo estaba bien, entonces para mí también: las cosas iban sucediendo como tenían que suceder. Hasta que una noche sucedieron de otra manera.

Llevábamos mucho rato haciendo el amor, dedicados a ello con el furor de siempre. Y él no se venía. No podía acabar: siempre le sucedía igual. Y sin embargo esa vez se apartó de mí con brusquedad y empezó a golpearse la cabeza contra la pared, cada vez con más violencia. Se daba como un demente, como si de veras quisiera romperse el cráneo, y yo me asusté. Yo ahí, mirándolo petrificada, sin saber qué hacer, mientras él se golpeaba la frente, embistiendo la pared como un poseso.

¡¿Por qué hace eso, Perucho?!, le gritaba yo. ¿No ve que se lastima? Pare, Perucho, se lo ruego. ¡No se pegue más, que me asusta!

En realidad no era la primera vez que lo hacía, ya había pasado antes, eso de que interrumpiera las escenas de amor para golpearse la cabeza. Pero antes había sido menos rudo, o más breve, y yo lo había interpretado como una actuación, como si lo hiciera de impotencia por no eyacular. Al menos eso creí, y la primera vez no le di importancia, o las primeras veces, porque aquello me parecía una suerte de ritual, más teatral que otra cosa. Pensando en su frente aporreada, hoy me viene a la mente un párrafo de Banville: *... sospecho que saboreaba la blasfema insinuación de corona de espinas que era aquello. Pues lo que hacíamos juntos siempre estaba dominado por una leve, muy leve, y enfermiza religiosidad.*

Todo lo que nos sucedía era punzante y contradictorio. Él no podía eyacular. Vale. ¿O no quería? Fuera por lo uno o por lo otro, menos mal. Perdonando la blasfemia, gracias a Dios no lo hacía. Porque la procreación marcaba con fuego el límite del límite, el bestial final del juego. Sobra decir que yo usaba anticonceptivos, pero igual agradecía que él no se viniera. Y al mismo tiempo lo resentía, lo interpretaba como una abstención de su parte, un refrenarse, una falta de entrega. No sé cómo explicarlo, digamos que me inquietaba también que él no firmara sus libros, ni los subrayara; el hecho de que los leyera de principio a fin sin dejar su marca en ellos. Y yo resentía que estuviera haciendo más o menos lo mismo conmigo.

¿Y los golpes que se daba? Esa noche distaban de ser leves. Era escandalosa la arremetida contra la pared, e iba tomando un aire de sacrificio. Se convertía en penitencia, en un autocastigo severo y brutal. Era como si él quisiera expiar una culpa monstruosa.

Ya luego se contuvo, tal vez porque me vio llorar, pero todavía se asestó un par de tramacazos finales, fuertes, como tirando a matar. A mí su violencia me sacudía como un electrochoque, y no porque él me golpeara, eso no, hasta ese momento nunca me había agredido. Y sin embargo sentí miedo, como ante un perro manso que de pronto tira la tarascada. Ahora la emprende contra mí, pensé, y me asusté en serio.

Por primera vez se me ocurría pensar que mi padre podía estar loco. Nunca antes lo había visto desde fuera, como alguien ajeno a mí, de naturaleza distinta a la mía, y mi estupefacción fue enorme, tanto como hasta entonces había sido la simbiosis.

En unos instantes, la devoción incondicional se convertía en rechazo.

¡Pare, Perucho, se lo ruego, pare! Pero él no paraba. Entonces me retraje hecha un ovillo, encerrándome en mí misma y refugiándome en la curva de mi propia espalda como en un caparazón. Algo estaba disolviéndose en mi interior, algo se derretía como hielo al sol, algo estallaba como un grano de pus, como una fruta que se pasa de madura: una situación insostenible que se cae por su propio peso. Algo cambiaba y me desgarraba, dejándome suspendida entre el alivio y el espanto.

De repente Perucho aparecía ante mis ojos como un hombre común y corriente, y justamente eso era lo monstruoso, lo aterrador. Mi padre ya no era Lear, ni era Beethoven, ni era don Quijote. Perucho era apenas Perucho, ese extraño sin nombre que por alguna incómoda razón yacía desnudo a mi lado, y que se daba golpes y más golpes en la frente. Y al mismo tiempo sí, mi padre era Lear y era Beethoven y era Quijote, pero era sólo eso: por primera vez yo caía en plena cuenta de que mi padre era un ser inventado por mí.

Ahora por fin lo veía claro: mi verdadero padre, mi Perucho, mon père, existía sólo en las historias que yo me había contado a mí misma en ese baño de baldosas blancas y azules en forma de ele, como el salto del caballo. Mi padre era ese ajedrez que durante años yo había jugado sola, conmigo misma o contra mí misma, en los encierros de un baño con falleba. Mi padre era los libros que él me mandaba y yo no podía leer, pero que adivinaba. Mi padre era mis historias, las que yo misma había ido hilvanando en la alucinada soledad de mi niñez. Mi padre era todo eso, *y no esto:* mi padre no estaba aquí. Y al mismo tiempo sí, ese hombre desconocido y desnudo que lloraba a mi lado *era* mi padre, y eso era lo monstruoso, lo aterrador.

Por fin él se detuvo, supongo que al verme tan descompuesta, o habrá sido porque ya le estaba doliendo demasiado. Intentó tranquilizarme, me trajo un té de hierbas que no me tomé, me arropó con las cobijas, se abrazó a mí y cayó agotado, como exánime. Por primera vez se durmió antes que yo.

Esa noche fue para mí como el fin del sueño, el despertar del estado de hipnosis en que me encontraba. No quise apagar la luz, no hubiera resistido la oscuridad. Seguía temblando: en los ojos de mi padre había visto la chispa de la demencia. ¿O era yo la enloquecida?

Al frente tenía *El jardín de las delicias,* que ahora me miraba. El cuadro me miraba a mí, como envolviéndome, o tragándome viva con sus miasmas del pecado. Los estados alterados se reproducían en la pintura y fuera de ella. ¿En qué clase de bicho me estaba convirtiendo? El viejo Bosco, mi amigo, de pronto era una amenaza. O una advertencia. ¿En qué andaba yo metida? ¿Qué vuelta salvaje había dado mi vida?

No podía apartar la atención de una charca que el Bosco había pintado en una esquina de su *Jardín,* y que había poblado de insectos anfibios, escurridizos y patudos, de diminutos ojillos blancos. Un gusano irritante y tóxico con tres cabezas salía de esas aguas y se arrastraba como queriendo penetrar en la cueva que tenía delante. Sus tres cabecitas buscaban algo. Cada una miraba en una dirección, y buscaba. Yo pensaba: Si me duermo, el tres cabezas podrá encontrarme. Gusanos negros enturbiaban la charca y querían meterse en mí, para instalarse en mis resquicios. Uno de ellos tenía forma de lagartija de espalda roja, y su cabeza crecía desproporcionadamente. Era como si esas orugas y esas larvas contaminaran mis pensamientos y convirtieran mi interior en un lugar malsano. Yo cerraba los ojos y apretaba los párpados para impedir su entrada, pero ellos se instalaban en mí, me dañaban por dentro y necrosaban mi cerebro con sus esporas.

Empezó a envolverme una urgencia, una voz de alarma, una necesidad inmediata de salir corriendo. En medio de su confusión, mi cabeza sólo tenía cabida para una idea, cada vez más fija, cada vez más clara: Tengo que buscar aire fuera de este cuarto.

El contacto con el cuerpo de él se me volvió intolerable, y su presencia hostil. Su abrazo me aprisionaba como un cepo. Hasta mi cara llegaba el soplo de su aliento, y el olor a semillas me asfixiaba. No quería saber nada de su piel, ni oler su respiración. Sólo quería apartarme, librarme de esa intimidad que ahora me intimidaba, y me repugnaba, y me producía espanto. El vaho de su cuerpo, la humedad de su pelo, los moretones de la frente, todo lo suyo era indeseable y ajeno y demasiado físico, y me envolvía y me quemaba, y yo me apertrechaba en mi ovillo y me defendía con el caracol de mi espalda, y me repetía a mí misma esa idea fija que se me volvía mandato: Debo irme.

Lear disowned by Cordelia: se me apareció invertida la sentencia de la vieja lámina. *Lear disowned by Cordelia* en caracteres que podrían haber estado cincelados en el muro. *Lear disowned by Cordelia.* Esa frase me invadió, y me aferré a ella como a un talismán.

Traté de dormir, sabiendo que al día siguiente debía estar lúcida y alerta. Pero la noche se escurría gota a gota y yo seguía despierta, con los ojos muy abiertos en la oscuridad, refugiándome en el borde más extremo de la cama, donde el calor de su cuerpo no me alcanzara. Contaba las horas que faltaban para que amaneciera y la mañana me abriera alguna puerta. Todo era desconcierto, salvo la idea fija: Tengo que irme.

Medio dormido me preguntó si estaba bien.

Voy al baño, le dije y me levanté. Pero lo que hice fue descolgar el Bosco y ponerlo cara a la pared.

¿Qué había cambiado? ¿Por qué todo parecía distinto, como teñido ahora por el asco? Tal vez esos golpes tan ruidosos me indicaban que él sentía culpa, que sus silencios escondían una culpa atroz. Era la primera vez que yo lo percibía así, antes no lo sospechaba siquiera, las cosas parecían tan naturales, tan benéficas, casi tan lógicas. Hasta ese momento.

A partir de ahí, todo se enrareció. Si había tanto dolor y tanta culpa, era porque aquello estaba mal. Horriblemente mal. Aquello era monstruoso y mi padre se castigaba por eso. Mi relación con él era cruel, culpable, repugnante. Y sentí náuseas y urgencia de salir corriendo. Por algún mecanismo revelador, la culpa que ahora adivinaba en mi padre arrasaba con cualquier ilusión que yo hubiera podido tener con respecto a él. Su culpa era el disolvente que ponía fin a mis sueños de niña, su culpa era un lente ahumado que ensombrecía lo que antes era luminoso, su culpa hacía estallar la última burbuja de infancia que me ataba a él.

A lo mejor las cosas eran más sencillas y él se daba golpes contra la pared porque no lograba eyacular, así de simple, y mi exaltación estaba añadiendo el resto. Podía ser, porque él no era moralista ni religioso. Recuerdo que cuando descubrimos *El jardín de las delicias* en el dormitorio, sólo comentó, en inglés, que good old Hieronymus se divertía pintando.

Me daba igual, fuera lo que fuera. Una rabia nueva hervía en mí a borbotones, y quise que él sufriera. ¿Eso era lo que él mismo buscaba al darse golpes en la cabeza? Pues entonces que sufriera. Que se reventara el cráneo y le saltaran los sesos. Que se tirara por la ventana: yo estaba ahí para celebrarlo. Y en últimas me daba igual; la suerte de ese desconocido que tenía a mi lado ya no era de mi incumbencia. Quién era él, qué quería de mí, qué enredo había tramado: me daba igual. No me interesaba entenderlo, sólo quería escapar de él.

Durmió toda la mañana siguiente y hacia el mediodía se levantó, dejó que le limpiara una herida fea que se había abierto, pidió aspirinas y quiso que le pusiera una bolsa con hielo en los moretones. Lo hice sin sentir nada, como sonámbula: había levantado una muralla entre él y yo. *Lear disowned by Cordelia.*

Tan pronto pude, corrí al pueblo a llamar a mi madre. Iba a decirle que me enviara inmediatamente el tiquete de regreso y algo de dinero, porque yo me devolvía.

Eso iba a decirle. Había practicado mil veces las frases que pronunciaría. Sin embargo, cuando contestó sentí ternura hacia ella, y una culpa inmensa. Culpa de dejarla por fuera, de estar quitándole al marido, de suplirla en el lugar que le correspondía. No sé bien de qué, en todo caso culpa y lástima. Y le dije una cosa totalmente distinta a la que había planeado.

Vente, mamá, le pedí, creo que casi le rogué, vente a pasar una semana aquí, con nosotros.

Ella aceptó enseguida, como si desde el principio hubiera estado esperando que la invitaran, y en un par de días ya estaba aterrizando en Florida.

Fui sola al aeropuerto a recibirla, y desde el momento en que la vi, caí en cuenta de que acabábamos de poner en movimiento una situación muy complicada. Una puesta en escena forzada hasta lo imposible. Mi madre se había pintado el pelo para esconder las canas, venía de vestido nuevo, cejas depiladas, ojos maquillados y una gran sonrisa, y, la verdad, se veía diez años más joven que antes. Eso me arrequintó la culpa y la lástima, y un desasosiego horrible, revuelto con acidez estomacal. Nos estábamos hundiendo en eso que en inglés llaman awkwardness, que no tiene traducción al español y que apunta a algo irremediablemente incómodo, ridículo, fuera de lugar.

Desde el principio mi madre abordó a mi padre de una manera absurda, a medio camino entre la coquetería y el reclamo. Y, pobrecita ella, su táctica producía resultados contrarios a lo esperado. Medio me partía el corazón verla en ésas y medio quería ahorcarla, cómo era posible que no se percatara de la indiferencia de él, sus permanentes excusas, su insistencia en que el exceso de trabajo lo obligaba a permanecer mucho tiempo en la universidad. Pero ella como si nada, seguía exhibiendo las piernas en medias veladas y bañándose en Very Irrésistible, de Givenchy; lo recuerdo porque el nombre de su perfume no podía resultar más desafortunado. Pero ella seguía adelante hasta la victoria, la pobre, sin darse por vencida. Preparaba la cena para esperarlo, aunque yo le insistía en que no se pusiera en ésas porque no valía la pena. Y la comida se enfriaba en la mesa, porque desde luego mi padre no llegaba.

¿En algún momento sospechó mi madre que algo raro sucedía entre mi padre y yo, o el instinto materno le indicó que yo estaba pasando por un infierno? Creo que no. Como siempre, yo era invisible para ella, y peor ahora, que se empeñaba en la reconquista de su hombre.

Una tarde preparé café para ambas y me senté junto a ella en la terraza del apartamento. Mi padre había salido, estábamos solas en ese atardecer de temperatura amable, con un cielo azul violeta y un sol poniente que caía suavecito sobre la piel. Quise aprovechar ese momento, que de alguna manera parecía íntimo, casi confesional, para decirle algo, conversar con ella, dejarle entrever aunque fuera un atisbo de la angustia que me acogotaba.

¿Cómo estás, mami?, le pregunté bregando a romper su mutismo, y ella me respondió como siempre: Ahí voy.

—¿Cómo estás?

—Ahí voy.

Desde niña venía haciéndole la misma pregunta con la esperanza de que ella me abriera su puerta, que en cambio permanecía cerrada bajo la misma, rutinaria, respuesta: Ahí voy. ¿Bien o mal, mami?, era la pregunta siguiente según un orden que se repetía, de antemano condenado al fracaso. ¿Vas bien, mami, o vas mal? Y entonces ella, que no hablaba francés, respondía por alguna razón en ese idioma: Comme ci comme ça. Con un gesto amargo de la boca y un ondular lánguido de la mano: Comme ci comme ça. Ni aquí ni allá, ni bien ni mal, ni así ni asá. Como si fuera una planta. A mí me descorazonaba comprobar una y otra vez que quizá mi madre fuera eso, una planta que flotaba en sopor vegetal.

—¿Tienes hambre, mami, quieres que prepare una ensalada?

—Ahora no, esperemos a que llegue tu padre.

—No va a llegar, mamá, comprende eso. Aunque llegue, no va a venir, aunque venga no va a estar aquí. ¿Entiendes eso, mami?

Pero ella, firme en su condición de planta, insistía en que ya se hacía noche y mi padre no debía tardar, y con voz de niña triste se soltó a enhebrar historias del año del ruido sobre sí misma y sus hermanas y las gentes rencorosas del pueblo en que vivían, con una cadena de reclamos y un recuento de injusticias que a mí me aburrían sobremanera, más un repaso de los mil tejemanejes de una tal herencia que debía haber recibido pero le birlaron. Así que me desconecté, como hacía siempre que ella se entregaba a sus reminiscencias adoloridas, y la dejé hablándole al mar lejano.

Hoy me pregunto si no debía haberla escuchado, si no sería ésa su manera de decirme algo, de tender un puente, de llenar el profundísimo bache, de hacerme comprender que ella comprendía. Me pregunto ahora si no habría sido ésa nuestra oportunidad, si no la dejamos escapar. Me pregunto también si no sería más bien yo la que actuaba frente a ella con la insensibilidad y la sordera de una planta.

Una cosa estremecedora y extraña sucedió un poco más tarde en ese mismo atardecer de la terraza, ya casi a oscuras. Aunque la temperatura había bajado seguíamos allí sentadas, yo con mi revoltura de demonios por dentro, ella con su listado interminable de quejas, y muy instalado entre ambas un silencio espeso.

A unos pasos de nosotras, en la propia terraza, una media docena de palomas picoteaba las migas de pan que mi madre les había esparcido, cuando de repente cayó sobre ellas desde el cielo, con una brusquedad inusitada, una gaviota que utilizó el pico como tenaza para atrapar a una, le desgajó un ala con un tarascazo de ese pico que parecía dentado, luego le arrancó la otra ala y la zarandeó con virulencia y la arrinconó, casi que a mordiscos, para rematarla. Lo hacía con tal premeditación y despliegue de saña, que mi madre y yo quedamos heladas.

Aquello resultaba tenebroso porque la cabeza rechaza la idea de una gaviota carnívora y ciega de ira, y porque su tamaño no era mucho mayor que el de la paloma, lo cual hacía que su absoluta superioridad proviniera de una voracidad de fiera.

Supongo que mi madre y yo intentamos espantarla con unos gritos y unos aspavientos que la gaviota ni siquiera debió percibir en medio de su empecinamiento caníbal, porque siguió encarnizada contra su víctima hasta que alzó vuelo con ella en el pico, pero a duras penas, casi a ras de suelo; la paloma debía resultarle una carga gorda y pesada.

Fue tan brutal ese inesperado centelleo de violencia por parte de un animal que siempre has visto como pacífico, que mi madre y yo quedamos pálidas y demudadas, y medio temblando.

Estás blanca como una sábana, me dijo tras la conmoción.

Yo le dije que ella también, y nos reímos al vernos en plan espectro, y hubo ese instante, ése solo, de distensión y de cercanía.

Más tarde la portera del edificio, una mujer inmensa en bermudas y chanclas, comentó que las gaviotas andaban a la caza de palomas y ratones desde que los peces escaseaban por esas costas, y aseguró que ella personalmente había visto cómo una se llevaba en el pico a un gatito recién nacido.

En cuanto a mi padre, ¿qué bullía entre su cabeza por aquellos días innombrables? No mucho, creo; parecía en un estado de ralentí mental. No hablaba, mascaba sus semillas de cardamomo, se hacía el loco. O directamente era loco. Se sentiría incómodo, supongo, al tener que esperar a que pasara la semana para que mi madre se fuera, y él y yo pudiéramos regresar a la situación anterior. Pero se lo tomaba con soda: se despertaba poco antes del mediodía y regresaba bien pasada la medianoche. O mi padre tenía un sentido práctico apabullante, al margen de cualquier consideración sentimental o moral, o mi padre era un sociópata. Posiblemente ambas cosas.

Aun así, a veces reconstruyo los hechos de otra manera. Veo en el silencio de él una gran angustia. En su obstinación veo compromiso, decisión de jugarse a fondo. Recupero su imagen de hombre convencido de su amor por mí y dispuesto a defenderlo pese a la aberración de la fórmula. Sin amedrentarse ante la aberración de la fórmula. Un retador de los límites, un libertario a cualquier precio, un sacrílego.

Luego vuelvo a verlo como el hombre pasional y violento que en unas semanas me lastimó para siempre. Tal vez la ambigüedad sea el más difícil de sus legados: por mucho tiempo lo odié, y sin embargo lloré a mares cuando me llegó de lejos la noticia de su muerte.

Y en cuanto a mí, ¿cómo sobrevivía yo en esos días indescriptibles? Tensión al límite y sentimientos encontrados. Por un lado, el corazón en pedazos de quien está perdiendo lo único que tiene: el amor torcido del padre. Y por el otro, la apuesta ilusoria de que cada quien pudiera ocupar su lugar, mi madre esposa de mi padre, y yo, hija de ambos. Ellos adultos, y yo niña. Me serenaba, por ejemplo, que ellos se sentaran en el coche delante, como pareja, y yo detrás; me hacía sentir que quedaba restituida alguna noción de orden. Una noche fueron a visitarnos a casa los colegas de mi padre y nos vieron por fin conviviendo como familia equilibrada, compuesta por padre, madre e hija. Recuerdo haber pensado con alivio que si esa gente albergaba dudas, esa visita las disiparía.

No volví a dormir. Les cogí pánico a las noches, tan largas y sin reposo, disparadas a mil por hora, aguijoneadas por un ejército de alfileres que peleaban entre sí. Desde la llegada de mi madre, compartía con ella la habitación de las camas gemelas, y mi padre se había quedado en la otra, la del Bosco y sus gusanos. Más de una vez en la noche lo sentía entrar al baño y de allá volvía a llegarme su señal, misteriosa y secreta: una tos, agua que corría, pasos sobre las baldosas. Pero si antes esos ruidos me atraían como un imán, ahora me aterraban. Aguantaba las ganas de orinar con tal de evitar el baño. Hubiera querido abrazar a mi padre, pero no ahí, no así. Hubiera querido quererlo de otra manera, darle vuelta a la naturaleza de mi amor, expulsar los bichos negros de la charca, exterminar la ponzoña de gusanos. Limpiarlo todo y dormir en paz.

Y al mismo tiempo me moría por verlo, o simplemente me moría. Y me quedaba inmóvil y muerta entre esa cama, y agradecía que mi madre estuviera dormida al lado, como un cancerbero. ¿Mi madre mi cancerbero, mi salvaguarda? Mi garantía. ¿Protégeme, madre? ¿Quiéreme? O al menos vuelve a contarme la historia esa insufrible de la herencia, dime por qué te peleabas con tus hermanas, cómo eran los tejados y las calles de tu pueblo. Ponme la mano en la frente, para que baje esta fiebre. Sácame de aquí, madre, guárdame en una burbuja, llévame contigo a la nieve de Suiza. Por lo menos despierta, dime algo.

Yo sólo buscaba descrecer. Dejar de estar en el centro para ocupar un rincón, el asiento de atrás del carro, la cama sencilla y no la doble, un lugar cualquiera entre los estudiantes de la universidad. Veía a mi madre dormir, sus canas disimuladas bajo la tintura, sus pechos caídos por falta de brassiere, y su cara, ya sin maquillaje, con los diez años devueltos. Y sin embargo una niña. Mi madre, ingenua y egoísta como una niña. Una pobrecita niña, sufridora y engañada, y demasiado mezquina para ser madre de nadie. La luz encendida del baño era una línea incandescente bajo la puerta cerrada, y en mi habitación a oscuras los papeles se invertían, yo la madre de mi madre, yo la mujer de su esposo, como si yo la hubiera parido a ella y no al revés.

Durante el día me desplazaba como entre brumas, movida por un cansancio extremo y electrizado. Se acercaba el fin de semana y el regreso de mi madre estaba encima. La ayudé a empacar su maleta, y en un momento en que salió de compras, me apuré a empacar la mía. Recuerdo que recogí cada una de mis cosas, hasta las más insignificantes, un bolígrafo, una pinza de pelo, una media olvidada entre la secadora: no quería que quedara nada mío. Como si yo nunca hubiera pasado por allí. Barrí, fregué, limpié obsesivamente para no dejar ni un pelo mío en el desagüe, ni siquiera mis huellas digitales en los picaportes. Como si aquello fuera la escena de un crimen. Que cuando él buscara mi rastro, no pudiera encontrarlo.

Escondí mi maleta ya lista debajo de la cama, compré pasaje en el mismo vuelo que mi madre y con su tarjeta de crédito, sin decirle nada e ella. No quería que lo comentara con mi padre. La noche anterior a su viaje, dejé que ellos dos se despidieran. El vuelo salía de madrugada y él dormía hasta tarde, así que se dijeron adiós como si ya no fueran a verse más. Para mi madre una situación desgarradora, supongo; para él, apenas desapacible.

Llegada la hora, le llamé un taxi a mi madre, bajé con ella, metí su maleta al baúl, la ayudé a subirse. La primera luz ya aparecía en el cielo, estaba el motor en marcha y el taxímetro marcando: todo listo para salir hacia el aeropuerto. Y justo en ese momento, y no antes, le pedí al taxista que me esperara cinco minutos.

Regresé al edificio, llamé al ascensor, y como tardaba en bajar, subí corriendo los cinco pisos y entré jadeando al apartamento. Mi padre dormía, profundamente, casi inconsciente, como en cada amanecer tras sus noches desveladas.

—Despiértese, Perucho —lo sacudí, agarrándolo por el hombro.

Despiértese, le dije, despiértese. Yo a él siempre lo traté de usted. Nunca de tú. Supongo que porque no llegué a conocerlo.

—Todavía no, Ana, déjame dormir otro poco —me pidió, con los ojos entrecerrados y tuteándome, porque él a mí sí me trataba de tú.

—No, Perucho, no. Tiene que despertarse, Perucho, porque me voy.

Se sobresaltó, como si se le hubiera caído el techo encima, y quedó sentado en la cama con los ojos muy abiertos.

—Me voy, Perucho, pero yo vuelvo. No se ponga mal, que yo vuelvo —le prometí.

Y lo dejé ahí, como derrumbado entre esa cama, con el aspecto más derrotado, más desolado que le he visto nunca a nadie. Agarré mi abrigo y mi maleta y salí de ahí cargando con una culpa enorme, como quien abandona a un niño. Culpa ahora doble: por haberlo amado, y porque iba a abandonarlo.

—Yo vuelvo, Perucho, se lo prometo. No se ponga triste que yo vuelvo, ¿oyó? ¡Yo vuelvo, se lo prometo! —le grité desde la puerta, antes de cerrarla detrás de mí.

Nunca volví. No cumplí mi promesa.

A veces pienso que él estaba tan seguro de mi amor, que en ningún momento sospechó mi escape. Otras veces pienso que siempre lo supo, y que se quedó dormido para dejar que ocurriera.

—Voy a tomar ese avión contigo —le anuncié a mi madre, ya en el taxi, y ella asintió sin preguntar nada.

Nunca supe si mi madre supo, o si sospechó. Supongo que sí, porque al regreso me dijo que yo debía ir a ver a un cura. No lo hice, y ella no insistió. Años después sufrió un infarto de miocardio en el baño de un apartamento que yo había alquilado para ella a unas cuadras del mío, y no vine a enterarme de su muerte sino hasta el día siguiente, cuando la mujer de la limpieza llamó a informarme. En un baño tenía que morir mi madre, porque es mi sino que las cosas decisivas me sucedan en los baños.

Tal vez ella conocía ya demasiado de abandonos cuando la dejó mi padre, asestándole así el golpe definitivo que la volvió atónita, olvidada de sus hijos y ajena a sí misma. Tal vez. Murió así, de golpe, y me quedé sin preguntarle dónde había estado todos esos años, viviendo a mi lado como si estuviera a kilómetros de distancia. Nunca supe en qué bahía de su propio pasado se había quedado anclada, ni desde cuándo remaba como sonámbula por el río quieto de la indiferencia. Todavía me ronda la duda de si habría ido mi madre aquella vez a Florida para ayudarme. En realidad estoy segura de que no, y le guardo por ello un rencor sin fisuras. Pero a veces sospecho que sí, que alguna posibilidad queda, y entonces la perdono y le pido perdón.

Quién sabe. Sólo sé a ciencia cierta que mi madre murió así, de golpe y en un baño, y que en muerte fue un ser tan lejano como lo había sido en vida.

En cuanto a mí, entré enseguida a estudiar literatura, y empecé a escribir. Me casé rápido, todavía muy niña. Lo hice sin pensarlo, y no con Juanjo, el de la moto, sino con otro que acababa de conocer. Uno intelectual, muy lector, mayor que yo, poeta, profesor universitario, alto y flaco. Tuve a mis hijas y como pude me fui haciendo adulta, casi al tiempo con ellas. Luego me separé, y a lo largo de los años me casé otras dos veces. Y otras tantas veces volví a separarme. Todos mis tres maridos intelectuales, lectores consumados, profesores universitarios. Los tres, sombras de Perucho, reproducciones pálidas.

¿Por qué escogí a esos hombres, y no a otros? Quién sabe. Habrá sido mi manera de cumplir, al fin de cuentas, con el regreso que le prometí a mi padre. O habrá sido más bien que me gustan los libros, y me enamoro de los buenos lectores.

Lindo y malo, ese muñeco

A Alonso Salazar,
y a los jóvenes lectores
de la Escuela Villa del Socorro

—Entonces Angelito sigue vivo...

—Pero cambió de nombre. Fue Angelito de pequeño, según lo bautizó su madre, y a partir de los dieciséis se hizo llamar Arcángel. Dizque el Arcángel. Ese alias debió parecerle más poderoso, más resonante, y lo adoptó para hacer maldades.

—Otro angelito caído al pantano.

—Quién iba a creerlo, ¡Angelito!, el de los crespos melados y los ojazos tristes, el de las pestañas de muñeco, el mismo que venía por aquí a pedir un granizado, sin tener con qué pagarlo. Y cómo iba uno a negarse, si parecía un Niño Dios de lo puro lindo. Llévate tu granizado, mijo, mañana me lo pagas. Y así, así, aunque nunca lo pagara. Cuando se hizo adolescente se dejaba ver por el barrio con la derecha vendada. Llevo la mano cansada, decía. Cansada, sí, pero de tanto hacer daño. Y ahora que es leyenda ya no se llama Arcángel, ni tampoco Angelito. Sólo Ángel.

—Y en los años tenebrosos en que era Arcángel, ¿acaso su madre no le decía nada?

141

—¿Dolorita, su madre? Ella comía y callaba. Porque de eso vivía la familia entera: Dolorita, sus otros cuatro hijos y el autollamado Arcángel, que venía siendo el mayor. El proveedor. El hijo más principal, del que los demás dependen.

Todos seis se mantienen del dinero que el Arcángel trae; la madre se lo recibe sin hacer preguntas. El muchacho se pierde en sus noches de espanto y regresa a casa de madrugada, vibrando de agitación, bañado en palidez y sudor frío, con manchas de sangre en la camisa y un buen poco de pesos entre el bolsillo. Para entonces Dolorita lleva rato esperándolo junto a la puerta, en camisón y chinelas, bien arrebujada en su chalina para protegerse del frescor de la amanecida. Dicen que desde antes de abrirle la puerta, ya adivina ella la fiebre en que arde el hijo, y lee como en pantalla el infierno que viene grabado en sus pupilas. Esas pupilas suyas como de vidrio verde: ojos de muñeco antiguo. Lindo y malo, ese muñeco, y Dolorita no le dice nada. Sólo le pregunta si viene con hambre.

¿Quiere mi hijo un huevo revuelto? O un caldo, mijo, un caldito, yo puedo calentarle algo...

Vete a dormir, vieja, yo me las arreglo, le contesta él, con la voz de nuevo suave; vuelve a ser niño cuando ella está cerca.

Él, tan maloso y tan atormentado. Pero tan pronto la ve, se le disipan las sombras como si se *fuera en barco, viento a favor*. ¿Y ella? Tanto no debe quererlo, si a la muerte lo regala. O quizá sea lo contrario, y lo adora precisamente por eso. Así debe pensar él, y si no se atreve a pensarlo, al menos la sospecha pasará como vuelo de cuervo por su cabeza. Es asunto complicado. Por aquí el amor de madre por el primogénito es como el de María por Jesús, entreverado de pasión y de renuncia, a sabiendas de que el hijo va a morir, y dejando que suceda. Como si estuviera escrito y no tuviera remedio. Madre e hijo entrelazados en un mismo juego de amor y de muerte, apostándole, cómplices, a una misma ruleta de sangre.

—Y del padre qué se sabe, qué habrá sido del padre de ese muchacho.

—No volvió a saberse nada. Por estas comunas no se estilan padres, todos se largan para no volver. Arcángel hace las veces de padre de sus hermanos.

—Y de marido de su madre...

—Pues prácticamente. En todo, menos en la cama.

—Eh, Avemaría.

—Sin pecado concebida. *Madre no hay sino una, padre es cualquier hijueputa,* así reza la leyenda que el Arcángel trae tatuada en la espalda.

—¿Gusta mucho de tatuarse?

—Hasta las manos lleva rayadas.

—Y Dolorita, ¿nunca lo regaña?

—Dolorita come y calla. Arcángel pagó de su propia plata el arreglo del tejado, porque cuando vinieron las lluvias se les coló el agua. Y lo oyeron jurar que si Dios le daba vida, al año siguiente iba a mandar enchapar la fachada en mármol. Dicho y hecho. Vino el año y él cumplió con su promesa.

—Debió quedar eso como un mausoleo...

143

—Haga de cuenta. Fachada de mármol en casucha de miseria, ése es el último grito por estos vecindarios.

No un criminal de profesión, de los consumados, eso no; el Arcángel es tan joven que ni siquiera clasifica como sujeto penal. Apenas niño del montón, vecino de al lado, hasta hace poco alumno en la escuela, todavía pegado a las faldas de su madre. Pero armado, eso sí, y dado a los vicios duros.

—Eso somos nosotros, encantadores y alegres, pero nos matamos los unos a los otros. Ese batiburrillo no hay quien lo maneje, somos una gente imposible. ¿Y cobraba por matar, el Arcángel?

—No siempre.

—¿No siempre cobraba, o no siempre mataba?

—No siempre. Se ponía un billete a punta de malosidades. Y además ganaba fama, enloquecía a las nenas, pisaba fuerte. Se hacía respetar. Sentía que era alguien. Aunque muriera joven, eso no le importaba, decía que si ése era el precio, él lo pagaba.

—Eso decían todos.

—Él no más repetía lo que les oía a los mayores, los matones de a de veras. Ya estaba el aire impregnado de esa filosofía: un televisor a color bien vale una vida. Y por ahí derecho a la justificación: si aquél tiene, por qué mi madre no: es mi derecho robarlo para dárselo a ella, y si el precio que pago es morirme, me sale barato.

Constelación de comunas populares engarrapatadas verticalmente en la montaña, iluminadas como pesebres, enmarañadas de callejones, atiborradas de casas unas sobre otras como castillo de naipes. Y allá muy arriba, ya casi en el cielo, en el borde sin barandal de su azotea, con los pies colgando sobre el abismo, se sienta el Arcángel a contemplar. Sopla fresca la brisa y le alborota el pelo. Él se lo quita de la cara con su mano vendada y no piensa, no piensa en nada, va como en avión. Cada anochecer, antes de lanzarse a la furia, se sienta a mirar el río de luces de su ciudad.

Dime, niño, en qué piensas.

No pienso en nada.

Pero se siente bien, allá arriba, casi tan arriba como Dios. Ante el fulgor de la ciudad inmensa y rendida a sus pies, Angelito sabe que al fin y al cabo las cosas no están mal, que es tibio el aire y que no importa morir, porque haber estado vivo fue cosa que valió la pena.

Y cuando ve a la perra tan absorta como él, la agarra por el morro y le susurra: ¿Tú también estás contenta, Luna?

—Qué escultura esa, tan quieta, el niño y la perra asomados al filo del paisaje...

Buenamoza y mandona, asediada por el racimo de sus otros hijos, su madre mete bulla allá abajo, en la acera de enfrente, junto con las mujeres de la vecindad. Entre todas improvisan parrilla y cocinan sancocho, morcillas y natilla; lo de rigor por las épocas estas. Hasta Arcángel suben el humo y el olor de la fritanga. A él la Navidad le gusta, aunque haya quien opine que es la época más triste. Ya de por sí es nostalgioso, el muchacho, y hacia finales de año le da por pensar que esas Pascuas van a ser sus últimas. En todo caso el niño es de temer cuando se pone triste, y ésta es temporada buena para el negocio bravo. Hora de cosecha, como quien dice. Cosecha de huesos.

Desde su azotea, Arcángel observa a su madre. Ella pasada de kilos pero bien plantada, con sus brazotes fuertes y morenos, su desenfado de movimientos, su risa fácil y sus eternas chanclas, esas del continuo trajinar. Porque su madre nunca se queda quieta. Ni un instante. Tranquila, vieja, descansá un rato, le pide él, o más bien se lo ordena, según su estilo de andar mangoneando. Quieta, vieja, vení sentate que me mareas con tu merequetengue, y dejá de decirme que esto y que lo otro, porque me tenés la cabeza hecha un bombo.

En la escuela le leyeron a Angelito la historia de unas zapatillas rojas que no dejaban que su dueña parara de bailar. También las chanclas de su madre deben estar hechizadas aunque no sean rojas, así piensa él, y desde su mirador le va siguiendo a ella el ir y venir, el mapa sin descanso que allá abajo va trazando su coronilla, de raíces negras en pelo teñido de oro. Ella que sube la cuesta cargando un bidón lleno de agua; ella que le echa la bendición a Juan Mario, su segundo hijo, y lo despide para la escuela; ella que le lleva pastelitos de gloria a la señora Herminia, la vecina paralítica; ella que riñe con el tendero porque no le estira el crédito.

Ella, que echa la cabeza para atrás y mira hacia arriba, buscando al hijo mayor. Le grita que baje a comer: Mijo, qué hace allá tan solo, venga por su buñuelo con miel, que tanto le gusta. Pero él no hace caso. Él no come nada, hace días que la comida no le baja por la garganta.

Pierde la mirada en los millones de luces que adornan calles y casas, de ahí en declive por la pendiente, como en cascada. Este año el Arcángel les compró a sus hermanos nuevos cables de foquitos, azules, verdes, rojos, naranjas y violetas, de esos de led, ¿sabe cuáles?, los novedosos, que vienen tan brillantes. Pero no les ayudó a colocarlos. Dijo que ya no estaba para niñerías. Tampoco juega ya a piratear cometas. Cuando todavía se llamaba Angelito, traía siempre un capador en el bolsillo: dos piedras atadas a los extremos de una cuerda corta, que él sabía arrojar por el aire cuando aparecía, alta en el cielo, una cometa ajena. Con el capador la enredaba por la cola, la tiraba al suelo y luego pegaba el carrerón, para apropiársela. Cosas de niños que él ya no practica, por andar en otras.

¡Baja a comer, hijo!, le grita su madre, y él no contesta.

Lejos, en una cantina de algún otro barrio, estará su padre ahogándose en alcohol y llorando sobre un tango. Y ese tango puede ser *Volvamos a empezar,* que cuenta la historia de un hombre que tras años de ausencia regresa a casa, donde todavía lo esperan su mujer y sus cachorros. En la rocola estará sonando la voz de Oscar Larroca: *No llores, volvamos a empezar.* Pero el padre del Arcángel llora, ése sí que llora, porque sabe que no es cierto. Miente el tango, no hay regreso.

Más arriba, muy arriba, desde su azotea, el Arcángel escucha el rumor de su barrio. El eco de sus dominios, que abarcan un centenar de casas, dos docenas de calles, un par de baldíos. Aquí manda él y siembra pánico con su banda y su changón, sus cuchillos, sus mañas bellacas, sus amenazas. En las lindes de su territorio empieza el de los rivales, otros pistolocos iguales a él, también con sus propias tribus, con las que el Arcángel puede pactar alianza o casar cadena de venganzas.

Desde su terraza, el niño dorado escucha: en cada uno de los cuartos de cada una de las casas suena una radio distinta, y todas las músicas y las disonancias se unen para conformar ese gran concierto que es como la voz del barrio. Es un ruido que no cesa y el Arcángel lo agradece, porque lo acompaña en sus desvelos y le mantiene a raya el miedo.

—¿Miedo, él, que a todos quiere asustar?

—No se atreve a dormir solo; dice que se le aparece el diablo. Dice que no hay cosa peor que el silencio, que está lleno de fantasmas, y que a él los vivos se la pelan, pero que a las sombras les guarda respeto.

Lo que es dormir, ese muchacho no duerme. Ni a oscuras, ni en solitario. Sólo se anima a cerrar sus ojazos mientras dure el día, o con la luz encendida, con su perra Luna al lado y dejándose arrullar por el chancleteo de su madre, que resuena por los rincones de la casa. Si no es así, las pesadillas se lo tragan vivo. Si de veras fuera arcángel ya habría derrotado al diablo, murmuran a sus espaldas los de su propia banda.

Dice el Arcángel que diciembre es su mes predilecto, con todo y lo triste. Y no le faltan razones. Por aquí las Navidades se dejan venir con guirnaldas de papel picado, estrellas de Belén, hogueras en honor a la Virgen, rezos, villancicos, fiesta en la calle y sobre todo mujeres y perros; hacia finales de año, Gladys y Gladys y estos barrios se vuelven un hervidero de mujeres que preparan el banquete y de perros callejeros que corren tras ellas esperando las sobras. Y en medio del festejo, truena de repente la balacera. Uno, dos, tres tiros que restallan cerca, como chasquido de látigo, en la otra cuadra, en la esquina, en la heladería, en la cantina, en la tienda.

Junto con los tiros puede venir algún grito, y luego el mutismo se hace compacto: se instala alrededor un silencio imponente, importante, grandioso. Haga de cuenta una burbuja sorda donde todo se congela. Es el instante absoluto del miedo, y parece eterno. Enseguida se cierran todas las puertas, las calles quedan desiertas y el barrio flota en los ecos de ese gran vacío. Pero sólo por un rato, mientras nos vamos haciendo a la idea. Ya luego asomamos las narices y empiezan los chismes, que quién fue el muerto, que si el hijo de quién, que si el hermano de tal, pero sin preguntar quién lo habrá matado. Ésa es la pregunta que no debe hacerse. Eso es mejor no saberlo, aunque en realidad se sepa. Lo importante es no dejar que los demás sepan que tú lo sabes.

Luego hay quien se santigua murmurando un requiescat in pace. Y alguien que se suelta a llorar, por aquí o por allá, y unas vecinas que suben a consolar a la madre, cualquiera que sea, que el tiroteo haya dejado huérfana de hijo.

En las épocas peores, los curiosos bajaban a observar al cadáver recién hecho. O sea al traído: así se le decía. Traídos son los regalitos que trae el Niño

Dios, y traídos eran los muertos que diciembre arrastraba. ¿De dónde ese uso y costumbre? No es difícil deducirlo: se deja matar el que se descuida, o sea el que se ofrece; el que se regala, en resumidas cuentas.

Unos minutos después de la balacera, ya estábamos todos otra vez en la calle, avivando brasas para los chorizos y repartiendo gaseosa y cerveza. Sin dejar que nos aguara la fiesta el fondo de campanas que llamaban a entierro. El muerto al hoyo y el vivo al bollo fue otra frasecita que se puso de moda por ese entonces. Mañas del hablar, que va acompañando el acostumbramiento del alma ante tanta guerra. También sabíamos decir: el que se murió se jodió. Eran dichos de la gente, que se hacía la ruda para no entregarse al desconsuelo. Los muchachos se entendían entre ellos en su propia lengua, que llamaban parlache, y era haga de cuenta un martilleo de maldiciones, un ir atropellando puras groserías, hijueputazos, insultos, amenazas, huevos, vergas. Como disco rayado, y escupiendo veneno. En cambio a las mujeres les entró la onda de hablar en sentimental, como estrellas de telenovela. Yo no me suelto a llorar, porque el día que empiece ya no voy a parar nunca: así decía Dolorita, la madre del muchacho. Y no que fuera frase original suya; por acá decían así todas las madres.

Después del tiroteo, ya enseguida el agite amainaba y cada quien volvíamos a lo nuestro, y la vida en la comuna se reposaba de nuevo en los juegos de los niños, en los villancicos, el olor del asado, los colores de las guirnaldas. Se encendía el cielo nocturno con el reguero de estrellas que iban dejando los cohetes, las rodachinas, los volcanes, los triquitraques y las luces de bengala, y nosotros no sabíamos si el próximo tronar iba a venir de fuegos artificiales o de tiros de a de veras. Porque la muerte, que es astuta, había aprendido a camuflarse. Hubo por entonces quien profetizó que ella viene siendo lo mismo que la vida, apenas la otra cara de la moneda tirada al aire.

Así es. Lo bonito de este barrio viene siendo el nombre. Este barrio que en realidad vienen siendo dos, divididos por una cañada: este de arriba y el de más abajo. Bautizados por los fundadores —invasores de cojones— como El Jardín, el de arriba, y Las Delicias, el más de abajo.

No pasa nada, Luna, le dice el Arcángel a su perra, que echada a su lado alza el hocico husmeando el olor a pólvora. Quieta, bonita, que no pasa nada.

Luna no ladra, aúlla. Desde abajo se diría que en esa azotea mantienen enjaulado a un lobo, de los plateados e hirsutos, de ojos centelleantes y mirada amarilla. Qué decepción se llevarían si la vieran. Sólo a Arcángel se le pudo ocurrir bautizarla Luna, nombre de animal melancólico y cósmico. El resto de la familia la llama Cachucha, apodo que cuadra mejor con su tamaño mediano, sus muchas cicatrices de viejas furruscas, su manto lunarejo y su raza difusa, y sobre todo con su oreja quebrada y caída hacia un ojo, a modo de bonete. Pero el que sabe es Arcángel. Él ha visto cómo su perra se convierte en loba cada vez que aúlla.

La mantiene resguardada en la azotea, al menos durante el día; teme que si la ven vagando por las calles la dañen a ella por vengarse de él. Pero cuando vuelve a casa, ya de amanecida, se lleva a su Luna al monte. Los dos caminan todavía en la oscurana por entre la espesura, en el olor a eucalipto, el rumor del agua que baja en quebradas, la frescura del aire sin estrenar. Y regresan antes de que la luz caiga plena y los delate. Así es el cambalache entre muchacho y perra: la noche por el día. Ella accede gustosa, con devoción total, y mira al niño entregada, como rezándole a un santo. Como si se le hubiera aparecido un ángel.

Hasta estos arrabales no quería subir nadie. La autoridad no metía la nariz, la policía no asomaba, ni qué hablar de un médico. Apenas el cura, que abría la iglesia para oficio de difuntos y luego la cerraba con trancas y candado. En las cantinas escaseaban las cervezas y en las tiendas la leche, y ni hablar de papel higiénico en los baños, porque las bandas saqueaban los camiones de reparto ni bien empinaban la trompa por estas calles. Para los habitantes de abajo, estas barriadas eran, y aún siguen siendo, territorio prohibido que los acecha y desvela. Allá abajote la ciudad, y acá arribota las comunas, rodeándola como anillo de fuego, apretándole el cuello, respirándole encima.

—Pero el Arcángel subió, la tarde en que las cosas cambiaron y se dieron vuelta. Subía de la ciudad a su barrio la tarde aquella que quiso arroparlo con otro signo.

—Sucede a veces, eso del cambio de signo. No siempre, en realidad casi nunca. Pero hay quien logra troncharle el cuello al destino. Todo depende. Puede bastar una sola palabra, un instante de lucidez, un quiebre en la entendedera: una revelación, que llaman, y que nos hace cambiar, aunque nos desgarre. Aunque nos destroce por dentro. No todos quieren, no todos pueden, y sólo unos pocos se muestran capaces de sobrevivirlo. Digamos que ese día al Arcángel lo abatió, como un rayo, el instante temible, pero iluminado. El golpe tremebundo. Pablo de Tarso que cae del caballo camino a Damasco, ¿me entiende? A eso me refiero. A ese tipo de flechazo, de intensidad insoportable.

—Y cambiaron las cosas...

—Cambiaron, sí, al menos para él. Pero no para bien, todavía no, no se me ilusione, que mucha agua sucia tenía que correr todavía bajo ese puente para que su leyenda pudiera cumplirse.

La secuencia del capítulo fundamental se ha venido a conocer por partes. Es decir, retaceada, adivinada más que comprobada, y en todo caso teñida de versiones y contraversiones. Empezando por el testimonio del taxista que trajo esa tarde al Arcángel desde la ciudad hasta este su doble barrio: más arriba El Jardín, Las Delicias más abajo. Según contó ese hombre, se había animado a recoger al muchacho porque lo vio inofensivo. Pulcro y arreglado, con carita de niño. Dijo que hasta estas favelas él no subía nunca; por instinto de conservación y por principio evitaba meterse en territorios vedados. Pero que acababa de almorzar a gusto, y era una tarde de sol, tibia y despejada, y no parecía grande el riesgo. Dijo que el muchacho se montó en el asiento trasero y que por el camino se vinieron charlando de todo un poco, sobre todo de música; al muchacho le gustó la que el taxista traía grabada y se la festejó, buena música, hermano, le dijo, buena onda, no hay bronca, no hay bronca. Y el taxista iba tranquilo, no había bronca, y hasta le preguntó al pasajero, por seguir buscando tema, cómo andaba por acá la movida, si muy caliente. Y entonces el muchacho, como si le dieran cuerda, se soltó a hablar de revólveres, de granadas, de atracos, con una virulencia y una mala leche que erizaban los pelos. Le había cambiado la voz y el entusiasmo le sonaba negro, y dice el taxista que hasta el rostro se le oscureció, según pudo observar por el espejo retrovisor. Y ahí es cuando el chofer se asusta y dice para sí: Éste no es trigo limpio. Y de ahí en adelante sigue con el credo en la boca, en el presentimiento de que en cualquier momento sentiría el frío de una navaja contra la carótida. Ya llegando a destino, el Arcángel dizque le confiesa que no trae dinero. El chofer le responde, aliviado de poder deshacerse de esa papa caliente: Tranquilo, hermano, otro día me paga. Pero el niño insiste: Parame aquí, frente a ese bar, es de un tío mío que me presta. El chofer detiene el taxi diciendo para sí: Éste se baja y se escabulle y es lo mejor que puede pasarme. Pero ve que el niño entra efectivamente al bar y conversa tranquilo con el dueño, y dicen que alcanzó a pensar. De pronto no está mintiendo y ése es de verdad su tío. Cuando en ésas su cliente, el chiquito carilindo, el mosquita muerta, le descerraja un palazo por la cabeza al hombre del bar, lo patea en el vientre y sin ningún afán, con toda parsimonia, agarra el dinero de la caja y se acerca al taxi, estirándole los pesos, dizque para pagar lo que debe. Era un gesto: su clase de gestos. Pero el chofer, que a esas alturas ya está curado de espanto, en vez de recibirle, hunde el acelerador a fondo y desaparece ladera abajo.

Ese señor taxista, que vivió para contarlo, nosotros no sabemos cómo se llama. Su historia nos llegó por medio del comadreo. En cambio el bar era el Mis Errores, que está de aquí a siete cuadras, y el dueño del Mis Errores era don Ramiro Sierra, colega y compadre, conocido de toda la vida por estos arrabales. Un hombre bueno, qué quiere que le diga. De su contusión cerebral supimos a la mañana siguiente, y hasta la fecha le duran unas migrañas que no tienen cura, apenas el paliativo de un encierro a oscuras donde no le lleguen ni los ruidos ni las preocupaciones.

—Y ahí empieza todo.

—El atropello del Mis Errores no pasó de ser una desgracia más, de las que suceden por aquí a diario. Pero se destaca en la memoria de este vecindario porque a partir de ahí se van a ir desencadenando los hechos que llevan al punto álgido.

Arcángel entra a su casa, donde lo espera el ritual de costumbre: la bienvenida amorosa de la madre, solícita y nutricia, que lo mima y le acaricia el pelo, desenmarañando con sus dedos el enjambre de rizos melados.

—Y le ofrece comida, supongo, un panecito dulce, una manzana, algo.

—Le ofrece un algo de fruta. Y él, como siempre, rechaza. O ante la insistencia de ella, se hace el que come y más bien le da a Luna por debajo de la mesa.

Luego se deja caer, desmadejado, en la mecedora de mimbre, con su perra al lado. Un sopor de media tarde le pardea en las pupilas, y él prende el televisor. Su madre lo mira y suspira: al menos por ahora el primogénito está quieto, bajo control y a la vista, y parece sereno, entregado al ensueño, como cuando era niño y todavía se dejaba decir Angelito.

—Parece tranquilo, pero el río va por dentro...

El muchacho terrible ha quedado absorto en el canal de dibujos animados. Los muñequitos, como se les dice. Estático, lelo, con la boca entreabierta, el Arcángel se deja hipnotizar por ese frenesí de choques, ruidos, explosiones, descargas y golpes. Quizá porque ve en ello el vivo retrato de su propia existencia. Derrumbes, resbalones, empellones, porrazos: como en los muñequitos, en estos barrios tan escarpados todo rueda y va a parar al piso. En El Jardín todo cae, empezando por el muerto; por aquí la ley de gravedad es la única ley que se cumple. Y mientras en la pantalla los dibujos animados montan una coreografía arrebatada, las pupilas verdes del Arcángel vibran al son de esa musiquita obsesiva y maniática.

Ya se va ocultando el sol. Visualice conmigo, si quiere, la escena que sigue: se viene encima un anochecer de esos rojos y reverberantes, con horizontes de fuego en torno a Las Delicias. Unos muchachos en una esquina, enchufados en sus audífonos, tamborilean con el pie el ritmo de la música invisible de sus MP3. Parece que se aburren, pero en realidad acechan. Son cuatro, y acechan. Observan a las víctimas posibles que les van desfilando por enfrente. Uno de los cuatro es el Arcángel: el más joven. Se ha cambiado la pinta, y ahora lleva camiseta negra con escudo de *Ramones* y pañuelo rabo'egallo sujetándole el pelo. Algo trama, aquí parado con su estado mayor. Quiere acción. Y si no se le presenta nada, tendrá que aburrirse. A veces permanece amurado: recostado contra el muro. No hacer nada durante horas también forma parte de su actividad noctámbula; no en balde repite la radio que el tedio es la madre del crimen. Cuatro muchachos esperando en una esquina, indolentes y bellos como gatos. Parece cosa de nada... Y sin embargo. De esos cuatro, a uno su estrella está a punto de enviarle destellos.

El ciclo que para él va a sellarse había empezado un par de años atrás, con perros desollados, gatos quemados, gallinas degolladas colgando de los quicios. Y la cosa había ido creciendo hasta convertirse en esa cadena que todavía no para de muertes de adolescentes. Hijos de la gente. Comunes y corrientes. ¿Quién los asesina? Nadie en especial, apenas otros iguales a ellos. Y ahí va el juego, ahí, ahí, con vaivén funesto de victimarios que pasan a ser víctimas, de víctimas que se convierten en victimarios.

Al rato, la bandola del Arcángel abandona el puesto. Se van a buscar esquinas que les traigan mejor suerte, quien quita y resulte un trabajito de ocasión, y rondan al amparo de la noche buscando el centavo, calentando el fierro en el sobaco, disponibles y dispuestos como prostitutas o serenateros, esperando al marido cornudo que les ofrezca propina por sacarse el clavo, o al fiador estafado, al arrendador que quiera puyar a un inquilino moroso, a la señora que necesita comprarse un televisor, pero baratico, mijo, aunque sea de los robados.

Un maestro albañil con su cuadrilla le trabaja reparaciones a una construcción chata, de doble piso, apretujada entre la droguería y un caserón en ruinas. Desde una escalera de bambú, el maestro de obra le está pintando la fachada, amarillas las paredes, azul la puerta y los marcos de las ventanas. El Arcángel y los suyos se paran a mirar, total cualquier cosa es cariño, y para divertirse basta con amasar un moco. De espaldas a ellos, los albañiles siguen en su oficio. El maestro de obra, curtido y canoso, se encarama un poco más para pintar el letrero que irá sobre la puerta.

El Arcángel se engloba viendo aparecer la primera letra, que será una B, según se va viendo. B de Burro viejo. B de Boleta la que estás dando, piensa el Arcángel mirando al albañil, B de Bobo y de Baboso, ahí tan confiado y dando la espalda.

Adiviná qué letra sigue, le ordena el Arcángel a uno de los suyos, el Caycedo, un flaco cetrino de camisa blanca y suelta sobre un jean tan trincado que si quiere que resbale y suba, tiene que forrarse las piernas en bolsa plástica. A ver, vos, Caycedo, qué letra viene, te van quinientas barras si le atinas.

Hmmm... La A, arriesga el Caycedo.

La... ¡T!, apuesta el Chupeta, más bajo, casi enano, pero con torso abombado de fisiculturista.

¿La T, bestia bruta?, Arcángel le asesta al Chupeta un capirotazo. ¿La T, animal de monte? ¿No ves que después de consonante tiene que venir vocal? Jodido analfabeta, este pigmeo de mierda.

Los albañiles jóvenes ya se van para sus casas, ya cumplieron con el oficio del día. El viejo les grita: Voy con ustedes, espérenme tantico. Pero los otros ya caminan calle abajo, y en cambio el maestro sigue aplicado a la brocha, una letra más, una más y no más, total ya va siendo oscuro y casi no se ve. ¿Cuál es la siguiente letra que su mano produce, comprometido a fondo con la pulcritud del encargo, pendiente de que no le tiemble el pulso para que ni una gota de azul manche el amarillo del fondo? No es la A, no señor, y la T sí que menos. Es la letra I, o eso va pareciendo. Sí, es la I, en un santiamén queda lista, total es la letra más fácil, un palito y ya está, sin punto ni nada por ser mayúscula. La I de Iguana y de Iglesia. Pero el Arcángel y su bandola no nacieron para pendejos y el espectáculo ya los va aburriendo. Es la I de Imbécil, y a la larga a ellos qué carajos les importa, acaso están para letras y maricaditas de ésas, si hace rato dejaron la escuela.

El albañil veterano allá arriba, encaramado en esa escalera ligera y flexible, y abajo los cuatro buscando adrenalina, una cosita de nada, apenas un primer shot para inaugurar la noche, un poco de diversión que no le hace mal a nadie, y se agarran a sacudir la escalera, sólo por joder, sólo por pasar el rato, y arriba el pobre hombre viéndose a gatas para mantener el equilibrio.

¡Agarrate de la brocha, que voy a quitar la escalera!, le grita el Arcángel y los otros se ríen, buen chiste, le celebran, viejo pero bueno, ¡agarrate de la brocha, no vaya a ser que te caigas!

Y entre los cuatro le aplican el mece-mece hasta que el tarro de pintura cae al suelo, salpicando, y le deja al Caycedo los jeans perdidos de azul. El Caycedo maldice y le asesta un empujón final a la escalera, que siendo de bambú es construcción de aire, juego de palitos chinos que cruje y cede y se viene abajo con todo y viejo, que queda tendido en la acera y sangra por nariz y ceja, desarticulado como un maniquí y con el tobillo tronchado en un ángulo obtuso.

Ten misericordia, le pide el viejo al Arcángel, sujetándolo por la pantorrilla. Yo sé quién eres, tú eres el hijo de Dolorita. Ayuda a este pobre anciano.

Como no te ayude tu puta madre, se le ríe Arcángel, se zafa y se larga con su patota.

Pero luego frena. Se da media vuelta y deshace sus pasos.

—¿Se devuelve para rematarlo?

—Hubiera podido, pero no lo hace. Más bien se quita el rabo'egallo que lleva atado al pelo y se lo pasa al viejo, para que se limpie la sangre que le corre por la cara. Eso no más; apenas el gesto, el segundo del día. Y luego se esfuma. Apenas un gesto, pero de gestos mínimos está entretejida la trama muy delgada de su leyenda.

Qué serie de otros sucesos fueron marcándole el ritmo a esa velada, es cosa que no se sabe; la relación de los hechos menudos se pierde en el laberinto de callejones. Un atraco aquí, una crueldad allá, un desquite más arriba, un zafarrancho más abajo. Nada que se configure con contornos precisos, hasta que llega el momento, ya sobre las dos de la madrugada, en que Arcángel y sus parches van a parar a un baile.

—Usted que dice baile, y a mí que me suena a parejas deslizándose en vuelos de vals por un piso de mármol.

Piso de tierra, más bien, y al fondo de un sótano. Autismo ensordecedor de un rock satánico y espeso, que la banda Pestilencia va percusionando con palos de escoba contra canecas, mientras a gruñidos le canta a la peste, a la plaga, las deformidades, la sangre que hierve en el fuego, las putas violadas con fierros, los campos sepulcrales, las risas dementes, el sexo sin perdón, el mundo como holocausto, el Dios Vivo como máquina mortífera, la juventud transformada en guerrilla del metal.

—Pare, pare, no vaya tan aprisa. Por ahí se escucha decir que esa noche el Arcángel compró una boleta para una rifa...

Se me iba escapando el detalle, mire lo que son las trampas de la memoria. Sucedió ahí mismo, durante el baile. Serpenteaba por entre las mesas una matrona vendiendo boletas para una rifa, que jugaba con los últimos cuatro números de la lotería. En una mochila llevaba el objeto que estaba rifando, y lo exhibía para animar a la gente a participar. ¿Qué era? Una pistola. ¿Qué pistola? Yo no querría ponerle nombre, para mí todas son iguales. Digamos que una pistola grande y pesada, plateada, reluciente... Claro que si le pregunta a alguien que sepa de eso, le dirá que se trataba de una Heckler nueve milímetros, o sea que debía ser negra y no plateada, y no tan reluciente, porque venía de segunda mano.

Arcángel se enamoró locamente de ese juguete. Dicen que lo acariciaba, como si fuera una novia, y que le iba susurrando: Vos tenés que ser mía, ¿entendés, preciosura?, vos sos para mí, mientras pegaba los labios al cuerpecito metálico de ella, besándole la boquita helada y redonda. Por ahí va la cosa con esta muchachada brava, no sé si me sigue en lo que pretendo explicarle. El Arcángel andaba encoñado con la muerte. Era un asunto de pasión. En la película de su vida, las noviecitas figuraban como actrices de reparto, mientras que la muerte era la actriz principal, la candidata al Oscar. Pasa así cuando la vida es pereza, sin salida, grisura, día igual tras día igual y callejón que no lleva a ninguna parte. Pasa entonces que la muerte se abre camino como la gran aventura, la incentivadora de tu voluntad, la que te mantiene vivas las ganas de seguir y el corazón latiendo a plena velocidad. Estos muchachos nuestros se prenden a la muerte como el ahogado a la tabla, ¿sí ve? Unos meses antes, alguien le había preguntado al Arcángel, delicadamente y tanteando terreno, por qué había matado a Everardo Piñeres, sobrino de don Jacinto José Piñeres, muchacho serenito y apocado que le hacía de ayudante al tío en su remontadora de llantas. Dicen que el Arcángel respondió, con voz soñadora y pensando en otra cosa: Será porque me enamoré de él para matarlo, era mi amigo pero lo maté, y después de que lo hice me entregué al dolor.

Su jerga de muerte era declaración de amor. Por aquí el que mata no sólo acaba con lo que odia, sino también con lo que ama. Mata para poseer lo que de otra forma no se entrega. También a los objetos ajenos el Arcángel les tenía cariño. Les coqueteaba, de ladito se les iba acercando, mañosa y seductoramente, como envolviéndolos en la mirada de sus ojos verdes, hasta que lograba echarles mano y apropiárselos: bambas de oro, cadenas de plata, camisas Ocean Pacific, jeans Paco Rabanne, zapatillas Nike, equipos láser de sonido, gafas Ray-Ban, CD's de rock no comercial, electrodomésticos para la cocina de su mamá, alguna Honda CBR 1000, un Mazda 626 GLX: eran cositas que lo enamoraban.

Así le sucedió con la pistola de la rifa aquella. Fue tal su empecine que le invirtió tres boletas, no una sino tres, y le echó la bendición a cada una para que el milagro se le cumpliera. Pero nada, ni por ésas. No se ganó nada.

—Entonces por ahí no le vino el ajuste de suerte...

Ante todo paciencia, que ya casi llegamos. Rebobinemos y volvamos donde estábamos. En la pista improvisada baila la muchachada compacta, estremecida, iracunda, molesta con todo, rabiosa y sudando la gota.

—Y lo que bailaban no era propiamente un vals.

Más bien pogo, que llaman, y que revuelve a punkeros con metaleros y vieja guardia, en un rebullirse mazacotudo y caliente, donde todos al compás se pegan con todos, hombres y mujeres a los trompicones, dándose de puños amistosamente, y de patadas y hasta cadenazos. Ése era su baile, con el Arcángel al centro. Él, el más bello y vistoso; él, con más bríos y más resabios que nadie; él, brillando con luz propia y jalándole al perreo con una morena plástica y elástica, bien maquilladita, de pelo lacio y largo hasta la cintura, apetecida por todos, muy femenina, que luce el cuerpazo ceñido en camiseta ombliguera y pantalón chicle. Y en ésas se encuentra el Arcángel cuando vienen a avisarle.

Allá le llegan con la noticia. Lo buscan para decirle que acaban de ver a su madre, de cobija terciada sobre el camisón de dormir, con el pelo revuelto y en chinelas, ni más ni menos que apostada, sola, en el callejón del Carmen, que es uno de los huecos más tenebrosos del barrio, pese a que la imagen de la Mechudita, la Virgen del Carmen, lo preside desde un nicho esquinero, alumbrada por velones y rodeada de flores, con su cara bonita y sus cabellos tan largos que por eso la llaman, con respeto y devoción, la Mechudita, santa patrona de El Jardín y Las Delicias, dulce protectora de los oficios difíciles. O sea que la Mechudita cuida de los policías, los celadores, los guardaespaldas, los boxeadores, los sicarios y los pistolocos. Al cura Bonifacio, que los escucha a todos en el confesionario y les conoce el alma, yo le he oído decir que son muy religiosos, porque ante el peligro extremo sólo les queda rezar.

Pero que no gustan de invocar a Dios, sino siempre a la Virgen del Carmen como madre bondadosa, que todo les tolera y perdona. Dice cosas, el padre Bonifacio, que lo ponen a uno a pensar. A veces se pronuncia de un modo, y a veces del modo contrario; como que se contradice al vaivén de su propia confusión interior. Dice que los muchachos de por aquí son muy locos, y que él a veces piensa que las circunstancias los obligan a ser de ese modo. Pero que otras veces piensa que son francamente malos.

Tan santa y tan pura, la Mechudita, allá entronizada en su callejón, entre su nicho de flores y velas, mientras a su alrededor pululan las putas, las peleas a machete, la venta de basuco y el vómito de borracho, porque ésta viene siendo la olla más podrida, el último rincón del infierno: las peores goteras del Paraíso. Y le vienen a Arcángel con el cuento de que precisamente allá acaban de ver a su madre.

El Arcángel no lo cree, cómo va a aceptar semejante calumnia, si su mamá lo espera siempre en casa, despierta y pendiente de su llegada para ofrecerle un caldo, un pan dulce, mijo, aunque sea una manzana, mire, tome, coma que está muy flaquito. Y se preocupa por él, y llora por su ausencia, y su madre no es de las que andan por ahí solas a altas horas de la noche, como lloronas locas, y el Arcángel se arrevolvera y se indigna, suelta a la nena que baila con él y le saltan chispas de sus ojos de vidrio, y hasta espuma pareciera que le sale por la boca, y si el Caycedo y el Chupeta y el resto de sus parceros no lo frenan y lo llaman a la calma, le hubiera tajado la cara al que así se atrevía a insultarlo. Allá tú, le advierte al Arcángel el tipo que le vino con el chisme, allá tú si quieres creer o no, vete al callejón del Carmen y mira por ti mismo.

—¿Y resultó cierto?

Resultó cierto. Ahí, en el callejón del Carmen. Sola, en camisón y chinelas, apenas protegida por la manta que se ha echado sobre los hombros. Ahí está su madre, cerca de las tres y media de la madrugada. El Arcángel va llegando, y la va viendo. Se restriega los ojos para conjurar el espejismo. Necesita despejar la nube de aguardiente y marihuana que le enturbia la cabeza. Nada que hacer, es ella. Ahí está, y es ella. No lo están traicionando sus ojos: es ella.

—Se habrá vuelto loco, ese muchacho, y habrá armado la de Dios es Cristo...

No, se refrena. Actúa a sangre fría, aprovecha que ella no lo ha visto y espera para averiguar de qué va tan inconcebible demencia. Se esconde tras un muro y observa.

A riesgo de perder la vida, Dolorita se mete a la fuerza en una de las ollas donde expenden basuco, un cuchitril más peligroso que un tiro en el oído, y hasta allá se cuela ella, empujando y mandando al carajo a los cafres armados que pretenden impedírselo. Pero ella se zafa a patadas y a mordiscos, como una valkiria en la revoltura de su cabellera rubia de raíces negras, como una amazona con un pecho afuera, escapado del camisón de dormir, que se ha rasgado en la refriega. Pero ella está en lo que está, y ni dios podría detenerla. A mandobles de sus brazos poderosos logra colarse al lugar, y al rato sale de allí, arrastrando de una oreja...

—A Juan Mario, el segundo de sus hijos.

Eso mismo. A Juan Mario, el que le sigue a Angelito. La madre lo saca del antro a la brava, lo sacude a cachetada limpia y le grita unas palabras que el Arcángel, desde su escondite, escucha, sintiendo que el corazón se le rompe en mil pedazos. Como el eslabón que revienta la cadena. Como el rayo que te parte en dos. Como esa caída en el camino de Damasco, que te salva o te liquida, te libra o te desintegra.

Nunca más, Juan Mario, nunca más, conmina la madre al segundo de sus hijos. Por encima de mi cadáver, Juan Mario. Que nunca más te vea yo en éstas. Tú no, Juan Mario, tú no. ¿Me escuchas? Tú no. No vas a seguir sus pasos. Con un sicario en casa me basta y me sobra.

—Una curiosidad, no más. Siempre he querido saber qué iba a rezar el letrero que el viejo albañil no pudo terminar después del porrazo, por andar hecho un cristo en su cama de convaleciente.

Qué iba a rezar y qué reza, porque en la tarea de acabar de pintarlo lo reemplazaron sus ayudantes. Ese letrero dice una sola cosa: BIBLIOTECA. En letras azules sobre muro amarillo. Una biblioteca pública. La primera en El Jardín y Las Delicias, y la más bonita en muchos kilómetros a la redonda.

Olor a rosas invisibles

Creo que debió servirse un trago: como todo señor de mundo, Luis C. Campos C. —llamado desde los días del colegio Luicé Campocé— tenía en su oficina una neverita con hielo, soda, ¿aceitunas y cerezas marrasquino?, lo necesario para servirse un trago cuando algo lo inquietaba. Se reclinó en su poltrona de cuero, desvencijada pero imponente, heredada de don Luis C. Campos padre, y la hizo girar hacia los cerros que espejeaban al otro lado del ventanal, para perder en ellos la mirada. Aunque perder sea sólo un decir, porque, a diferencia de mí, él era el tipo de hombre que siempre gana.

Supongo que le sudaron las manos, síntoma inoportuno para nuestra edad y que no sufría desde la sesión de clausura en que recibimos de los jesuitas nuestro diploma de bachilleres. Podría jurar además que tan pronto colgó el teléfono sintió correr por su despacho, irreverente y resucitado, el viento limpio de esa primavera romana de hacía cuarenta años, que de buenas a primeras regresaba a desordenarle los papeles del escritorio y a alborotarle las canas. Debió hacerle gracia semejante revuelo a estas alturas de la vida: hombres como él no se despelucan con frecuencia. Frenó con una señal brusca de la mano a una secretaria solícita que pretendía interrumpirlo para que firmara alguna cosa: indicio inequívoco de que no quería que se dispersara la inesperada tremolina de recuerdos.

La voz femenina de acento incierto que acababa de escuchar por larga distancia había despertado en él un hormigueo de tiempos idos que aplazaba la urgencia de los negocios del día, invitándolo a interrumpir esa implacable rutina de lugares comunes y gestos calculados que garantiza el diario bienestar de la gente como él.

Me confesó después que en ese momento tuvo que hacer acopio de todo su poder de concentración para arrinconar al ratón hambriento que desde hacía un tiempo roía el queso blando de su memoria. Quería recomponer el escenario para ubicar esa voz de mujer: recuperar cada instante, cada olor, cada tonalidad del cielo...

Fracasó desde luego en el intento. Volvió a esforzarse, ya sin tanta pretensión: si pudiera rescatar al menos algún olor, un color siquiera, ¿del cielo?, ¿del vestido de ella? De sus grandes ojos verdes... Porque eran grandes y eran verdes, de eso estaba seguro, aunque era posible que tiraran a amarillo. No pudo acordarse de nada en concreto, pero sí, dichosamente, de todo en abstracto, y con eso tuvo suficiente para seguir volando en la cálida sensación de vitalidad que le había llegado por entre el cable del teléfono.

Fotografías cuidadosamente alineadas sobre el escritorio —en pesados marcos de plata, añadiría yo—, desde las cuales le sonreían con cariño su esposa, sus hijos y sus nietos, intentaban recordarle cuán lejana y perdida estaba aquella primavera; cuánta vida buena, digna y esforzada había corrido desde esa remotísima temporada romana, cuando aún estaba soltero. Él les devolvió la mirada con afecto infinito (porque amaba a su familia, de eso soy testigo) y les pidió disculpas por el momentáneo aplazamiento: en ese instante de inspiración no podía atenderlos; le resultaba indispensable borrar toda interferencia.

No puedo yo —y creo que tampoco podría él— precisar con claridad la secuencia de impulsos que lo habían llevado a marcar, después de cuarenta años, el indicativo internacional, el prefijo de Suiza, el 31 que comunica con Berna y finalmente el número telefónico de ella. Muchas veces me he preguntado por qué la llamaría justamente ese día, si hasta el anterior ni se le había pasado por la cabeza hacerlo. ¿Por qué de repente volvía a sentirla indispensable y cercana, si cuatro decenios de buen matrimonio con otra mujer admirable habían hecho que, hasta ahora, sólo en las veladas del Automático la recordara?

Me refiero a que en tiempos del Café Automático solíamos reunirnos en ese lugar cinco amigos íntimos, ya entrados en la treintena, que nos divertíamos con el juego agridulce de rememorar viejos amoríos descarriados, y en esas ocasiones Luicé, cuando quería lucirse, nos hablaba de ella. Decía que se llamaba Eloísa, que pertenecía a una familia rica de Chile y que la había conocido por casualidad en una travesía por el Nilo. Con el tiempo, los compinches del Automático llegamos a familiarizarnos con los detalles de ese noviazgo: sabíamos que Luicé vio a su chilena por primera vez en el puerto de Luxor, inclinada sobre la borda y embelesada con la tersura dorada del río, minutos después de que zarpara el barco. Que esa noche se sentó a su lado durante la cena que ofreció el capitán para los pasajeros de primera, y que de ahí en adelante no volvieron a separarse. Todo en ella —según Luicé— despedía seguridad y desenfado, la suavidad castaña de su melena corta, el acento impecable con que manejaba el italiano y el francés, la agilidad adolescente con que recorría las ruinas luciendo bermudas, botas de excursionista y gafas negras. Al cabo de diez días, frente a las pirámides de El Cairo, Luicé la besó en el cuello y le confesó su amor.

—Sé preciso —interrumpía Herrerita en ese punto del relato—. ¿Frente a cuál de las pirámides la besaste, Keops, Kefrén o Micerino?

Emprendieron juntos el regreso por Roma, de donde él debía volar a Inglaterra para terminar su carrera en la London School of Economics, y ella a Ginebra, donde se especializaba en idiomas. Intentaron despedirse en el aeropuerto pero no fueron capaces; cancelaron sus respectivos pasajes, tomaron un taxi de vuelta a la ciudad y se alojaron en un hotel cercano a la Fontana di Trevi.

—Qué delicioso melodrama de niños ricos —interrumpía Herrerita, y lo callábamos de un pestorejo.

Un mes después, cuando ya era absolutamente impostergable la partida hacia la universidad, fracasaron de nuevo en el intento de separarse y, feriándose el destino, se mudaron a una pensión folclórica del Trastevere donde convivieron durante tres meses más, entregados a un amor alegre y despreocupado y gastando en paseos a Venecia y a Amalfi los recursos que sus respectivas familias, desde América Latina, les enviaban religiosamente, convencidas de que continuaban dedicados a sus estudios.

—Ahora viene lo mejor —se relamía Herrerita, preparándose para el final.

El desenlace de la aventura no se hizo esperar más de veinticuatro horas a partir del momento en que la madre de Eloísa, informada nadie sabe cómo del engaño, aterrizó en Roma acompañada por su severo hermano mayor, dispuesta a rescatar a su hija de los malos pasos así fuera con ayuda de la policía.

Luicé nunca supo qué sucedió esa noche en la reunión entre la muchacha, su tío y su madre; sólo supo que a la madrugada siguiente se presentó en el cuarto de la pensión una Eloísa de ojos enrojecidos por horas de arrepentimiento y llanto, que sin decir palabra empacó sus pertenencias y se despidió sin mirarlo de frente, mientras sus familiares la esperaban abajo en un taxi con el motor en marcha.

Por su parte, tampoco él pudo impedir que su familia se enterara del enredo, que su padre montara en cólera ante tamaña irresponsabilidad y se negara terminantemente a financiarle más estudios en el exterior, motivo por el cual debió resignarse a regresar a Bogotá, donde obtuvo un modesto título de economista en la Universidad Javeriana, lo que en cualquier caso no fue obstáculo para que entrara a trabajar al enorme negocio de don Luis C. viejo y, tras su muerte, quedara a la cabeza del establecimiento.

Esta Eloísa chilena —burguesita, políglota y avant-garde— llegó a convertirse en una de las grandes favoritas de nuestra galería de amadas perdidas, compitiendo en primacía con la panadera trágica y tísica de Herrerita, la modelo de Christian Dior que Bernardo persiguió por medio mundo, las tres hermanitas putas de Magangué que iniciaron en la cama al Turco Matuk, y una prima universitaria llamada Gloria Eterna con quien soñó Ariel todas las noches sin falta desde los diez hasta los trece años.

Tras el cierre del Café Automático dejé de ver a Herrerita y a los otros, pero mantuve con Luicé una amistad estrecha que nunca se resintió por el hecho de ser él cada vez más rico y yo cada vez más pobre, y que me permitió seguir de cerca el trayecto de su vida. Así, vine a saber que a pesar del abrupto final de su romance con Eloísa, y de que cada quien organizó su vida por su lado con un océano de por medio —él en Colombia y ella en Suiza—, no perdieron del todo el contacto a lo largo de los años, que les depararon motivos de sobra para felicitarse recíprocamente a través de breves y más bien impersonales notas de cortesía: primero el matrimonio de él con una muchacha de la sociedad bogotana, luego el de ella con un banquero suizo, el nacimiento de los hijos —dos de él y una de ella— y, tiempo después, la llegada de los nietos.

Si las añoranzas se incluyeran en el *currículum vítae* de los altos ejecutivos, bajo el rubro, digamos, de «importantes momentos vividos», esta primera parte de su historia con Eloísa bien podría aparecer en el de Luicé: todo correctísimo y perfectamente presentable, a duras penas una sabrosa locura de juventud enmendada muy a tiempo y transformada en discreta cordialidad entre personas mayores.

Es entonces cuando interviene el destino para alterar el cuadro, al traer por correo una esquela escrita en pulcra letra del colegio Sagrado Corazón sobre papel blanco, no diré que perfumado porque tengo el mejor concepto de Eloísa, a quien siempre admiré sin conocerla. La había enviado ella para contarle a Luicé que dos años antes había muerto su marido tras una larga y dolorosa enfermedad. Duramente golpeada por ese infortunio, ella guardó silencio durante el tiempo del duelo y luego se permitió, en cuatro líneas, romper la distancia acostumbrada y dejar traslucir un apenas perceptible matiz de nostalgia que fue, probablemente, lo que lo motivó a llamarla para darle el pésame de viva voz, después de varios intentos fracasados de producir una carta que no fuera, como las anteriores, redactada por su secretaria.

El día de la conversación telefónica, él regresó a su casa agitado por un raro desasosiego que no le permitió probar bocado del *ossobuco* que le tenía preparado Solita, su mujer, dada a consentirlo con recetas sacadas de *Il talismano della felicità,* sin tener en cuenta la dieta recomendada por el médico para el control de sus dolores de gota. Tampoco pudo entregarse en paz al *Adagio* de Albinoni, que solía llevarlo en barca por aguas serenas hasta la zona más armoniosa de su propio ser. Personaje de cultura más bien decorativa —un Fernando Botero colgado en la pared de la sala era su mejor diploma de hombre de pro—, Luicé tenía con la música clásica una relación de conveniencia bastante parecida a la que mantenía con la nevera bien surtida de su minibar. Las cadencias de Johann Strauss o los brillos de Tchaikovsky ondulando allá, al fondo y sin interferir, siempre le habían producido la sensación de que las cosas, en general, le estaban saliendo bien, y piezas como la sonata *Claro de luna,* el *Canon* de Pachelbel y el *Adagio* de Albinoni hacían parte de su noción domesticada de felicidad. Sin embargo, y sin darse cuenta a qué horas, con el *Adagio* había llegado un poco más allá. Jamás lo hacía sonar en público ni toleraba interrupciones mientras lo escuchaba, siempre unos minutos antes de irse a dormir, y así, noche tras noche, la melancolía de esas notas, convertidas en una suerte de pequeño ritual íntimo, dejaba en su alma el sabor de un padrenuestro que él, liberal progresista, ya no sabría pronunciar.

Pero esa noche no; ni siquiera aquel *Adagio* encontraba la manera de llegar hasta Luicé. Cerca de las diez vino a visitarlo su hijo Juan Emilio, y le comentó cosas acerca del nieto que él intuía importantes pero en las cuales no lograba centrar la atención. Ya entre la cama le preguntó a Solita:

—¿Alérgico?

—¿Qué cosa?

—¿Eso fue lo que dijo Juan que parecía ser Juanito, alérgico?

—Alérgico no, preasmático.

—Mala cosa, mala cosa... ¿Alérgico a qué?

—¿Se puede saber dónde tienes la cabeza esta noche?

—En ningún lado —mintió.

Estuvo inquieto y ausente a lo largo de la semana, como si no se encontrara a gusto dentro de su propio pellejo, y ya empezaba a preocuparse por esa absurda e insistente comezón mental que le estorbaba en sus relaciones familiares y laborales, cuando cayó en cuenta de que sólo le pondría alivio si la llamaba de nuevo. Así lo hizo, y también a la semana siguiente, y a la otra, y cuando vino a darse cuenta todos los lunes en la noche se sorprendía pensando por anticipado en ese telefonazo a Berna que disparaba desde su oficina los miércoles a las doce en punto del mediodía.

Eloísa hablaba el doble que él, en cantidad y en velocidad, y ambos se limitaban a tocar temas de salón, como la marcha de los negocios de ella, las salidas en falso del embajador colombiano en Suiza gracias a su afición al alcohol, las maravillas de una retrospectiva de Van Gogh que ella visitó en Ámsterdam, la gota que a él le estrangulaba el dedo gordo del pie. Eran temas más bien tontos, desde luego, pero me gusta imaginar que cada vez que conversaban el soplo fresco de primavera romana volvía a correr por la oficina de Luicé, alborotándole los papeles y los recuerdos.

Debió ser en agosto, dos o tres meses después de regularizadas las llamadas, cuando mencionaron por primera vez la posibilidad de visitarse. Lo propuso ella de la manera más transparente, al poner su casa en Suiza a disposición de él y de su esposa para las vacaciones de diciembre.

—Y si tus nietos quisieran aprender a esquiar —le sugirió—, tráelos también, que yo puedo desde ya ir haciendo arreglos para el alquiler de un par de cabañas en la montaña.

El posible viaje empezó a ocupar cada vez más minutos de la conversación semanal, pasando por diversos lugares y variantes. Él le contó que su esposa tenía deseos de volver a París y convinieron en que bien podría ser ése el punto de encuentro, pero desde luego mejor en primavera que en invierno. Como el tema era más un pretexto para comunicarse que un plan concreto de acción, saltaban sin rigor de una ciudad a otra, de un mes al siguiente, sin precisar lo que decían ni preocuparse por definir. De París saltaron a Miami, donde él tenía unos socios de negocios que convendría visitar; de ahí a Praga, meca a la cual ambos, desde siempre, habían deseado peregrinar; de Praga insensiblemente a Roma, y de Roma, por supuesto, como broche ineludible del periplo imaginario, a Egipto. En algún punto de esta travesía verbal dejaron de referirse a los nietos, y luego, sin saber cómo, de miércoles a miércoles fue quedando borrado de los ires y venires el nombre de Solita, quien jamás había sido informada de los múltiples programas de vacaciones en los cuales, hasta cierto momento, había sido incluida como tercer pasajero.

La sola mención de Egipto, con la carga afectiva que tenía para ellos de hecho remoto pero cumplido, le impuso a la voz de Eloísa un timbre más ansioso, un muy femenino afán por puntualizar, por entrar estrictamente en materia, ya con tarifas de vuelo en mano y con sugerencias específicas de fechas y hoteles, todo lo cual a él, que hablaba por hablar, confiado en que se trataba de un proyecto irrealizable, lo tomó por sorpresa y en buena medida lo fastidió, haciéndolo dudar del terreno que pisaba.

Es obvio que durante todos estos meses escuchar a Eloísa se le había convertido a Luicé en un bálsamo contra los peculiares atropellos que a un hombre de su condición le impone el ingreso a la vejez: el cambio del tenis por el golf, el abandono forzado del cigarrillo, los orificios de más en el cinturón, las dioptrías adicionales en los lentes. Pero de ahí a arriesgar lo que había construido durante toda una vida por irse a recorrer el Nilo con una antigua novia, había un abismo que ni remotamente estaba dispuesto a franquear. Eso era evidente para cualquiera menos para Eloísa; yo no diría que por ilusa sino al contrario, por ser mujer acostumbrada a que se cumpliera su santa voluntad.

Así que a la siguiente llamada se desencontraron en una diferencia de intensidades que ninguno de los dos dejó de percibir. El entusiasmo excesivo de ella fue retrocediendo, cauteloso, ante las respuestas evasivas de él, y al momento de colgar ambos supieron que habían llegado a un punto muerto que no les dejaba más salida que el regreso a las esporádicas y diplomáticas notas por escrito.

Durante los dos meses siguientes no volvió a repicar el teléfono los miércoles a mediodía en la casa de Berna, y creo lícito presumir que Luicé se fue olvidando del asunto con una resignación destemplada, a medio camino entre la contrariedad y el alivio. Aunque secretamente hubiera preferido limitarse a café con leche y tostadas, pudo volver a disfrutar las recetas italianas que por las noches preparaba Solita, y retomó con alegría su vieja y sedante manía de escuchar el *Adagio* de Albinoni antes de dormirse.

Esa mañana de domingo en que compró en el kiosco de la esquina el número cinco de una edición en serie llamada *Los tesoros del Nilo,* lo hizo más por reflejo que por otra cosa, sabiendo de antemano que jamás compraría el número seis. No fue así: no sólo envió a un mensajero a adquirirlo, sino que le pidió a la secretaria que le consiguiera los cuatro primeros, que ya estaban fuera de circulación. No creo que pensara en Eloísa mientras hojeaba esas páginas sin detenerse en el texto, un poco con la cabeza en otra cosa, como quien da un vistazo a los avisos clasificados sin buscar en ellos nada en particular. Ni él mismo debía saber por qué encontraba intrigante repasar esas grandes láminas a color, aunque pensándolo mejor quizá sólo fuera por verificar el grado de reblandecimiento de su memoria, que lo hacía desconocer, como si fueran de otro planeta, lugares en los cuales había estado de cuerpo presente. ¿Abu Simbel? No, tal vez hasta allá no había llegado. De Karnak se acordaba un poco más, pero estos gigantes con cabeza de carnero, así sentados en fila india, ¿los había visto? Si hubiera conservado las fotos, lo habría verificado.

Porque se retrataron juntos en las ruinas, entre las excavaciones, en la cubierta del barco y también esa última noche que Herrerita exigía que le contara en detalle, la del baile de gala en que Eloísa apareció deslumbrante, disfrazada de Isis, ¿de Osiris?, en fin, de diosa egipcia.

—Nunca has querido confesarnos de qué estabas disfrazado tú —importunaba Herrerita.

—Hombre, es que no logro acordarme.

—¿De eunuco, tal vez, o de obelisco? ¿De odalisca, de dátil, de legión extranjera? ¡Lo tengo! De tapete persa, o de giba de camello...

Luicé había quemado esas fotos unos días antes de casarse, junto con todas las que incluían presencias femeninas que pudieran, en caso de ser descubiertas, suscitar inquietud en su esposa. Había sido a todas luces una tontería, porque a Solita le divertía que le contara viejas aventuras, y además mantenía en las repisas del cuarto de estar varios álbumes de juventud donde ella misma aparecía de media tobillera, falda rotonda y zapato combinado, riendo y bailando muy desparpajada con otros galanes.

Los tesoros del Nilo ajustaban ya la docena cuando un miércoles, cerca de las dos, cuando salía de su despacho para almorzar, Luicé fue detenido en la puerta por su secretaria.

—Tiene una llamada de larga distancia, señor. De Berna. ¿Digo que lo busquen por la tarde?

Se abalanzó sobre el teléfono con más precipitación de la que hubiera querido que presenciara su secretaria, y me parece de cajón decir que tuvo que aspirar profundo para que su voz entrecortada no delatara los latidos del corazón. Eloísa fue breve y al grano, sin hacerle consultas ni permitirle interrupciones: su hija, fotógrafa, haría una exposición la semana entrante en Nueva York y ella viajaría a acompañarla. Después iría a tomar sol unos días a Miami, donde lo esperaba de hoy en quince a las seis de la tarde, en el *gate* 27, sección G, del aeropuerto internacional. Si tomaba el vuelo de American Airlines llegaría puntual a la cita. No debía preocuparse por reservar alojamiento, porque ella tenía todo solucionado. Como suponía que después de tantos años no podría reconocerla, quería que supiera que tendría puesto un vestido de seda color lila.

Me pregunto cuál habrá sido su primera reacción ante semejante propuesta, que debió sonarle altamente descabellada. Después de descartar otras hipótesis me quedo con la siguiente, que divido en dos: uno, le produjeron risa el tono tajante y ejecutivo y la resolución sin paliativos con que le transmitían la orden. Y dos, sintió admiración por la audacia de Eloísa, quien a la anterior táctica de él de diluir la situación comprometedora en silencios e indefiniciones, contraatacaba ahora con hechos contundentes como pedradas. Sea como sea, Luicé sólo atinó a decir una cosa antes de que ella colgara:

—Como mande, señora.

«Como mande, señora.» ¿Cómo interpretar tal frase? Igual que si hubiera dicho «hágase tu voluntad», «donde manda capitán no manda marinero» o cualquier otra fórmula de conveniencia para salir del aprieto sin comprometerse del todo y sin cometer la grosería de negarse. Pero se ve que el asunto quedó dando vueltas entre su cabeza.

Averiguando aquí y allá, vine a saber que ese día el mesero que le sirvió el consomé al jerez a la hora del almuerzo se extrañó de que el señor, siempre tan serio, se riera solo; luego se fijó en que conservaba la sonrisa a todo lo largo del filete de pescado, y a la hora de los postres tuvo que desistir de preguntarle cuál prefería: tan abstraído estaba que simplemente no oía. Así que por su propia cuenta y riesgo el mesero le trajo un flan de caramelo, y lo vio ingerirlo en medio de un ensimismamiento tal, que tuvo la convicción de que le hubiera dado lo mismo el flan que un pato a la naranja o un ramo de perejil.

Pese al humor risueño que le produjo el episodio telefónico, Luicé debió regresar a la oficina decidido a no dejar pasar la tarde sin llamar a Eloísa para disuadirla, pero en vez de hacerlo le pidió a su secretaria que verificara la vigencia de su visa norteamericana.

—Sólo por si acaso —le dijo.

Al día siguiente tuvo que ir a la dentistería para que le sacaran una muela irrecuperable, y más que por la violencia del forcejeo que implicó la extracción, quedó maltratado por la respuesta que le dio el odontólogo cuando él quiso saber si habría que reemplazar la pieza perdida por una prótesis.

—No podemos —le dijo, utilizando el humillante plural de misericordia—. No tenemos de dónde agarrarla. Recordemos que los molares vecinos ya se nos fueron...

185

—¿Me está diciendo que usted también es un viejo desmueletado? —se defendió en el colmo de la indignación, y regresó a su casa con la cara hinchada y trinando del mal genio.

Es fácil comprender que, a su fronteriza edad, Luicé le hubiera dado una importancia excesiva al incidente, el cual, sumado a la gota que le torturaba el pulgar y a la decisión necesaria pero ofensiva de retirarse pronto dejando la oficina en manos jóvenes, parece haber sido el causante de esa rebeldía inmanejable y empecinada que lo poseyó por esos días, y que su mujer, sorprendida, llamó «de adolescente». Pero que en realidad era de caballo viejo que le tira coces a todo el que intente apretarle la cincha. Le dio por encerrarse en su cuarto a mirar al techo, fumó a escondidas y se obsesionó con la idea de que le estaban malcriando a los nietos.

—Su papá está hecho el Patas —les comentó Solita a los hijos.

Se mostraba irritable hasta con el ser que despertaba su adoración más incondicional, su hijo Juan Emilio.

—¿Sabes, papá, que ese adagio que tú escuchas en realidad no es de Albinoni? —tuvo el hijo la peregrina idea de preguntar.

—Cómo así —ladró él—. ¿De quién va a ser el *Adagio* de Albinoni si no es de Albinoni?

Juan Emilio trató de explicar que se trataba de una magistral falsificación de Remo Giazotto, biógrafo de Albinoni, con lo cual no logró sino disgustar aún más a su padre.

—Era lo único que me faltaba —refunfuñó—. Llevo tres años enteros, más de mil noches seguidas, escuchando una vaina, y ahora me vienen con que esa vaina es otra vaina.

Además, había cogido la maña de regañar a las secretarias por tonterías, lo cual era falsamente interpretado en la oficina como intolerancia frente a los errores. Según me daba cuenta, lo que lo lastimaba de ellas era su extrema juventud, esa lozanía fragante de manzana verde que le ponía de presente su propio tránsito hacia la condición de ciruela pasa. Como una manifestación más de su solitario movimiento de protesta contra los demás y sobre todo contra sí mismo, aplazaba deliberadamente, día tras día, esa ineludible llamada telefónica a Berna para disculparse. No porque en verdad considerara la posibilidad de ir, sino simplemente por darse el gusto de ser irresponsable. En este punto, hay que recordar que la única irresponsabilidad importante que hasta la fecha registraba su pasado de hombre probo era precisamente la que había cometido con la muchacha chilena.

Debió pasar horas devanándose los sesos en busca de la manera más amable de negársele a Eloísa, sin ofenderla ni parecer patán, y en cambio tardó sólo dos minutos en improvisar ante su esposa la primera gran mentira de su vida conyugal.

—Qué pereza Miami —le dijo—. Pero no hay remedio, esta transacción tengo que cerrarla allá.

Hay algo que puedo asegurar, aunque mi amigo Luicé no se lo confesara ni a sí mismo, y es que después de pronunciar su coartada debió observar detenidamente a Solita, a quien tanto amaba y necesitaba, y lo que seguramente vio en ella fue un testigo demasiado fiel de su propio deterioro: de la creciente falibilidad de sus erecciones, de la catástrofe de sus muelas, de sus debilidades de carácter, de su hipocondría cada vez más consolidada. Luicé sabía de sobra que no tenía manera de engañar a su esposa con esos súbitos arranques de juventud que le inflamaban el espíritu y al rato se apagaban, porque durante casi medio siglo ella lo había visto desnudarse noche tras noche de cuerpo y alma, y aunque disimulara —Luicé intuía que ella disimulaba para no lastimarlo— debía llevar en la cabeza una contabilidad meticulosa de su deterioro. Ciertamente Solita, Florence Nightingale de todos sus achaques, no era personaje que él pudiera deslumbrar con renovados trucos de seducción y magia. Para eso eran indispensables un escenario de estreno, una función de gala y una mujer bella y extraña que alumbrara el instante y que desapareciera sin dejar rastro antes de que se rompiera el hechizo, al sonar las doce campanadas.

Lo primero que hizo al subir al avión, incluso antes de abrocharse el cinturón de seguridad, fue pedir un whisky doble. ¿Para camuflar el sobresalto que le producía la idea de llegar a ese aeropuerto enorme y desapacible? Es comprensible; no tenía un teléfono ni una dirección, ni otra referencia que una cita sujeta a mil avatares, fijada quince días antes y nunca reconfirmada, en busca de un fantasma del pasado envuelto en seda color lila.

Aterrizó en Miami con cinco whiskies adentro, un cuarto de hora de adelanto y un entusiasmo sin sombras que lo condujo derecho hasta la sección G. En la sala señalada encontró unas veinticinco personas, se detuvo a estudiarlas una por una y comprobó con inquietud que ninguna vestía de lila. Si yo fuera él, habría pasado por alto ese leve contratiempo diciéndome a mí mismo que era demasiado pronto para preocuparse, y que seguramente el avión de Eloísa no habría aterrizado todavía. Pero ¿y si, por el contrario, ella había llegado antes, y el problema radicaba en que la estaba esperando en la sala equivocada? Hizo lo mismo que hubiera hecho yo: retrocedió hasta la entrada y verificó en el letrero que no había error: se encontraba, en efecto, en el gate 27 de la sección G. Chequeó su Omega de pulsera: apenas las cinco y cuarenta. Salvo sus nervios, todo estaba bajo control.

Pero... ¿y la diferencia de horas? La posibilidad de que fuera una hora más tarde de lo previsto tuvo que congelarle el corazón. Por fortuna, justo enfrente tenía, grande y redondo, un reloj de pared de netos números arábigos que coincidía al segundo con el suyo propio, actualizado, tal vez recordó, durante el vuelo por sugerencia de la voz del capitán.

Visiblemente más tranquilo, ubicó el punto que ofrecía el mayor dominio sobre el tránsito de viajeros, se sentó y, aunque procuró relajarse, el estado de alerta lo fue empujando hacia el borde de la silla. Pasaron diez minutos, veinte. A medida que amainaba el efecto del whisky bajaba también el volumen del entusiasmo, dejándolo expuesto al hostigamiento de una duda cruel: ¿se habría arrepentido Eloísa? O, peor aún, ¿se habría tomado a broma una cita que él, ingenuo, había venido a cumplir religiosamente?

A mí, de estar en su pellejo, me habría producido risa pensar que a mi edad, y por mi propia voluntad, me había montado en semejante vacaloca. Pero la risa se me habría convertido en bocanada de melancolía, y no habría podido controlar las ganas de volver a casa. Tal vez ya imaginaba él la cara que pondría Solita al verlo regresar de Miami antes de la medianoche del mismo día de la partida, cuando en ésas apareció, al fondo del pasillo, una mujer alta y esbelta que llamó su atención por el vistoso moño que llevaba en la cabeza.

Con andar grácil y resuelto, la mujer avanzó hasta la entrada de la sala y allí se detuvo, de tal manera que él pudo observarla a sus anchas mientras ella oteaba alrededor, como buscando a alguien. Era joven y ciertamente hermosa, y poseía unos rasgos exóticos pero de alguna manera familiares que surtieron en Luicé un efecto hipnótico.

Hubiera querido seguir así, contemplándola sin ser visto, pero ella posó en él sus ojos, ocasionándole una sorpresa que se volvió turbación cuando notó que la joven le sonreía y empezaba a caminar hacia donde se encontraba. Mientras ella atravesaba los veinte metros que los separaban, siempre mirándolo y sin ocultar la sonrisa, él se fijó en el vuelo ondulante de su vestido amplio y blanco; cuando faltaban cinco metros vio los destellos de sus ojos amarillos;

a los cuatro metros se estremeció al caer en cuenta de que el gran moño de seda que llevaba atado a la cabeza era de color lila; cuando faltaban dos metros, fue fulminado por una revelación aterradora: esa mujer era Eloísa.

En pocos segundos —los que tardó ella en caminar los últimos dos metros— él rescató del pantanoso laberinto de su memoria la secuencia de imágenes de la travesía por el Nilo. Allí estaba de nuevo, con lacerante nitidez, el dios Horus con su perfil de halcón, el magnífico obelisco impar que vigila la entrada al templo de Amón, los escarabajos de lapislázuli y malaquita, la procesión viviente de figuras bíblicas a lo largo de las verdes orillas, las cobras entorchadas al cuello de los mercaderes de Asuán. Y en medio de todo aquello resplandecía ella, exactamente igual a como la tenía ahora, cuarenta años después, aquí parada a su lado en el aeropuerto internacional de la ciudad de Miami.

Los años le habían pasado a través como el rayo de luz por el cristal: la habían dejado intacta. Sintió que en el fondo de su pecho nacía por ella un amor perdido y una admiración oceánica, sólo proporcional al fastidio y al menosprecio por su propia persona que empezaron a brotarle a borbotones. Le pareció impresentable su abultada barriga, trató de alisarse el traje arrugado durante el vuelo, le pesaron más que nunca las bolsas bajo los ojos, supo que el cigarrillo que acababa de fumarse le había dejado un pésimo aliento. Nunca jamás había estado tan desamparado como en ese instante, sintiéndose único habitante del inclemente país del tiempo, víctima solitaria y selecta del correr de los días y las horas, que lo habían molido con sus dientes minúsculos.

—Soy Alejandra, la hija de Eloísa —le dijo ella tendiéndole la mano, sin sospechar siquiera de qué tinieblas abisales lo rescataba.

—La hija de Eloísa... —suspiró él, y añadió, con el alma de nuevo en el cuerpo—: ¡Bendita sea la rama que al tronco sale! Eres idéntica a tu madre. ¿Cómo hiciste para reconocerme?

—Ella me mostró una foto y me dijo: Ponle canas, añádele kilos y gafas, y no se te escapa.

Alejandra le dio explicaciones confusas sobre cómo su madre había tenido que demorarse en Nueva York unas horas adicionales, mandándola adelante al encuentro con él con la misión de no dejar que se preocupara y de hacerle compañía hasta las nueve.

—¿A las nueve llega Eloísa?

—Así es. Si usted quiere, mientras tanto podemos ir alquilando el coche, y si tiene hambre comemos algo.

—¿Ustedes dos se encontraban juntas en Nueva York?

—Sí, pero ella no pudo estar aquí a las seis, por ese problema que le digo —insistió Alejandra, enredándose de nuevo en vagas disculpas que tenían que ver con tarifas aéreas.

Él hubiera necesitado que le precisaran qué problema era el causante del retraso, para recuperar un control al menos aparente de la situación, pero ahora Alejandra le presentaba a un joven afilado y pálido como un puñal, de chaqueta aporreada y aire indiferente, en quien no había reparado antes.

—Éste es Nikos, mi novio.

En desacoplada y tensa comitiva, fueron los tres a alquilar el automóvil y luego a comer algo liviano, entreverando silencios embarazosos con fragmentos de una conversación bastante formal a la cual Nikos ni aportaba palabra ni ayudaba con su actitud displicente. A él le costaba trabajo ocultar su fastidio hacia el tal Nikos, y si no huía de ese aeropuerto donde se sentía actuando de extra en una comedia ajena, era, seguramente, por resignación ante la ineludible cadena de consecuencias que se desprenden de un acto equivocado; había cometido un error al tomar ese avión, o quizá meses antes, al llamar a Eloísa por primera vez, y era demasiado viejo para no conocer cierta ley de la realidad según la cual todo camino recorrido requiere tantos pasos de ida como de vuelta.

Sé que un dulce atenuante matizaba su malestar, y era la presencia de Alejandra, su sonrisa franca y su empeño conmovedor en hacer de esa cita estrafalaria un maravilloso encuentro de amor para su madre. La vida es ciertamente extraña: esa muchacha preciosa que poco antes había aparecido ante sus ojos como una Afrodita encarnada ahora despertaba en él una inclinación más paternal que otra cosa, y se deduce que al mirarla no podía evitar pensar en Juan Emilio, porque le dijo en voz baja y tono conspirativo, aprovechando que el cadavérico Nikos había ido por café:

—Cómo me gustaría que alguna vez conocieras a mi hijo menor. Se llama Juan Emilio y es un estupendo tipo. Recién separado, ¿sabes?

Poco antes de las nueve la pareja se despidió de Luicé, dejándolo solo en la sala donde debía esperar a Eloísa. De tantas emociones encontradas no le quedaba sino el cansancio, y se desplomó en la primera silla que encontró a mano con toda la esperanza cifrada en un momento de paz. No habían transcurrido dos minutos cuando vio que Alejandra regresaba corriendo, desamarraba el etéreo echarpe de seda lila que traía atado a la cabeza y se lo entregaba.

—Devuélvaselo a mi madre, que hace parte de su vestido —le pidió, dándole un beso leve en la mejilla—. Y por favor, pasen unos días muy felices.

La muchacha se alejó corriendo, como había venido, y Luicé quedó de nuevo a solas, con su fatiga a cuestas y el echarpe desmayado entre las manos. Los parlantes anunciaron la salida de algún vuelo y tras un rápido alboroto de gentes y maletines la sala quedó silenciosa y vacía, y él pudo extender las piernas sobre las dos sillas vecinas. Se fue dejando arrastrar por una modorra blanda, ondulante, hasta llegar a un sueño denso y sin fisuras del cual no lo rescató la oleada de perfume floral que invadió sus narices, ni la risa cascabelera que inundó sus oídos, ni siquiera los toques suaves de una mano en la rodilla. Tiempo después, como quien atraviesa un lago bajo el agua y no se asoma a tomar aire hasta topar con la otra orilla, su conciencia salió a flote devolviéndolo a una cegadora luz neón.

Recorrió el entorno con unos ojos recién naci-dos que aún veían más hacia adentro que hacia afuera, y pegó un salto al registrar la proximidad de una señora de cabello rojo que lo observaba.

—Devuélvame esto, señor, que es mío —le dijo ella, soltando la risa y quitándole el echarpe, que era del mismo material y color que el resto de su vestido.

La miró petrificado, como si despertara a un sueño más irreal aún que el anterior, y no atinó a hacer ni decir nada. Ella intentó sonreír y luego se llevó una mano nerviosa al pelo, tal vez achacándo-le a su aspecto la culpa del marasmo de él.

—Demasiado rojo, ¿verdad? —preguntó.

—¿Qué cosa?

—Mi pelo...

—Un poco rojo, sí.

Consciente de cada uno de sus gestos, torpe y tieso como muñeco de gran guiñol, él se puso en pie y le dio a la mujer un abrazo de obispo que, más que acercamiento y encuentro, fue constatación de la enorme distancia que lo separaba de ella. Mientras permanecía retenido por unos brazos que no daban muestra de querer soltarlo, tomaba nota, creo yo, de la diferencia de volumen entre esta Eloísa de ahora y la del pasado, y sus manos, apoyadas sobre la espal-da y la cintura de ella, se percataban de cómo, del otro lado de la seda fría, las formas femeninas se fu-sionaban en una sola tibieza abundante de carnes acolchadas. Al menos así me hubiera pasado a mí.

Tanto riesgo y tanto viaje, debió pensar, para venir a encontrarme con una señora igualita a la que dejé en casa.

Cuando se zafó del abrazo y pudo ganar unos centímetros de distancia, hizo un enorme esfuerzo por reconocerla. Pero no había nada que hacer. Esta pelirroja envuelta en nubes de perfume floral y seda lila, que tenía las facciones de Eloísa, que hablaba y se reía igual que Eloísa, en realidad no se parecía a nadie, ni al recuerdo de la Eloísa joven, ni tampoco a Alejandra, ni siquiera a lo que alguien hubiera podido suponer que sería Eloísa entrada en la madurez.

Ella se afanaba por explicar cómo esa mañana, al levantarse, había descubierto ante el espejo que las canas empezaban a asomar bajo la tintura. En Suiza se había hecho arreglar todo, uñas, piel, depilación, tintura, bronceado con rayos infrarrojos, absolutamente todo, y justo esa mañana, como si a propósito hubieran crecido durante la noche, ahí estaban de nuevo, muy taimadas, las espantosas raíces blancas.

—Con tanta cosa que tenía por empacar, cometí el error de dejar el asunto para último momento —seguía ella, incontenible.

—¿Cuál asunto? —preguntó él, con la ilusión, creo yo, de cambiar de tema.

Cuál iba a ser, pues el drama de las canas: ir a que le pintaran de nuevo el pelo y le ocultaran las canas. Pasó por el salón de belleza camino al aeropuerto, ya con el equipaje entre el coche, segura de que no la demorarían más de una hora. Alejandra la esperaba, despachando una revista tras otra y mirando con impaciencia el reloj. En efecto, la peluquera tardó exactamente una hora.

—Y entonces, ¿por qué la demora?

—¡Por el color! Me dejaron fatal, peor de lo que estás viendo. Cuando me vi le dije a la Alejandra: Vete tú para Miami, yo de aquí no me muevo hasta que no me apaguen este relumbrón de la cabeza.

—¿Y el lío con la tarifa de tu pasaje? ¿Pudiste solucionarlo?

—No hubo ningún lío con la tarifa de mi pasaje, tonto. El pelo fue la verdadera razón de mi demora.

Mientras recorrían uno al lado del otro los pasillos del aeropuerto, él intentaba con ahínco traspasar la cortina de palabras que ella iba tendiendo para llegar hasta la Eloísa que alguna vez había amado. Con la fe puesta en la posibilidad de encontrar algún indicio de familiaridad, alguna contraseña secreta que reviviera el vínculo, espiaba de reojo sus manos de uñas pintadas, su anillo de diamantes, el rápido tijereteo de sus pasos cortos. No, no había señal que abriera una puerta. El pequeño Triángulo de las Bermudas que se había formado en ese brutal cruce de pasado y presente devoraba todas las identidades: la señora del pelo rojo no era Eloísa, como tampoco era él este señor que caminaba entre sus propios zapatos, ni era suya esta voz que le devolvía un eco ajeno, ni las palabras que le salían directamente de la boca, sin pasar antes por su inteligencia.

Eloísa —esta Eloísa apócrifa de ahora— lo abrumaba con explicaciones no pedidas sin intuir siquiera hasta qué punto era irracional y oscuro, e independiente de ella, el verdadero motivo por el cual él había venido: buscar una prórroga para el plazo de sus días. No creo que ni él mismo lo supiera a ciencia cierta, pero era por eso que estaba allí, por recuperar juventud, por ganar tiempo, y ella le estaba fallando aparatosamente. Eloísa, sagrada e inmutable depositaria de un pasado idílico, se le presentaba en cambio, como por obra de un maleficio, convertida en fiel espejo del paso de los años.

—Pese a todo, has tenido suerte. Hace tres horas estaba mucho peor; era color rojo semáforo —insistía ella—. Zanahoria fosforescente, algo espantoso, no te puedes imaginar.

Él no veía la hora de que terminara esta conversación para que cesaran las resonancias huecas en su cerebro, pero aún se debatía en el enredo del pelo cuando se vio montado en el problema del equipaje. Parada a la orilla de la banda rotatoria, Eloísa le señalaba una a una sus pertenencias y él intentaba recuperarlas de un tirón, sufriendo por adelantado —como cualquier hombre de nuestra edad— los dolores del lumbago que su hipocondría le predecía.

—¡Esa grande! —gritaba ella—. La azul pequeñita que va allá... Ese bolso de lona... ¡No, ése no! La caja que viene... ¡Se te pasó! No importa, a la próxima vuelta. Sí, sí, ésa también...

En los papeles de alquiler del coche se especificaba un Chevrolet Impala color borgoña que debieron buscar entre varias decenas de vehículos parqueados frente a sus ojos.

—Éste es.

—No puede ser, no es borgoña.

—Yo diría que sí es borgoña.

—Es cereza; el borgoña debe ser aquel de allá.

—Ése será borgoña, pero no es Chevrolet.

Debió sentirse atrapado, como en un vientre materno, entre la blanda y rojiza tapicería de ese automóvil repleto de equipaje que, conducido por ella, volaba por la autopista a ciento cincuenta kilómetros por hora hacia el distrito de Pompano Beach, donde fatalmente tendría lugar un episodio amoroso ante el cual Luicé tenía serias dudas, anímicas y sobre todo físicas, de poder responder.

La voz de ella, que seguía fluyendo comunicativa y cantarina, penetraba cada vez menos en los oídos de quien había llegado a una conclusión sin apelaciones sobre la inutilidad de hacer esfuerzos para salvar una situación que desde el principio venía haciendo agua y que tarde o temprano se iría a pique tan estrepitosamente como el *Titanic*.

Mucho más por Eloísa que por él mismo, hubiera deseado que todo saliera bien, que este desangelado encuentro hubiera estado a la altura del esmero que ella había puesto en prepararlo. Pero no había nada que hacer, salvo confiar en que también Eloísa acabara reconociendo que era absurdo forzar así, de buenas a primeras, tan comprometedora intimidad entre dos personas que sólo tenían en común el recuerdo de un recuerdo.

Ella, sin embargo, parecía tener una idea opuesta sobre cómo se debía manejar este ríspido momento, y se empeñaba con una fogosidad admirable en romper el hielo. Se disculpaba por la cantidad de maletas, ofrecía cigarrillos, hablaba del estupendo apartamento que había conseguido a la orilla del mar y en medio de campos de golf, de Alejandra y su tortuoso noviazgo con el indescifrable Nikos, de las indicaciones que debían seguir para llegar sin perderse a Pompano Beach. Pero él la fue doblegando con una táctica eficaz que consistía en combinar comentarios apáticos con respuestas monosilábicas, hasta que ella, aparentemente derrotada, optó por cerrar la boca.

La noche los envolvía como una cueva sin fondo y el Impala, indiferente, devoraba con su aparatosa trompa los cientos de miles de rayitas blancas que marcaban la carretera. Al cabo de muchos kilómetros, alguno de los dos prendió el radio y la voz torrencial de un locutor inundó el coche, disipando artificialmente un aire de soledad que se hacía cada vez más espeso.

El apartamento era un óptimo exponente de ese mundo cómodo, nuevo, climatizado y privado que se nos ha vuelto sinónimo de paraíso, y que parece tener su sede principal en la Florida. Alejandra ya había estado allí, dejándoles todo listo: un enorme florero de rosas blancas a la entrada, un bol con manzanas rojas, la nevera llena, toallas en el baño y camas tendidas, y él pudo constatar, con inmenso alivio, que les había preparado dos cuartos por separado.

Una Eloísa que flotaba más allá de la ilusión, que ya no pretendía mucho y que se había quitado las joyas, el maquillaje y los zapatos, sirvió en la terraza un par de vasos de jugo fresco de naranja. La noche, tibia y oscura, palpitaba en el canto de los grillos y en el rumor de un mar invisible y cercano.

Vio cómo ella, recostada en la baranda, hundía los ojos en la nada y se dejaba arrullar por la negrura sonora, ya desentendida del color de su pelo, que se entregaba a su antojo al soplo de la brisa. La vio instalada sin angustias en la amplitud de su vestido lila, asumiendo la derrota de su cuerpo grande frente al de la mujer esbelta que alguna vez fue. Mientras la observaba de perfil, fijó sus ojos en un detalle mínimo pero propicio, de alguna extraña manera casi redentor: en medio del rostro marcado por el tiempo permanecía intacta, a salvo de la humana contingencia, esa naricita respingada, caprichosa e infantil; la misma, idéntica naricita que había visto asomada, cuarenta años antes, sobre las aguas del Nilo. Sí, es ella, debió admitir conmovido, pero se encontraba demasiado fatigado para percatarse del hilo de viento que abandonaba su refugio entre los muros oxidados del Trastevere para darse una vuelta por este apartamento, dejando los blancos muebles, recién traídos de algún shopping center, rucios con la arena de los siglos.

—Gracias, Eloísa —la llamó por su nombre por primera vez—. Muchas gracias por todo esto.

—Vete a descansar —contestó ella, con amabilidad pero sin el menor rastro de coquetería—. Duerme bien y despreocúpate.

A la mañana siguiente lo despertó el olor que más agradecía en el mundo, el del desayuno recién hecho con pan tostado, café y tocineta dorada, todo dispuesto sobre mantel de flores en la soleada cocina, donde una Eloísa alegre y vestida de sport parecía haber borrado de la memoria los malos ratos del día anterior. En unos campos de ensueño jugaron golf toda la radiante mañana, y él debió exigirse a fondo y empaparse en sudor para estar a la altura de ella, que lo sorprendió con dos birdies en los primeros nueve hoyos.

No sé qué ni dónde almorzaron, pero me gusta pensar que fue con salmón y vino blanco en un restaurante sobre la playa, conversando de negocios con la reposada indiferencia de quienes ya tienen todo el dinero que necesitan y no se preocupan por hacer más. A la hora del café, él interrumpió de golpe el tema para soltar una confesión:

—Cuando vi a Alejandra pensé que eras tú, y me sentí terriblemente viejo.

—¿Y cuando me viste a mí?

—Me empeñé en no admitir que los dos estábamos viejos.

Después del almuerzo ella se fue de compras y él se encerró en su cuarto, donde puedo verlo como si yo mismo hubiera estado allí: echado sobre la cama en calzoncillos, devorando noticieros de televisión, comunicándose con su casa y oficina, preguntándole a Juan Emilio por la salud del nieto, tapándose la cabeza con la almohada y durmiendo una siesta larga, pacificadora, roncada a pierna suelta, de la cual despertó de estupendo talante cuando ya brillaban las primeras estrellas en el cielo.

Esa noche, en un aterciopelado y brumoso club nocturno, brindaron con Viuda de Clicquot servida por cabareteras de escasas lentejuelas, y a la tercera copa, hacia la mitad de *My Way* de Frank Sinatra, él roció con champaña el rescoldo de su antiguo amor y vio con asombro cómo brotaban llamaradas azules.

Compensaron cuarenta años de ausencia compartiendo una semana intensa, alegre y franca. Niño y desnudo, Luicé se zambulló en la risa de ella como en tina de burbujas, se acogió sin reservas a las bondades de algodón y seda de su cuerpo abundante, se alimentó de esa dichosa vocación de libertad que, hoy como ayer, manaba de ella. En el entusiasmo de esa pasión breve y postrera que la vida le regaló con graciosa condescendencia, mi amigo Luicé quemó el manojo de terrores que trae consigo la desangelada tarea de volverse viejo. Son cosas que adivino sin haber obtenido confirmación por parte de él; nuestro intercambio de amadas perdidas y olvidadas tenía leyes inviolables, y era deporte lícito siempre y cuando se evitara mencionar debilidades del alma masculina.

Qué tipo con suerte, Luicé Campocé. También yo hubiera amado a una mujer como Eloísa —es más, la amo de oídas desde los tiempos del Café Automático— y le hubiera agradecido un aventón así en este último recodo de mi camino.

Hay detalles que no vienen al caso porque tienen más que ver conmigo que con Luicé, como el hecho de que en la esquina donde antes quedaba el Automático abrieron una heladería que se llama Sussy's, con desabridas mesas de fórmica amarilla y altas butacas en cuerina del mismo color. No queda ni el rastro de las lámparas opacas que hundían en luz lechosa y confidencial las tardes de amigos, ni tampoco está ya la gran cafetera cromada que soltaba vapores como una caldera e impregnaba la cuadra del aroma evocador del tinto recién hecho. Sin embargo, yo me obstino en frecuentar esa esquina, me siento en una de las butacas del Sussy's, al lado de mensajeros engominados a lo John Travolta y de secretarias de minifalda y media pantalón, pido helado de vainilla en vasito y mientras lo como con cuchara de plástico me pongo a pensar en ella, en Eloísa la chilena, el amor de juventud de mi compañero Luicé. Repaso además la memoria velada y dulce de esas otras novias fantasmales, las de ellos y las mías, que mías también las hubo aunque ninguna se llamara Gloria Eterna y pese a que en las tertulias vespertinas no las mencionara para conservarlas intactas en el secreto.

Pero a Eloísa la evoco con mayor empeño. Yo, que siempre encontré más real el olor a rosas invisibles que las rosas mismas; yo, que no supe matar de amor a ninguna panadera, ni hacer gritar de placer a las putas de Magangué: yo sí hubiera adivinado en la Eloísa joven a la mujer espléndida que con los años sería, y hubiera amado en la Eloísa vieja a la joven que fue. Por eso, desde la desolación amarilla del Sussy's la recuerdo a ella, tan valiente y veraz en su disparatado intento de resurrección en un apartamento de Pompano Beach. Eloísa la chilena, quien durante una semana logró escabullirse de las tripas golosas de ese pasado que con sus ácidos gástricos nos va digiriendo y convirtiendo en sobras. Eloísa, preferida mía, que supo colarse en la contundencia del hoy, tanto más vital y real que Luicé o que yo, encarnada en todo el esplendor y el desatino de su pelo pintado de rojo y su vestido de seda lila.

En cuanto a ella, qué sabor le habrá quedado de ese rastreo de sus propias huellas es algo que nunca podré saber. Pero intuyo que logró salirse con la suya, al redondear según su soberana voluntad de mujer resuelta un viejo capítulo que había quedado en punta por imposición familiar. Esta segunda vez, el desenlace no fue forzado ni teatral como entonces; se desgajó por su propio peso y cayó amortizado por un cierto aplomo de viejos actores que saben que los papeles principales ya no les corresponden. Lo que Eloísa y Luicé no podían prometerse el uno al otro lo tramaron en el penúltimo atardecer de neón de la Florida, medio en sueños medio en juegos, para sus hijos Alejandra y Juan Emilio, de quienes conversaron ingeniando situaciones hipotéticas para presentarlos, trucos para deshacerse de Nikos, pretextos para que Juan Emilio viajara a Suiza; fantasiosas estratagemas, en fin, para cederles esos días futuros de los cuales ellos mismos no podían disponer para sí.

Lo último que hicieron juntos, intencionalmente, en plena solemnidad, para cerrar una despedida que se sabía para siempre, fue comprar una blusa de pura seda italiana que Luicé le llevaría de regalo a su esposa Solita. Burlándose del gusto de él y desoyendo sus sugerencias, Eloísa escogió, después de probarse más de diez, una costosa y discreta de color blanco perlado con sutiles arabescos en un blanco mate, de corte clásico y manga larga, que hizo envolver en papel fino y colocar entre una caja.

Ya de vuelta en casa, Luicé vio cómo Solita la sacaba de la maleta, se la ponía sobre el camisón de dormir y se observaba detenidamente al espejo.

—Increíble —me contó él que había comentado ella—. Es la primera vez en toda tu vida que me traes de un viaje un regalo que me guste, que se adecúe a mi edad y que me quede bien al cuerpo. Yo misma no la habría comprado distinta. Si no tuviera una confianza ciega en ti, juraría que esta blusa la escogió otra mujer.

Él sonrió entre las cobijas, arropándose en la tibieza de una paz indulgente. Un poco más tarde, antes de caer dormido, mientras acompasaba su corazón a los hondos latidos del *Adagio,* supo que Albinoni le hacía señas y lo invitaba a cruzar, liviano ya de reticencias y temores, el umbral que conduce a las mansas praderas de la vejez.

El *Adagio* es tuyo, viejo Albinoni, debió pensar, con clara convicción. Tuyo y de nadie más.

Pelo de elefante

Una sola vez he visto a Dios. Era una mujer flaca, desnuda de la cintura para abajo, y bailaba frente a una pila de basura ardiente. Me escogió para adjudicarme un oficio: Empuña el hacha, me dijo, tú serás mi vocero.

Una mujer joven pero demacrada, o descangallada, como dice el tango. Su vello púbico, ralo y rubión, desafiaba el aire frío de la noche, y su sexo se abría con indiferencia. Eso era Dios, o lo que quedaba de él. Sus piernas, dos angarrios nervudos, se erguían sobre altos zapatos de tacón y plataforma, y sus ojos giraban al son de una música que no escuchaban. Enseguida comprendí su edicto y desde entonces lo cumplo, prácticamente sin falla. Prácticamente.

Llevo una hoja de vida impecable, un currículum de lujo, cero desobediencia, cero incumplimiento. Salvo la vez del encuentro en la esquina. Un encuentro casual como ése puede costarte la vida, y quién dice que no vale la pena arriesgarla.

Pocas palabras, sentido del humor, golpe certero: ésos son los elementos de mi método. Soy un mar en calma. Ante todo, mano seca, para que no resbale el mango del hacha. Movimientos pausados, vocación de silencio y vestimenta austera: ahí está mi marca. Voy de vegan radical, subcategoría sólo fruta. Éste es un oficio con dos requisitos: elegancia y sangre fría. Sin elegancia eres un carnicero, y sin sangre fría eres hermanita de la caridad.

No fallo. Cuando el encargo viene importante, los jefes ya saben a quién necesitan: ese trabajo va para la Viuda, dicen. Si se trata de un don nadie, lo liquidan como a un perro. Para eso confían en cualquier pistolero. La decapitación, en cambio, queda reservada para enemigos de prestancia, los que valen la pena y ameritan ceremonia, en casos de venganza o escarnio. Luego les hacen llegar la cabeza a los familiares, empacada en papel de seda y con moño de cinta roja. Como si fuera ramo de rosas.

Para eso necesitan a un artista, y ahí me tienen. Ahí entro yo, la Viuda, ejecutor de oficio. Tengo mi prosopopeya y tengo mi vocabulario. Y ahí donde me ven, soy hombre de convicciones: le creo al colega Siruela cuando habla de cabezas cercenadas que logran formularse un último pensamiento antes de que la sangre las abandone por completo.

La Viuda es mi nombre de guerra. Así bautizó la Revolución francesa a la guillotina: la viuda. El alias lo escogí para mí, pero se lo ganó mi hacha, que queda viuda del que va decapitando; me gusta susurrarle que los hombres pierden la cabeza por ella. Al cuchillito de filo diamantino que utilizo para el golpe de gracia lo llamo Misericordia, mismo nombre de aquel que el genio de Caravaggio pintó en su ejecución del Bautista. Mi santo patrón, al que le rezo y le ruego, no es otro que San Caravaggio, victimario y mártir, tan asesino como pintor y hábil por igual con pincel y puñal.

Soy un hombre de fe, un hombre que no duda. La mujer de la pira era Dios encarnado, reconocí su silueta recortada contra el fuego. De la cintura para abajo, su desnudez triste y expuesta; de la cintura para arriba una casaca corta, con charreteras y botones dorados que reflejaban los brillos de la hoguera. Estaba absorta en su propia música, ajena a las infamias del callejón; ella era Dios y no tenía miedo. Ni pensaba en nada. Es propio de dioses, no pensar en nada. Tampoco yo pienso en nada en el instante de la descarga.

Vivo atento al tipo de cosa que la noche te muestra si te animas a cruzarla con los ojos abiertos. El encuentro de la hoguera sucedió a espaldas del Palacio Presidencial, en un rincón sepultado que llaman El Cardo, o corazón del corazón, aunque hoy se lo conoce más como La Faqueira, o Zorrogordo.

Ahí tiene su asentamiento un reino de basuriegos entre gases de inmundicia y detonaciones de arma de fuego, canecas de ácido en que disuelven cadáveres los servicios secretos y moledoras de carne humana para fabricar desaparecidos en serie. He visto esas cosas y otras inimaginables, que *se perderán en el tiempo como lágrimas en la lluvia.* Con perdón por la cita: era inevitable.

En El Cardo recibí mi mandato y desde entonces lo cumplo impecablemente, salvo la vez del semáforo. Una muchacha hermosa detiene su auto en un semáforo en rojo, y a partir de ahí, soy yo el que pierde la cabeza.

Por lo demás, soy un profesional de mi oficio y no me tiembla la mano. Comencé hace quince años como si lo hubiera hecho siempre: no improviso, no fallo, no ensucio.

Limpiar después de la ejecución es lo más dispendioso. Borrarlo todo para que el escenario permanezca impoluto. Me encomiendo al hacha; le suplico que no me haga quedar mal con un golpe chapucero.

Ahora El Cardo es un moridero, un penúltimo círculo del infierno.

Un roquedal infestado de alacranes que copulan y se multiplican alevosamente, prendiéndose los unos de los otros hasta formar esculturas inquietas, arrecifes vivos que el viento descuelga en racimos de los muros de piedra. Y sin embargo.

En otro tiempo, El Cardo fue terreno sagrado. Todavía se aparece por allí la flaca de la hoguera, y a mí me tocó en suerte. Desnuda de la cintura hacia abajo, me habló con voz de hombre y me dijo: Estás pisando tierra santa. Yo miré alrededor y no vi nada, sólo aspiré el frío de un olor a colilla y a excrementos de perro. Un mal olor, sólo eso. Hombre de poca fe, dijo ella.

Dios hace sus revelaciones bailando y logró que yo entendiera: se esperaba algo de mí. Algo grande. El que quiera creer, que crea. Yo tuve esa visión y creí. Quien llegue sin ojo avizor, pensará que allí no sucede gran cosa. Que aquello es apenas un albañal donde siluetas oscuras se calientan las manos en piras de inmundicia. Abre los ojos, me dijo Dios esa noche, ábrelos bien, porque te necesito. Desde entonces los llevo bien abiertos. Quien ha de ver, que vea.

Ya nadie quiere ejercer el oficio, dijo Dios en su casaca, y debió descubrir en mí vocación de candidato porque enseguida ordenó: Toma el hacha y sígueme.

Me pagan bien por lo que hago, como a cualquier ingeniero o diseñador de modas. Lo mío es profesión de artes liberales y cobro caro por ejercerla. También de pan vive el hombre.

Estoy esperando que me llegue la orden: un pez gordo les jugó sucio a mis jefes, y ahora quieren cobrársela. Lo llamaré Pez Gordo.

Necesitan que ese asunto salga como seda y saben que para eso me tienen. Yo me preparo concienzudamente, lo que hago conlleva su sacerdocio, su militancia; al fin y al cabo soy el oficiante de un sacrificio.

No tomo ni fumo desde una semana antes de la fecha. Me visto siempre igual, como oficinista o cantante de tango: traje negro y camisa blanca de cuello almidonado. La corbata debe ser angosta, lisa y brillosa, como una sardina en el agua. Zapatos relucientes y pelo retinto perfectamente peinado hacia atrás y rematado en coleta. A mi paso se callan los perros, los curiosos se guardan y se esfuman los mendigos. Como poco, sólo fruta, y aun así, la indispensable. Me retiro en soledad, preparo el escenario, junto la parafernalia, estudio bien la cosa, practico ejercicio a diario. No hay mujeres en mi vida: la muerte es una amante celosa.

He afirmado que me abstengo de alimento durante los días previos; se podría decir que ayuno.

Pero lo cierto es que no se trata de un acto voluntario, más bien me falla el hambre y se me cierra el esófago. No deja de tener su emoción, este oficio, y su buena carga de descargas hormonales; por más que lo ejerzas, no se vuelve automático. Cada vez, como la primera: con todo y sudoración abundante en la frente y en la nuca, resabio empalagoso en la boca y ramalazo de vértigo de las sienes a los huevos.

Llevo una vida espartana; no exagero si afirmo que soy asceta. Pero no sé de culpas o golpes de pecho, eso se lo dejo a los diletantes. No soy de los que permiten que los inmolados los visiten en sueños, o les jalen los pies en la noche, o se les cuelen en el remordimiento. No sueño en realidad nada; mis noches corren en blanco, como el libro sin hojas de mi conciencia. Frente a la víctima soy de hielo, él allá y yo acá, tú la víctima y yo el verdugo, no hay amores ni rencores, en un momento salimos de esto y si te he visto no me acuerdo.

Como si fuera doctor en medicina, a los sujetos que me adjudican los llamo mis pacientes: al fin y al cabo los curo de todo mal, de una vez y para siempre. Los llamo también mis clientes, aunque sé que pagarían por evitar mis servicios. Mi faena es un acto privado y solemne entre mi cliente y yo: aunque no crucemos palabra, establecemos un diálogo. Bailamos en pareja, por así decirlo; la diferencia está en que yo pongo el hacha, y él pone la cabeza.

Siempre opero a la misma hora, ni un minuto antes, ni un minuto después. Ya lo saben mis jefes: tienen que buscarse a otro si quieren una operación ipso facto o a destiempo. Para mí, la hora del ver-

214

dugo son las seis en punto de la tarde, momento supremo del tránsito del día a la noche, de la luz a las tinieblas y de esta vida a la otra.

No pregunto quién sigue, ni cómo se llama; cumplo con mi parte sin conocer sus gracias. No quiero saber de su vida porque sólo me incumbe su muerte.

Siempre estoy en mi lugar, lejos de cualquier bronca, científicamente especializado en mi cirugía amputatoria, esperando a que me busquen. A veces la agenda se congestiona, otras veces pueden pasar meses. Entre tanto permanezco aquí, sereno y sin agites, pendiente de que lleguen con la orden. Esto de ahora ha sido la excepción a la regla.

Me decidí a averiguar en el momento en que vi pasar en un auto a su hija. La hija de Pez Gordo. Normalmente la hubiera dejado seguir de largo sin voltear a mirarla, y todo habría sido apenas una de esas coincidencias que no pasan a mayores: te enteras de que pronto vas a tener que ejecutar a un fulano, sales a la esquina a comprar el diario, y ahí te sucede. Por casualidad te cruzas con la hija del fulano. Justamente.

Me fijé en ella cuando percibí que estaba enferma, en el semáforo en rojo, yo parado en la acera, a punto de cruzar, y ella al timón de un Mercedes, esperando señal verde. Enseguida supe que ella era la luz, aunque vacilante, y era la vida, aunque indecisa. Irradiaba un resplandor. Conozco bien el fenómeno, es el aura que despiden quienes sufren crisis de ausencia. Antes de que el semáforo pudiera cambiar, la sacudió un calofrío, o súbito estado de trance: una extrañeza momentánea de rasgos descompuestos, como si la flechara un corrientazo interno. No era del todo ella quien se estremecía, era más bien su cuerpo por voluntad propia y de manera inarmónica, levemente demoníaca, podría decirse, o vagamente divina: espasmos de marioneta.

Supe de qué se trataba; en otras circunstancias soy testigo observador de destorcidas y convulsiones, que son el último gesto que se permiten la cabeza y el cuerpo cuando los separas. Cada uno por su lado se agita en un parpadeo, en un sacudimiento de alas de mariposa, como buscándose el uno al otro. Hay quien dice que puede contar hasta quince la cabeza recién desprendida antes de apagarse del todo: a mí no me consta.

Reconocí la enfermedad en la muchacha del semáforo. La hija de Pez Gordo. Por un momento la vi perder el control, transida por el latigazo, pero enseguida se recompuso, atinó a arrimar el coche y lo parqueó como pudo al margen del río de tráfico. Yo hice mi diagnóstico y mis cálculos. Me descubrí por dentro el calor de una atracción apremiante hacia ella; me habían bastado segundos. ¿Qué me había comprometido de esa manera y de buenas a primeras, a mí, que ando prevenido y curado de espanto?

Me conmovió hasta las lágrimas la absoluta perfección de su persona. Su languidez de propósitos. Esa elástica manera suya de no darse cuenta. Y los mechones de pelo rubio que revolaban sobre su frente, y las manos largas que asían con desapego el ti-

216

món de su coche costoso, y la geometría de sus piernas de potranca. Pero hubo algo más, un plus que produjo el encantamiento. Creo que fue saber que toda esa maravilla estaba en riesgo. Toda esa exquisitez amenazada. La enfermedad iba por dentro y empezaba a hacer estragos.

Ya estaba yo a punto de alejarme, bregando a desparpajarme del hechizo, cuando ella apartó las manos de su rostro, abrió la ventanilla del carro y me dijo: Por favor, ayúdame.

Por favor, ayúdeme, eso fue todo: no necesité más para sellar mi suerte. En ese instante supe que me encaminaba al desastre. Una muchacha hermosa y enferma que te pide socorro equivale a un destino que aprieta su nudo en torno a tu garganta. Mi oficio exige distancia, y más en este caso delicado; desconocer esa norma no podía llevar a nada bueno.

Por un momento pensé en recapacitar, darme media vuelta, hacerme el sordo, escapar. Pero se me adelantó ella: sacó las llaves del auto por la ventanilla y me las entregó, a mí, el desconocido que tenía más cerca. Me eligió por eso. O no me eligió ella, me eligió el ritmo del juego, con una de esas apuestas a cara o cruz que te marcan para siempre. ¿No se dice acaso que todo encuentro casual es una cita?

Llévame a casa, me pidió ella, me siento mal, no puedo conducir.

El aura malsana en torno a su cabeza ya se iba desvaneciendo del amarillo de zinc al amarillo pollo, y en su lugar surgía, como un amanecer, la innegable belleza de aquella muchacha, la luz natural de su juventud espléndida. Me cedió el puesto del conductor y se pasó al lado, y me fue indicando el camino por amplias avenidas arboladas.

Mi azoramiento latía; mi razón palpitaba con la advertencia de que ella venía siendo la hija de un futuro cliente de mi lista. Un pez demasiado gordo: en este caso era imposible ignorar la identidad del sujeto. Iba yo tan tenso en el auto que ni me atrevía a mirar a la muchacha, apenas por fragmentos y con visión periférica. Pero su olor me llegaba y era dulce y era cítrico, como si hubiera desayunado con mandarinas.

Era altamente inquietante la excesiva cercanía, ahí, entre ese coche; casi dolorosa por la falta de costumbre. No suelo romper mi estado de aislamiento. El contacto físico es para mí un libro cerrado, o más grave aún, un libro sin hojas. No sé leer la piel ajena y ante la suya me atolondré, me volví torpe, minuto a minuto iba perdiendo aplomo, mi propia voz me sonaba nasal, mis frases banales y mis gestos exagerados hasta la mueca. Yo, que en general sobresalgo en motricidad fina y gruesa, más de una vez dejé apagar su Mercedes por frenar abruptamente, y lo puse a corcovear por sacar de sopetón el embrague.

Me esforzaba para que ella no notara el carácter extraño y empobrecido que habían adquirido mis gestos. No acostumbro a interactuar, y menos si tengo al prójimo tan cerca, y menos aún si se trata de alguien como ella. La empatía no se me da, no nací para galán, ni siquiera para buena persona. Y al lado la tenía a ella, una suerte de fascinación incómoda, y así andaba yo, abochornado como un adolescente, respondiendo con monosílabos, tímido hasta el pánico, de repente consciente de mis zapatos pasados de moda y del brillo por exceso de uso de mi traje negro. Me entró el temor de que ella pudiera percibir en mí un tufo a sangre. Como suelo hacer siempre, esa mañana me había refregado en la ducha con creolina, un líquido para pisos y no para humanos, y aun así, ante ella me sentí postizo, y aleteó en mí el deseo de haber sido más bien un director de orquesta.

Y por qué no, si ese oficio no debe requerir más devoción y precisión que el que yo ejerzo. En fin, no me pagan por desear, y no suelo hacerlo. Nunca he asistido a un concierto y sé que ya no lo haré, se me va acabando el tiempo. Pero a veces los domingos me siento frente al kiosco, en la plaza, a escuchar los valses de la banda municipal. Observo a su director, un renacuajo escuálido con cara de no matar ni una mosca, pero que cuando entra en acción se transforma, inspira cierto respeto. No utiliza batuta, como sé que hacen los grandes. Dirige con la sola energía de su mano diestra, y da la impresión de que la música no sale de los instrumentos, sino directamente de sus dedos. Me gusta observar sus maneras, y me gusta pensar que también mis movimientos producen música cuando estoy en la labor.

El zumbido del hacha, vaya sinfonía. Con razón no me pagan por desear: no sé formular mis deseos.

Volvamos a mi persona conduciendo hacia la casa de una de mis víctimas en su propio automóvil, y jugando a ser el paladín de su hija. Y ella desgonzada a mi lado, rozando con su codo izquierdo mi brazo derecho y haciéndome sufrir con el contacto, que me quema y me intimida, a mí, que cuando pongo las manos en alguien no es propiamente para favorecerlo.

Mi mirada bregaba a alcanzar de reojo esos muslos dorados que una falda cortísima dejaba al descubierto, y ella ahí, desentendida de mí y al mismo tiempo entregada a mi arbitrio, exhibiendo una confianza que me desarmaba, tan indefensa, ella, y al mismo tiempo tan segura de mi protección. Vaya paradoja, ella protegida por mí de mí mismo. Y desgonzada su liviana figura en el cuero fino de la tapicería, apenas convaleciente de su crisis y ajena a este mundo.

Al llegar me agradeció sin mucho énfasis, con la naturalidad de quien está acostumbrada a que le hagan favores y cumplan sus órdenes. Me llamo Dix, dijo a manera de adiós, y sacó del bolso unos cuantos billetes para retribuirme. Acéptalos, me pidió, toma un taxi de regreso. Prefiero caminar, respondí rechazando su propina, y eso fue todo: los billetes habían roto el hechizo.

Me bajé del auto sintiéndome débil, de alguna manera disminuido, reducido por la coima, irritado en mi posición de mandadero: el samaritano que lleva a la nena a casa, y al que después se despacha con unas monedas.

Ella debió darse cuenta de mi desazón, o tomó conciencia del dejo paternalista de su propio gesto, eso de andar tasando en dinero un favor hecho de buena fe y sin exigir nada a cambio. ¿Así que sus billetes habían herido mi orgullo? De acuerdo, pareció recapacitar ella, porque se detuvo un momento, me pidió que esperara y rebuscó entre su bolso algo que evidentemente no encontró, porque siguió buscando, ahora sobre sí misma, como haciendo inventario de sus pertenencias a ver si encontraba algo más significativo que pudiera darme en señal de gratitud verdadera. Sus ojos sopesaron por unos instantes su reloj de pulsera, un coqueto Cartier ultraplano y minimalista en oro blanco, que buen dinero debía haberle costado a su padre. Quizá eso mismo pensó ella, porque lo descartó como posible recompensa; al fin y al cabo no era para tanto. Mejor optar por otro suvenir que, siendo expresivo, no fuera tan costoso. Se llevó las manos hacia las orejas y después de dudarlo un instante desprendió la arracada que le colgaba del lóbulo izquierdo. Entonces toma esto, me dijo, y me la entregó.

Era un aro con chapas en plata y varios nudos atados en lo que llaman pelo de elefante. Un hermano gemelo de la otra arracada que no me entregó: la compañera, que dejó colgada de su lóbulo derecho. Eso fue lo que me dio: un arete, y ella se quedó con el otro. Un objeto de dos. Del par, uno para mí, y otro para ella. ¿Implicaría eso una suerte de vínculo? ¿Una leve promesa, un compromiso tácito de completar algún día lo que ha quedado incompleto, de reunir lo que fue separado? No lo sé; supongo. Aunque suponer no es lo mío, no me pagan por eso. Quizá ella me dio la arracada impar sin pensárselo mucho, apenas porque sí, y el asunto no tenía más vueltas.

Dix volvió a dar las gracias, y me preguntó mi nombre. Yo me quedé de una pieza: no me esperaba esa pregunta. Llevaba mucho sin pronunciar mi nombre verdadero, tanto, que casi lo había olvidado. Desde hacía años yo era la Viuda, y con eso bastaba. La gente que alguna vez supo mi nombre ya no hubiera podido encontrarme, y la gente que sabe dónde encontrarme nunca conoció mi nombre de pila. Y ella preguntó sin malicia: ¿Cómo te llamas?

Le respondí la verdad. Me llamo Marcos, le dije, y es cierto. Decirle me llaman la Viuda hubiera sido ridículo, como frase de seriado policial o novela negra. Pues entonces gracias, Marcos, dijo ella, y ahí sí, retomó el timón de su coche y en un abrir y cerrar de ojos desapareció tras las rejas y penetró en sus jardines, extensos como un parque y resguardados como una cárcel.

En cuanto a mí, me quedé ahí afuera un buen rato, apretando en la mano el aro de pelo de elefante, hasta que pude recuperar el ritmo de la respiración y acompasar el control de mis piernas.

Siguió una etapa en que no pude hacer otra cosa que repasar la escena con la muchacha, bregando a recuperar, con celo de coleccionista, cada uno de los detalles que se me escapaban. El largo de sus fémures, el olor a mandarina de su pelo, los hilos de baba que el pañuelo no había limpiado de su mejilla, la agitación de su pecho bajo la remerita ceñida, el esmalte verde de las uñas de sus pies, la maraña de cables de iPhones y de iPads en el asiento trasero del Mercedes, el monigote de fieltro que le servía de llavero. Y sobre todo el obsequio tan particular que me había hecho: una arracada sola, un par impar, una pareja incompleta. Un pelo de elefante.

Por esos días me cayó otro encargo que me obligó a devolver mi cabeza a su sitio. En este oficio hay cosas que no funcionan, y una de las peores es un aplazamiento. Ahí todo se complica. Me pasó con el hombre que trajeron la otra tarde, un cuarentón bien encarado y sonriente. Lo llamaré Bailarín. Debo decir que existe gente como él, que pese a todo sonríe, y eso complica todavía más los trámites.

Yo lo tenía todo a punto, como es mi costumbre, y en ésas llega la contraorden. Que todavía no, que aguarde, que quieto en primera base porque antes tienen que averiguar no sé qué, confirmar no sé qué datos. Supongo que querrían estar seguros de no ir a cargarse al que no era. Supongo, no sé, lo mío no es suponer, no me pagan por eso.

Quise preguntar qué debía hacer con él mientras tanto. Problema tuyo, me dijeron, sólo garantiza que no escape. Y se fueron, dejándome a solas con Bailarín. Yo lo encadené a un catre, y como el tipo andaba desatado de lengua, empeñado en la conversadera, le di un radiecito, a ver si lo serenaba y yo podía recuperar mi silencio, lo necesito siempre y en ese momento especialmente, porque el ruido me impedía pensar en ella. En la muchacha aquella; no lograba olvidarla. Pero el hombre no cejaba en su intención de diálogo, así que le presté el radio, a ver si surtía efecto.

Enseguida sintonizó una emisora de salsa y se largó a bailar. Ahí solo, en su rincón, baile que baile.

Ven, bailemos, me proponía, acompáñame, hermano, baila conmigo, así sea para matar el rato. No soy su hermano y no sé bailar, lo paraba yo en seco. Pero él insistía: Baila conmigo, hermano, así sea para matar los nervios, no pienso hacerte una mala jugada, qué voy a poder hacerte, si me tienes aquí encadenado como oso de feria.

Qué pesado, le decía yo, baile usted si quiere y a mí déjeme en paz, o le quito el radio.

Y qué iba yo a explicarle, ¿que cumplo una misión que me viene de lo Alto? ¿Que no soy cualquier mercenario, que hago lo que hago por convicción y con ética? Me iba a mandar muy al cuerno, que me buscara un corderito pascual en otra parte, eso iba a decirme, así que mejor no aclararle tanto. Y él seguía bailando.

No me gustaba nada lo que estaba pasando, soy un profesional de pocas palabras y mucha distancia, y se me estaba volviendo un dilema esa promiscuidad con la víctima en una habitación de siete metros por cinco. Una alteración severa del orden conveniente. Como muchos artistas, dispongo de taller y vivienda en un mismo espacio, y en materia de orden soy perfeccionista. Tengo lo indispensable, nada me falta ni me sobra. Parquedad ante todo: soy preciso y metódico.

Pero con el tipo ahí, encerrado conmigo, había empezado entre los dos una convivencia estrecha, forzada, casi matrimonial. Una relación perturbadora, demasiado íntima. Yo tenía que hacerle la comida, alcanzarle el plato, retirárselo, y después pasarle el tarro para sus necesidades, y el cepillo de dientes. Eso no estaba bien, se salía del libreto, a mí no me pagan por eso, ni que el tipo fuera mi madrecita enferma.

Y él empeñado en conversar, en tirarme de la lengua, en ponerme al tanto de sus batallitas y contarme sus anécdotas. Así no se trabaja, eso no es serio. Le di el radio sólo para eso, para que se callara. Y surtió efecto, pero fue tapar un mal con otro peor, porque a él le dio por la bailadera.

Sólo salsa y merengue, merengue y salsa, desde que se despertaba a las cinco de la madrugada hasta que caía rendido del cansancio veinte horas después. Baile que baile, ahí en su rincón, sin apartarse del catre porque más no le daba el largo de la cadena. Bailaba reconcentrado, cerrando los ojos, como rezando, como apretando a una hembra apetitosa, como al borde de un orgasmo sagrado, y yo no sabía si sentarlo de un sopapo o respetarle su trance. Hasta escalofrío me daba mirarlo porque parecía transportado, agotándose en el baile, entregándose a sí mismo y escapando hacia su propio ser interno. Como si él fuera Dios y no tuviera miedo, y el miedo empezaba a invadirme a mí, porque me confunde esa clase de cosas y me agarra el vértigo. Me agarra el vértigo, a veces repito frases en voz alta, es una maña.

¿Mi cautivo no tenía miedo? ¿Baile que baile se entregaba a la muerte con dulzura pasmosa? Yo tratando de olvidar a la niña aquella, o de recordarla, que viene siendo lo mismo, y el cautivo ahí, bailando solo y atado por los tobillos con cadena, y quién era él, y quién era yo, y la cabeza se me iba lejos, y Bailarín en su rincón, soñando sus últimos anhelos, como despidiéndose de ellos, y todas mis ausencias y todas las suyas se hacían compañía. ¡No más! Alto al disparate. Había que detener aquello.

Usted se sienta y se queda quieto, le ordené. Deme ese radio, se acabó la joda.

Le quité el radio pero fue para peor, porque él se puso a bailar sin música. Quédese quieto, hombre, que se va a cansar. De eso se trata, me decía, de quedar tan exhausto que por fin caiga dormido.

Pesado, el hombre, pero ágil, gran bailarín en efecto. De buen humor pese a todo. Ante gente como él, me quito el sombrero. Quédese quieto, hombre, se lo digo por su bien, se lo sugiero de buena manera, no abuse de mi confianza, quédese quieto que me vuelve loco, no me deja ni pensar, pare de hacer el remolino chupamanchas ahí en esa esquina y siéntese un rato, vea, le traje unas revistas, *Hola, Gente, Jet Set, Cromos,* qué más quiere, siéntese y lea, a lo mejor usted mismo está retratado en esas páginas sociales.

No es lectura que yo acostumbre, ese tipo de revista; me precio de ser hombre culto. Pero las venía comprando últimamente, debo confesarlo, a ver si de pronto aparecía Dix en alguna foto.

Los demás compañeros de oficio adornan sus recintos privados con afiches de Schwarzenegger, del Destroyer, de Rambo, de Jack el Destripador y otras bestias por el estilo. Se identifican con el Abaddon. Yo no. En mis muros sólo verá dos cuadros, pintados por mí mismo al óleo: un retrato de Juan el Bautista y otro de Ana Bolena, dos cuellos que soportaron noblemente el castigo. Más una versión libre de la cabeza de Medusa cercenada por Perseo. Y desde luego, presidiendo el conjunto, una reproducción en tamaño natural de *El jardín de las delicias* del maestro Bosco, obra que para mí viene siendo al mismo tiempo Biblia y manual de instrucciones. De resto, nada. Yo me identifico con las víctimas. La verdadera ferocidad, el valor y la pasión están en la víctima. El exterminador suele ser un burócrata del crimen.

Y ahí seguíamos él y yo, en esos siete metros por cinco, y pasaban los días sin que llegara la orden de rematar el encargo. El tipo siempre cordial, muy gentil pese a todo, qué pena, hombre, me decía, me apena molestarlo. Sí, sí, muy apenado, pero no dejaba de bailar. Pena me va a dar contigo rebanarte el gaznate, pensaba yo, pero no se lo decía; también yo sé de elegancia. Deje de bailar, hombre, aproveche y descanse, le aconsejaba yo, que ya le queda poco. Para descansar, la vida eterna, me decía, y yo ya me la gané, tú me vas a convertir en mártir, hermano, y ésos van directo al cielo, y si voy para allá, prefiero llegar bailando.

Y dale con la salsa, el hombre, y dale con el merengue, como con mal de San Vito, en descargas de energía inagotable, como las que sólo puede desplegar quien sabe que éste es su último soplo y que después lo esperan la nada y la quietud más absolutas. Cuando vinieron por fin con la orden y nos llegó la hora, me sentí como matando a un primo hermano.

Decidí seguir a Dix. Llevo algunos días en eso, mientras otros se ponen de acuerdo sobre el cómo y el cuándo echarle mano a Pez Gordo, su padre. De él, en cambio, no quiero saber nada, ya nos llegará el momento; por lo pronto, me basta con entender que le tienen ojeriza porque se pasó de listo y quiso saltarles largo. Más no quiero saber, ni debo. Me basta con recordar que no logro olvidar a su hija.

Burlar su seguridad no es complicado, apenas cosa de darse maña y hacerse invisible ante unos escoltas embotados de pereza y de sueño. Más difícil será evitar a mi propia gente. Me instalo con mi termo de café donde puedo ver a Dix sin ser visto. Y espero.

Siento que ella sabe de mí, o me intuye. Lo percibo, creo, o al menos eso quisiera. Yo diría que allá en el fondo de su memoria, o en el fondo del fondo, lleva impresa mi imagen; en la más pequeña de sus neuronas sigue estando registrado el extraño que condujo su auto. Algo me dice que me recuerda. Ella, del lado de allá, y yo de mi propio lado, y de por medio un cristal irrompible. Y aun así, nos estamos acercando.

La atraigo, creo. Es algo que viene con mi profesión: enamora a las mujeres. En todo caso aquí permanezco, vigilante, los cinco sentidos de punta, para impedir que vayan a hacerle daño. Llevo en el bolsillo del pecho, como amuleto, el aro impar de pelo de elefante, un círculo de protección que me vincula a ella, y nos rodea. Lo traigo siempre conmigo, aunque con reticencias: me caen bien los elefantes. No tendría empacho en soltarle el golpe frío a la nuca de quien ande detrás de ellos para arrancarles los pelos.

Amanece, Dix duerme y la observo. Yo diría que me sueña: mi calma es su reposo. Se pierde en mi espejismo, debo ser yo la imagen que se escurre por su mente entre el instante en que se despierta y el momento en que vuelve a quedarse dormida. Está acostada entre sábanas blancas y los rayos del primer sol le sacan destellos a su pelo revuelto. Es joven, es rica y es rubia: se comprende que quiera seguir durmiendo. Pero hasta sus oídos llega la voz del padre. También yo lo escucho.

Su padre, por el contrario, me desconoce. Anda desinformado, el hombre, no sabe que lo tienen en la mira. Son efectos de la prepotencia, que lo hace sentirse inmortal. Ha perdido olfato para el peligro. Ahí radica el abismo entre el padre y la hija: conocerme da clarividencia, lo demás es ceguera, o al menos miopía. Yo soy el que soy, de mí depende el instante postrero y después de mí no hay nada, eso es lo único seguro. Morirte será la última cosa que hagas, y mi cara será la última que veas. *Vendrá la muerte y tendrá mis ojos:* soy lector de poesía. Abomino el capuchón y no me cubro el rostro, porque hasta el cliente más ruin tiene derecho de mirar a los ojos a su verdugo.

Dos relojes distintos se han puesto en marcha simultáneamente. El de Dix y su padre es el tiempo sereno y acomodado de una vida amable: grifo por el que gotea el lujo de unas horas lentas y desconocedoras del riesgo.

El tictac de la contraparte es en cambio implacable: marca la hora del lobo.

Y yo, constreñido en medio de esas dos cronologías.

Desde el piso de abajo el padre llama a Dix, le recuerda que ella ha prometido acompañarlo al golf. El eco de su voz se amortigua como en algodones, y Dix vuelve a sepultar la cara en la almohada. Eso fue ayer. Después no supe más, tendré que esperar.

Anoche tuve un sueño. Cosa rara, porque mis noches no tienen color ni sonido, cuando duermo apago la voz de la conciencia, soy ciego y sordo y veo en blanco y negro, o sea que rara vez sueño. Pero anoche tuve un sueño, o a lo mejor sólo lo pensé, ya en la duermevela. Se trata de una piscina olímpica en medio de unos ciertos juegos.

Hay banderolas bajo la gran bóveda de vidrio, vapor azul y olor a cloro, y un mareo de sensaciones en ese ambiente líquido. Rumor de multitud en las graderías, ecos que se propagan en la humedad, ondulaciones del agua que parecen rizar también el aire. Mi sueño no lo precisa, pero podría tratarse de la final masculina de los doscientos metros mariposa.

Los tres vencedores salen del agua, macizos, musculosos, pulcros y sin vello: parecen cetáceos en plenitud de salud y potencia. Delfines verticales, de no ser por las piernas. Chorrean agua, todavía estremecidos por el esfuerzo, y su piel, lisa como el neopreno, brilla elástica y plástica.

Se saben seguidos por docenas de cámaras y observados desde todos los puntos del planeta. El gorrito de caucho y las gafas Speedo les dan a los tres un aspecto idéntico, como si las particularidades de las facciones y de la expresión fueran irrelevantes. Sólo importa su anatomía imponente de jóvenes dioses del mar.

En mi sueño, los tres desfilan por el borde de la piscina hacia el podio, donde cada uno ocupa su respectivo peldaño de altura acorde con la medalla que ha de recibir, oro, plata o bronce. A la expectativa, las graderías flotan en emanaciones de vapor y cloro. El merecedor del oro infla el pecho cuando suena el himno de su patria. Se quita las gafas y deja que sus ojos se inunden de lágrimas. Se lleva la mano al corazón. La emoción embarga a los espectadores, y también a mí, aunque esté dormido. En el ambiente vibra una convicción colectiva en la grandeza del ser humano, somos poderosos y hemos vencido, el triunfo de los campeones es también el nuestro. Todos gritamos por dentro: Yes, we can!

Se acercan ahora los funcionarios que portan las preseas, y los tres atletas agachan la cabeza simultáneamente para permitir que les cuelguen al cuello su respectiva medalla. Entonces se cierra el ángulo de mi visión sobre sus figuras inclinadas, justo a tiempo para mostrar cómo el filo de la guillotina cae sobre sus nucas y cercena sus cuellos como si fueran de mantequilla.

Tres cabezas ruedan hasta caer al agua, rompiendo en astillas el azul añil y tiñéndolo de rojo.

Amanece y en la habitación de Dix se repite la misma escena intrascendental de ayer; rueda el tiempo circular de los felices. Resuena de nuevo la voz de su padre, que la apura a levantarse y a vestirse porque en unos minutos van a salir hacia el golf. Dix se despierta, aunque no del todo, y se dirige al baño con la cara cubierta por la maraña de pelo. ¿Tomaste tus medicinas?, le pregunta desde abajo el padre, y ella le dice que sí: Tranquilo, papi, tranquilo. Pero está mintiendo; he visto cómo entierra las pastillas en una maceta.

Yo los sigo y los observo.

Dix es lustrosa, arisca y patuda, como un potro fino. Casi tan alta como su padre, es una de estas muchachas de metro ochenta de estatura que medio siglo atrás hubieran sido inimaginables; como decir otra raza. Largos huesos, nariz fina, pelo suelto y liso como un aguacero, formidables manos de uñas almendradas. Toda su anatomía parece definida en ángulos y rectas, salvo las líneas de sus palmas, que son alambicadas y difusas: imposibles de leer. Tiene los ojos intensos y húmedos: lleva impreso el petit mal en ellos. Ya no es una niña pero se niega a volverse adulta, y anda por la vida como ausente, como pensando en otra cosa.

Aunque es de raza aria, no puede decirse que sea blanca; nada tiene que ver su piel tostada con el pálido e insalubre color blanco. Su tono es el del trigo maduro, eso que en español llamamos *trigueño*. Dix, su padre y la gente como ellos: todos son trigueños, es decir, bañados de sol. Gente dorada. Radiantes, ociosos y espléndidos, como Adanes y Evas en el Paraíso. Conviene cerrar los ojos para imaginarlos: han dejado tan atrás el sufrimiento, que podrían borrar la palabra *dolor* de su vocabulario. Todos ellos; Dix un poco menos. Ella es un poco otra cosa.

El padre se empeña en que aprenda a jugar golf, pero a ella no le interesa. Lo suyo es más bien el básquet y lo practica, su estatura la favorece, el padre se deleita al verla: cuando agarra la pelota, tiene elasticidad de felino. Lo sé porque en la universidad también la observo. Supongo que podría pertenecer al equipo estrella, si quisiera. Pero no creo que quiera. El padre le dice, a manera de reproche: Eres escurridiza, hija, andas perdida en ensueños. Yo no concuerdo. Ella sabe lo que sabe, o lo adivina, mientras que él es inocente.

Qué no diera el padre por descubrir los pensamientos de ella, la menor de sus hijas. Pero la chica le resulta impenetrable. De milagro esta mañana ha accedido a acompañarlo mientras él hace sus nueve hoyos de costumbre. Lo sigue con desgano y todavía sonámbula, pero aun así, él piensa, o debe pensar: Al menos mi hija está aquí conmigo. No sabe que yo también: soy su convidado de piedra. Convidado de piedra, digo y repito. Convidado de piedra. A veces se me escapan frases en voz alta, será porque me canso de andar solitario. Coreo lo último que oigo o lo primero que pienso; es una maña. Y tengo pocas, en este oficio no conviene ser mañoso.

Más bien impecable. Como homenaje a las víctimas, las herramientas de trabajo deben estar relucientes y debidamente desinfectadas. Todo quirúrgicamente pensado. Yo no le cargo rencor a quien pasa por mis manos, permanezco tan ajeno como la hoja de acero. El respeto es la clave, cada quien a lo suyo y que no haya insultos ni rabia. Tú pones la cabeza, yo te la corto. No es más. Limpiamente y de un solo tajo. Las reglas claras y el chocolate espeso. A mis víctimas les aclaro desde un principio, para que no haya lugar a malentendidos: Yo soy la Muerte, y tú eres el muerto.

Dix le dice a su padre: No trates de enseñarme el golf, papá, no me interesa. Él la mira con fascinación. Debe creer que nada hay en el mundo tan inquietante y extraordinario como esta hija, que lleva puesta una camiseta de hombre que le queda grande y unos tights que delinean sus muslos. Qué bella es, debe pensar el padre, qué bella esta hija suya, evanescente y longilínea. Qué bella es, en efecto; no puedo dejar de mirarla. Desde una distancia prudente, se comprende. En el lóbulo de la oreja derecha, Dix lleva colgado un aro. Alcanzo a divisarlo. Lo que el padre no sabe es que el aro compañero lo llevo yo entre el bolsillo del pecho; me lo ha regalado ella.

El pelo de elefante me da preeminencia y confianza y va guiando mis pasos. Pasos que son irreversibles; no soy tonto, me doy cuenta. La gente como yo no nació para durar.

A veces me río; ya dije que sentido del humor no me falta. Ser verdugo no implica ser lúgubre. Me río de este suburbio de ricos en que viven ellos. Se llama Country Verana, y lleva por lema *Los lujos del aire*. Tiene su chiste, tanto bienestar. La mañana es fresca, reluce el verde en los jardines, sopla una brisa tibia y han florecido las jacarandas. Son los lujos del aire, desde luego. Me hace gracia.

Me pregunto por qué los míos tardan en dar el golpe. Empiezo a desear que Dix no esté presente cuando se lleven al padre. Empiezo a desear, mala cosa. Mi oficio no se presta para andar deseando. Empiezo a desear que a ella no le llegue un regalo macabro: el consabido ramo de rosas. Empiezo a desear, I have a dream, y eso es algo que no puedo permitirme.

Oigo decir que Dix es el vivo retrato del padre, al menos físicamente: triunfo de la eugenesia. ¿Y en cuanto a forma de ser? Quienes la conocen piensan que salió a la madre, pero no lo dicen. Mejor se lo guardan, el tema es espinoso, padre y madre vienen de un proceso de divorcio en el que hubo más embates que en campo de batalla. Está claro que Dix tiene la misma enfermedad que la madre, pero en un grado menor. Hasta ahora sólo como umbral, pero aun así es imposible ignorarlo: el mal está ahí, y va en aumento. Sus dos hermanas mayores no heredaron la tara, pese a ser hijas de la misma madre. Sólo Dix, sólo ella. Por una canallada del destino la tara recayó en ella, la predilecta, la bienamada. Porque el padre adora a esa hija por encima de todo y de todos.

Ella guarda en una caja laqueada las cartas que le escribe su madre; he observado cómo las lee y vuelve a leerlas. La espío. Escarbo sus cosas cuando se ausenta.

En este mundo de ellos no se estila estar enfermo. La salud, la juventud, el deporte, el bien vestir y el mantenerse en forma son la única bandera. La misma palabra *enfermedad* se considera de mal gusto. Se precian de haber erradicado los microbios y los virus; creen que derrotan el cáncer con dietas macrobióticas. Entre ellos no hay dolencias, o nadie las confiesa, o todos las esconden, y la vejez es apenas una juventud desmejorada. Nadie quiere pensar en la muerte, y los altos muros del suburbio protegido les deparan la posibilidad; en eso consiste su utopía de bolsillo. Lo suyo es vida plena, y plana, y sana. Vida que brilla siempre igual a sí misma, como una Luna sin cara oculta.

Por eso la existencia del mal en Dix tiene que seguir siendo un secreto, y todas las energías del padre, todo su empeño están concentrados en impedir que esa verdad se haga evidente. Por lo pronto los síntomas son leves, y sólo puede detectarlos alguien advertido de antemano, como el padre. O como yo. Pero el mal que anida en ella irá creciendo de año en año, y cada día que pase será más difícil esconderlo. Tarde o temprano los demás se darán cuenta, y ella será rara avis en su paraíso.

La enfermedad de la hija es la agonía que empaña las horas del padre.

Otro día al acecho; ya no puedo pensar en nada más. La mañana brilla fresca y el mundo huele a nuevo, como en una publicidad de agua embotellada. Observo a Dix y a su padre sin que ellos se sepan observados, y empiezo a olfatear que no soy el único; detrás de mí ya hay alguien más que los sigue.

Ignorantes del acoso, los dos desayunan en una amplia terraza volada sobre el campo de golf, bajo un emparrado del que cuelgan racimos de glicinias. Desde su mesa ven el mar, y hasta ellos llegan los olores del café, las naranjas recién exprimidas y los croissants calientes que en un momento les serán servidos en vajilla blanca, sobre mantel blanco.

Tomo nota: esta gente actúa como si no perteneciera a ningún país. Para ellos las procedencias se han vuelto irrelevantes, salvo cuando ven en pantalla ultraplana el Mundial de Fútbol o los Juegos Olímpicos, y le apuestan con furor a la selección nacional. Ahí se les arrequinta el patriotismo, de resto se sienten ciudadanos del mundo. Su mejor pasaporte es la tarjeta de crédito, y cuando el clima local no les conviene, van a perseguirlo a una isla del Caribe, a las costas de Marruecos, a las montañas alpinas, a las praderas de Kenia, a las laderas toscanas. Les pasa como a Felipe Segundo: en sus dominios no se pone el sol.

Sucede que en Dix la fórmula falla; la enfermedad la hace sombría. Soy distinta, la he escuchado decirle a su padre. Tengo algo, soy distinta. Sólo eso, como si presintiera el acecho del mal pero no supiera ponerle un nombre. Yo estudio sus gestos y escucho sus silencios. Lo que haga su padre me trae sin cuidado, siempre y cuando ella no sufra. A qué hora me habré echado esa responsabilidad sobre los hombros, quién me habrá nombrado caballero de la Orden del Pelo de Elefante.

Van por el último hoyo de la mañana. El padre elige una madera e intenta ponerle al swing un efecto de fade. Pero comete el error de cruzar las manos al momento del impacto y lanza la pelota lejos del green, fuera del campo. La pelota ha ido a caer entre unas zarzas. El padre va por ella y se adentra en la maleza para recuperarla.

La muchacha ha quedado atrás, y se ocupa de su largo pelo sin pensar en nada. Se hace una trenza con una indolencia suntuosa y luego la deshace, sólo para volver a hacerla. Se fija, absorta y preocupada, en las puntas de un mechón, como hacen todas las mujeres del mundo cuando descubren que tienen horquilla.

De repente, una perturbación del aire. Una oleada de incomodidad en la atmósfera, y se introduce el desasosiego. Dix vuelve a hacerlo: cae en la convulsión. De nuevo resplandece en torno a su cabeza el aura malsana, su rostro se deforma en la rigidez de la expresión, los tendones de piernas y brazos se tensionan como cuerdas de violín, sobreviene la secuencia de hipos y espasmos, el calambre eléctrico en la espina dorsal, el crispamiento extremo del torso hacia atrás. Estamos ante otro estallido, y todo mi ser apunta a acudir en su auxilio.

Mi impulso natural es correr hacia ella, colocar mi brazo bajo su cabeza, aflojarle las ropas que le aprieten, susurrarle al oído un conjuro que neutralice su mal, acunarla en mis brazos hasta que se sosiegue. Estoy a punto de hacerlo, pero me refreno.

Sería un error imperdonable, mi persona desentona con el entorno, mi presencia implicaría un disparate, una intromisión más que obvia. Enseguida me pondría en evidencia. Yo soy las antípodas de este lugar, soy el reino del revés, soy la nota oscura del paisaje. Soy el heraldo negro, el antónimo, el antagónico, el ave de mal agüero. Mi súbita aparición sólo lograría alertar a Pez Gordo, alborotar a sus guardaespaldas, poner sobre aviso a mi gente y aterrorizar a la muchacha enferma. En dos palabras: no conviene.

Estoy paralizado en la contradicción, me impulsa la urgencia de acudir, y me frena saber que no debo hacerlo. Y mientras tanto ella, de hinojos, se debate en ese desdoblamiento que la posee con una potencia mayor que la suya propia.

Y en ésas aparece su padre, que desde lejos ha visto caer a su criatura y corre a socorrerla como si le fuera la vida en ello. Llega a su lado y su sola presencia ya es como un bálsamo, y sus manos grandes de papá gorila la sostienen por los hombros con delicadeza, y su aliento la devuelve a la vida, y sus palabras le traen la calma, y ante la fuerza del amor paterno la enfermedad se encoge y se repliega. Y las convulsiones, súcubos invasores, retroceden ante la contundencia de ese abrazo.

El halo nefasto se extingue. La febrilidad amaina en la mirada de Dix, su cuerpo recupera tono y estabilidad, y es como si toda ella regresara de una especie de viaje. Un viaje brevísimo pero profundo, que deja una rara lucidez en el espejo de sus pupilas. Yo sé de qué lucidez se trata: la conozco. En esos vuelos más allá de la conciencia, Dix comprende mis verdades. Vuela por encima de la vida y por un instante se arrima a mi orilla.

¿Estás bien?, le pregunta su padre, tratando de que su voz no delate el sobresalto. Siempre estoy bien, le responde ella como si nada, como si no recordara, como si el episodio que acaba de ocurrir lo hubiera protagonizado otra persona. Y no es que no lo recuerde; es que no encuentra palabras. Lo que ha visto en su extravío es inenarrable. Sólo yo estoy en condiciones de traducirlo.

Ahora Dix parpadea y sacude la cabeza, meneando la melena y apartándola de la cara, como un joven león que despierta de la siesta, y se echa un largo trago de la bebida isotónica de alto contenido en electrolitos que trae helada en un termo. Luego estira los brazos, desentume las piernas, flexiona los dedos, y todo su cuerpo supera la crispación y recobra elasticidad. El padre respira aliviado, porque comprende que pasó el momento crítico.

Ahora los miro regresar a casa, como si nada hubiera perturbado su mañana. Y en realidad nada ha pasado, o casi nada, apenas el aletazo de la enfermedad, su advertencia o previo aviso, y de nuevo ambos sonríen con sonrisas idénticas de dentadura perfecta.

Desde mi escondrijo, yo tomo una decisión irrevocable. Ese hombre no puede morir, me digo a mí mismo. Pez Gordo no puede morir, porque su hija lo necesita.

El que quiera creer, que crea. Yo creí. En El Cardo tuve esa visión y creí en ella. Que El Cardo es lugar sagrado y que allí se jugaba el juego, ése es un hecho que puede comprobarse arqueológicamente. Ni siquiera hay que ser experto, basta con fijarse en el par de aros de piedra tallada que siguen estando allí, incrustados en los muros paralelos y cubiertos de grafitis. Un aro frente al otro, a la altura de un hombre muy alto, en medio de la plaza hundida en desperdicios.

Dicen que el juego de la pelota, cualquier juego de pelota, llámese básquetbol, vólibol o pok ta pok, reproduce la lucha de los dioses por la posesión del sol. Eso dijo la mujer de la pira y no dudo de su palabra: la lucha por la posesión del sol. Quizás haya sido verdad, pero de eso hace tiempo. Hay que entender que Dios es arcaico, habla de cosas que sucedieron antes. Hoy ya no hay sol que valga; los astros se vienen apagando. En El Cardo todavía se ven los viejos aros de piedra por los que pasaba la pelota incendiada. De uno de ellos cuelga por los cordones un raído par de zapatos de tenis.

Quise preguntarle a la mujer de la hoguera por qué el juego estaba muerto, por qué todo tan quieto y enterrado. Ya no hay verdugo, me dijo bailando. Nadie quiere ejercer el oficio, y así no hay juego que valga. Y Dios debió verme cara de postulante porque enseguida ordenó, toma el hacha y sígueme.

Luego supe algunas cosas sobre el juego. Me ha tomado años enterarme. He sabido que se llama pok ta pok, y que es el arte de ensartar una bola de fuego por ese aro de piedra tan alto y estrecho, golpeándola sólo con las caderas y las articulaciones. Dos equipos compiten a muerte: literalmente hablando. Deporte, o ritual, de extrema dificultad, alta exposición a las quemaduras, movimientos quebrados y poco armónicos. Aprendí también que gana el equipo que anote el primer tanto, uno solo: un único gol define el partido. Se comprende. Hacer que pase esa bola candente por un orificio imposible, sin valerse de manos, pies o cabeza, resulta una tarea extenuante. Y no hay espectador que disponga de toda una vida para quedarse ahí, esperando a que los jugadores marquen más tantos altamente improbables. Un solo gol: eso es todo y con eso basta.

Y si en el fútbol nuestro los chorros de adrenalina dependen del instante en que la pelota traspasa el arco, en el viejo pok ta pok, por el contrario, el hecho de que la bola atraviese el aro es apenas un detonante. El gol que define al vencedor es sólo un preámbulo. Porque el verdadero clímax llega a continuación, cuando el espectáculo deja de serlo para convertirse en ceremonia. No hay pok ta pok sin éxtasis y sin espanto.

El quid no está en el instante del triunfo, sino unos minutos después: en la pública decapitación del jugador victorioso. Ojo: no el que pierde, sino el que gana. El honor de la muerte es premio de campeones.

Asciende al ara sacrificial el capitán del equipo vencedor, y ahí es cuando vienen mis quince minutos de gloria. Yo, el verdugo, entro en acción, el cielo se tiñe de luto, silba el hacha y el ganador pierde la cabeza. Rueda la frente laureada. Entonces, y no antes, el público estalla de horror y de júbilo.

Pero todo eso es historia antigua. Aquello sucedía —si es verdad que sucedía— cuando el papel del verdugo no era cosa de matones; cuando aún no había perdido su dignidad y su significado.

El padre de Dix no debe morir, por una razón simple: está claro que ella lo necesita. No hay más explicaciones. Yo no podría atenderla como querría; ya he dicho que estoy comprometido con una amante posesiva y celosa. Pero a Dix no puedo dejarla desprotegida. No es amor por ella lo que siento, el sentimentalismo ni me convence ni me conviene. Y sin embargo.

En todo caso es necesario que el padre permanezca a su lado, porque él puede ocuparse de cuidarla y protegerla. El padre de Dix no debe morir, pero ya se sabe, órdenes son órdenes, y quién soy yo para contrariarlas. Atravesársele a la ira de mis jefes no es una idea brillante.

He estado pensando en eso, buscándole una salida al dilema antes de que sea tarde. Cuanto más la observo a ella, más me conmueve su delicada manera de andar por el borde, y más me convence mi obligación de custodiarle el camino. Aunque no pueda hacerlo personalmente.

Donde manda capitán, no manda marinero: reflexiono en eso. Los dichos populares suelen ser babosada, lugares comunes disfrazados de sabiduría, pero de vez en cuando encierran verdades. Donde manda capitán, no manda marinero, sigo dándole vueltas a la cosa. Y si mis jefes son los marineros, yo puedo deducir quién es el capitán: la mujer de la hoguera. Ella manda por encima.

Así que me voy a El Cardo, a buscarla. Tengo los minutos contados; el otro reloj ya marca sus tics y remata con sus tacs.

Llego a El Cardo y no encuentro nada de lo que había antes, ni siquiera las ruinas de aquellas ruinas antiguas. Todo lo han machacado y lo han vuelto escombros hasta no dejar ni el recuerdo del recuerdo. En lo que era Territorio van a construir un parking de varios pisos. Todo demolido, los altos muros, los grafitis, los aros de piedra, los mendigos, los disparos en sordina y el olor a rancio, hasta las canecas de ácido han desaparecido, y los pobres cadáveres disueltos en ellas. Todo es polvareda y colinas de escombros, más una grúa, un par de caterpillars y una retroexcavadora, sin nadie que las maneje porque es hora de almuerzo y se han ido a comer los ingenieros y los albañiles.

Remuevo cascote a puntapiés. Aspiro aserrín, o limadura de hierro. Me paro en medio de estas desolaciones, con los pies hundidos en ceniza y sin saber mucho qué hacer.

Si no sabes qué hacer, no hagas nada; es otro de mis lemas, y eso decido hacer: nada. Espero a que aparezca el Dios de la casaca, el de las piernas raquíticas, la que aquel día bailaba prodigiosamente zurumbática. Y si ella en persona no se muestra, al menos que mande una señal, o una sugerencia, una revelación divina o una pista, un consejo. Algo.

Ya me voy convenciendo de que pierdo el tiempo, las apariciones de Dios son tan escasas que por algo las llaman milagros. Aun así me quedo, sabiendo que se acaba el plazo. Escarbo bajo los restos: tubos, latas, zapatos. Quién habrá abandonado por aquí tanto zapato; es un hecho comprobado: cualquier estampida, catástrofe o desplome deja detrás un resto de zapatos.

Me acerco a los despojos de unos muros de baldosa: a juzgar por las tripas a la vista de una antigua tubería, en algún momento debió haber aquí un baño. Las baldosas son azules y blancas, hay más blancas que azules, y estas últimas están dispuestas, de tres en tres, en forma de letra gamma, o salto del caballo. Y es entonces cuando lo veo: Dios se ha colocado sobre una baldosa blanca y se mueve premeditadamente, con malicia y sabiduría de veterano jugador de ajedrez.

Es un escorpión hembra, de los negros. Ponzoñosa y seductora, persigue a un macho de su especie con fines de apareamiento. Creo reconocerla porque aparece tal como está descrita en las Escrituras, *más negra que las tiendas de Qedar, y más amarga que la muerte.*

Es la segunda vez que me enfrento al Altísimo. Pero hay algo que no va, no es lo mismo que antes, percibo en el aire un dejo de desencanto. No por nada corre la noticia de que Dios ha muerto. Hoy la revelación que espero no acaba de cuajar. Es como si los caterpillars estropearan el misterio. Se complica echar a volar la mística en un parking: falta incienso y sobra cemento, falta libertad y agobian los techos bajos. Y aun así pongo todo de mi parte, pero necesito que Dios colabore, a ver si logramos algo.

Qué hago ahora, ¿me arrodillo? No me animo, no vaya a ser que me pique la divina alimaña.

Ella, muy desentendida, sigue absorta en su rito nupcial, cortejando a su macho, platillo suculento, con un hambre decidida de naturaleza doble, tanto gastrointestinal como ginecológica; hasta yo, ignorante de zootecnia, sé que la escorpiona devora a su compañero tras la cópula, una conducta propia de actrices y de diosas.

Por fin se entera de mi presencia, ella, dios hembra tragón y lascivo, y clava en mí *sus ojillos feroces como cuernos,* y me apunta directo a la frente con el alfiler letal de su cola erecta. Algo no va bien en todo esto: o Dios ha cambiado, o yo ya no soy el mismo. Nada me convence como antes, qué desencanto esta deidad indolente, este dios-diosa caprichoso y goloso, que propicia degollinas y exige inmolaciones.

Sólo quiero un consejo, le digo al escorpión, discretamente y dispuesto a seguir esperando, al menos otro poco, estirando al máximo el plazo, porque está claro que él no va a interrumpir su romance por atender a un extraño. Al cabo de un rato le hablo de nuevo para apurarlo, vamos contra reloj, le advierto, a ver si espabilas y resuelves esto.

Hasta que vuelo de impaciencia y exploto. Está bien, le digo a Dios, que permanece indiferente y hermético, tú sigue en lo tuyo, dale no más, copula y cómete a tu macho, que en todo caso ya me diste la respuesta que buscaba. Ya no te necesito.

Indulto, indulto, indulto, me ha indicado la escorpiona en el lenguaje cifrado de su danza de los siete velos, o no, no ha indicado nada, ese bicho negro es apenas eso, un bicho, por demás ponzoñoso y repulsivo, y me inyectaría veneno si me acerco. No importa, la respuesta que busco me la doy yo mismo. Ya tengo claro lo que debo hacer, y voy a hacerlo.

Me retiro del futuro parking y me alejo por entre las ruinas de aquellas otras ruinas más antiguas. Muy bien, pues. Sea. Indulto para el padre de la muchacha bonita. Y que ella pueda seguir tomando el sol sin pensar en nada, al menos mientras la enfermedad le dé licencia.

Tomada la resolución, el resto es sencillo. Bastará con un mensaje anónimo, de esos torpes y caricaturescos, como de film noir, en collage de diversos tipos de letra recortados de revistas. No es necesario que diga gran cosa, cuanto más conciso más amenazante, basta con una frase tan sosa como *Váyase. Lo buscan. Y llévese a su hija.*

Algo por el estilo, las variantes no son muchas, no hace falta componerle un soneto, ni traerle mariachis a que lo despidan con serenata. Él entenderá enseguida de qué se trata; por mucho que se haga el tonto, debe saber con quién tiene deudas pendientes. La calaña de sus acreedores no se le escapa, y ese papelito deslizado por debajo de la puerta del dormitorio, o encontrado en el lavamanos a la hora de afeitarse, será suficiente para que el hombre se ensucie en los pantalones.

Ya lo imagino saliendo furtivamente de madrugada hacia el aeropuerto, pálido como una sombra y sin desayuno, con un maletín empacado a la carrera, escondiéndose tras unas Ray-Ban Aviator y una cachucha de beisbol.

Que se vaya disfrazado de conejo, si eso quiere, de santacláus o de marimonda, que haga lo que le venga en gana, con tal de que cuide bien a la niña de mis ojos. La niña de mis ojos, me gusta el sabor de esa frase y la paladeo.

La niña de mis ojos partirá con su padre en avión hacia Cancún o Mónaco, hacia Roatán, Formentera, la Florida o las islas Maldivas, paraísos tan lejanos que ni siquiera imagino. Yo, que soy mi propia isla y en ella no hay sol que brille.

Les vendrá bien un par de meses de vacaciones, mientras pasa el alboroto; tampoco será cosa de tomarse a pecho el exilio. En las jerarquías del crimen el recambio se produce rápido, y quien te quiere liquidar puede ser liquidado en cualquier momento. En diez semanas, quizá doce, los enemigos del padre estarán con suerte muertos, o descontinuados, o fuera de servicio, o la deuda suya será condonada, o su culpa saldada, o simplemente olvidada ante la urgencia de vengarse de enemigos más recientes. Y el señor Pez Gordo podrá regresar a sus campos de golf, a sus finanzas y sus cocteles, y se cuidará de no volver a pasarse de pillo con otros más listos.

Que haga lo que quiera, soberanamente. A mí me da igual, con tal de que vele por la niña de mis sueños.

248

Me queda una asignatura pendiente. Entraré a la habitación de Dix cuando ya se hayan ido y el nido esté vacío. Puedo imaginar la cama destendida, la toalla todavía húmeda en el suelo de azulejos blancos y azules, los cajones revueltos, las ventanas abiertas de par en par, el secador de pelo todavía enchufado, un frasquito de perfume sin tapa, y ante todo un reguero de zapatos. No importa si se trata de ricos o de pobres, la huida siempre deja detrás un reguero de zapatos.

Buscaré en una taza de porcelana, o en una caja pequeña, a lo mejor en la misma caja laqueada en que ella guarda las cartas de su madre. Y si no es ahí, será en una de las repisas del baño, o en el cajón de su mesita de luz. Las opciones son limitadas.

Buscaré hasta encontrar un aro de pelo de elefante: el compañero del que cargo conmigo en el bolsillo del pecho. Voy a dejarlos ambos en su habitación. Juntas, una arracada al lado de la otra. ¿Para qué? No sé. Será porque soy obseso y empecinado y no resisto el desorden, cada oveja con su pareja, o me entra el mal genio. No me gustan los chistes, me entra la rabia puta cuando a alguien le da por contarme alguno, y sin embargo me sé el del maniático que va donde el médico, se baja los pantalones y le dice consternado: Doctor, ¡mire mis huevos! Los veo bien, qué les pasa a sus huevos. ¿No ve? ¡Uno más abajo que el otro! Pero si eso es normal, hombre. ¿Normal? ¿Y no le parece un desorden muy hijueputa? Me sé ese chiste porque me pinta de cuerpo entero, la anarquía me saca de quicio, odio que las cosas queden a medias. Será por eso que estoy aquí, bregando a encontrar la compañera de esta candonga.

O será más bien porque sólo a esta niña le he dicho mi nombre, y porque ella debe pensar —creo— que yo debo ser algo así como Marcos, director de orquesta. Será por eso que me gusta saber que cuando ella vuelva encontrará en su dormitorio el par de arracadas. Será por eso, creo, y será ésa mi manera de completar lo que quedó incompleto, o al menos de decir algo, de responder a su gesto con uno equivalente.

Que al regreso se sorprenda la niña, que recuerde con un poco de espeluzno al extraño que la trajo a casa y no quiso recibir sus billetes.

Porque yo personalmente no nadaré en esta orilla por mucho tiempo; ya se encargarán los míos de mandarme a la de enfrente. Será cuestión de días, supongo; atravesarse en los designios del jefe trae sus consecuencias. Esta traición tendré que pagarla, eso lo tuve claro desde antes de cometerla. He oído decir que todo encuentro casual es una cita. Yo remataría de otro modo esa frase: todo encuentro casual es una cita con la muerte.

El Siríaco

La soberbia es deseo de alcanzar
una altura perversa.

AGUSTÍN DE HIPONA

El sueño se abre sobre la terraza de un hombre rico, que desde su palacio contempla el desierto. Todo lo que ve le pertenece, y antes de él, a su padre, a su abuelo, a su bisabuelo. Han sido dueños de todo por varias generaciones, hacia atrás y hacia adelante. El hombre rico parece llamarse Nemérodes, aunque otras veces figura como Olibrios el Influyente. Su palacio, o fortaleza, se levanta en las afueras de un pueblo llamado Telendos, o Telanisos.

Algo preocupa a este Olibrios, o Nemérodes. Sabe que en su contra gravita un augurio, que pende como espada sobre su nuca. Mucho antes de su nacimiento apareció la predicción escrita en letras de fuego sobre los muros, aunque en el sueño aquello no pasa de ser un grafiti trazado a golpes de espray, o a brochazos con sangre de carnero. Las versiones coinciden en el contenido, que reza lo siguiente: CUANDO CAIGA EL SANTO, GEBRAYEL EL ARCAICO DESTRUIRÁ EL REINO.

—Cuál reino.

—El reino de Olibrios, se deduce, o quizá otro más grande. El sueño es vago al respecto.

—Y cuál es el santo.

—Por ahora sólo hay uno en ese pueblo.

—¿Siríaco, el Estilita?

—Ése. Olibrios el Influyente tendrá que encargarse de que no caiga.

—O sea, que no peque. Y quién es Gebrayel.

—El Temible: el que espera su momento.

El presagio viene siendo cíclico: cada tanto se desencadena después de tres anuncios, o advertencias. Todavía viven los viejos, hijos de otros viejos, que lo presenciaron en su edición pasada, conocieron su dimensión e hicieron llegar hasta sus descendientes el hilo del recuerdo, que habla de desastres que el sueño no precisa, pero que permite presentir con escalofrío.

—Se avecina ese primer presagio.

Se avecina, sí, o más bien se viene encima. Brilla afilado como una daga y corre suave como la seda, y tiene la textura plástica, premeditada, de una puesta en escena. Su gran formato ha sido ideado por un artista de la crueldad, o un demente con vocación de cineasta, que del fondo más impensado de la conciencia va extrayendo una fila, lenta, de treinta y un hombres vestidos de negro, altos y esbeltos. Llevan el rostro cubierto, pero quien observa adivina facciones varoniles, sombras de barba espesa. Se trata sin duda de una falange de asesinos apuestos. En una playa perfecta ejecutarán la cirugía más despiadada. Han escogido un escenario fotogénico; hay una voluntad feroz de propaganda en todo esto.

Paralela a la fila de los hombres de negro, avanza la fila de las víctimas. Éstos también son treinta y uno y han sido uniformados en color naranja —señal de oprobio, así como sus rostros al descubierto—, y caminan al unísono: si no vinieran atados con cadenas, se diría que hacen parte voluntaria de un montaje en el que juegan el papel de mártires. A cada hombre de negro le ha sido asignado un hombre de naranja, y la playa es idílica: en cierto modo encantada.

La fila negra hace arrodillar a la fila naranja a la orilla del mar. La misa está dispuesta y no habrá imprevistos (todo ha sido ensayado al detalle). El sacrificio será oficiado en silencio, en una sincronía de movimientos que resulta espantosa. Tiene una frívola vocación de espectáculo, esta coreografía de la muerte.

No hay voces, nada suena, ni siquiera el mar. No hay ruido en esta premonición, o este sueño: abruma el silencio. Las gentes de Telanisos contemplan atónitas sin llegar a entender qué bandos enemigos son éstos, el anaranjado y el negro, ni por qué los une un odio tan intenso.

Hasta ahí el primer presagio. O advertencia.

Cuando el durmiente despierte, podrá verla en video.

*

Cuántos hombres santos hay en mis dominios, pregunta Olibrios el Influyente a sus consejeros.

La respuesta es: que se sepa, uno solo, el Siríaco. Por ahora es el único santo con que contamos.

—¿Aquel eremita encaramado en un pilar a las afueras del pueblo, donde empieza el desierto?

—Ese mismo. Sus muchas mortificaciones lo han santificado.

Olibrios el Influyente quiere averiguar de quién se trata; ha convocado a su Consejo en pleno para consultar asunto tan urgente. Tiembla su voz de impaciencia cuando les exige investigar a fondo los antecedentes del hombre de la columna. No acaba de creer en él, pero tampoco tiene alternativa de recambio.

—¿Acaso el Estilita tiene un pasado?

—Como todo el mundo. Se le llama hagiografía a la vida de los santos.

Desde pequeño, siendo niño pastor, al Siríaco le gustaba hacer las cosas a su manera, que no se parecía a la manera de nadie. Mamantonia, su madre, lo llamaba a gritos: ¡Por la Virgen Santa, Siri, qué haces! Pero él no contestaba, se quedaba en la pradera balando como cordero y alimentándose de pasto, ¿y quién lograba convencerlo de que no era oveja entre las ovejas, uno más en el rebaño?

El niño croa en el estanque de ranas. Qué haces allá solo, Siri, lo regaña su madre, y él: No estoy solo, madre, estoy con ellas. El niño anda desnudo como si nada, y de nada vale regalarle calzado. Y si en las noches tarda en regresar, le hago compañía a la luna, dice, y qué difícil es lograr que esta criatura coma, o duerma, o juegue con los demás niños. ¡Deja de hablar solo, Siri! Y él: No hablo solo, madre, converso con el silencio.

—Petulantico él, desde pequeño.

El niño me salió raro, se quejaba Mamantonia ante sus comadres; el niño se cree rana, se cree oveja, se baña con luz de luna y duerme afuera en las noches. Mi niño se pone flaco, no come nada. Sí como, madre, como semillas del aire.

Desesperaba la madre ante tan severa anomalía de comportamiento. Amaba a este hijo extravagante más que a los otros hijos, más que a sí misma, si tal cosa es posible. Y al mismo tiempo maldecía la hora en que había parido a semejante haragán, o bueno para nada, que no ayudaba en los quehaceres del campo. Y así andaba ella, llenándolo de mimos pero también de reproches hasta que un mal movimiento le torció la espalda —la edad viene con achaques— en calambre doloroso que no se le iba con nada.

Entonces el niño Siri se compadece, deja de cantar con las ranas y acude al lado de su Mamantonia, la accidentada. Pone su mano izquierda sobre el calambre lumbar, su mano pequeña y apenas liviana, apenas rozando, como una caricia, como un leve y benéfico calor.

Y viene a suceder que la mujer se endereza, y que el dolor cede, se calman las mil agujas y su espina recupera el vigor de cuando tenía veinte años.

—¿De veras curó a su madre, o desde entonces anda engatusando?

—Un gesto de amor de un hijo siempre nos sana, y si no nos sana, al menos nos alivia.

Quizá no fuera más que eso. Pero a partir de ahí se esparció como incendio la fama del niño prodigio, y su prestigio de milagrero rodó de boca en boca por las muchas bocas de las veintisiete tribus del desierto.

Lo arrancan de las faldas de la madre, lo montan en caravana y empiezan a llevarlo de aquí para allá, como a maleta de loco, para que cure de ciática al uno y al otro de fiebre tifoidea, de diabetes al patriarca, de sífilis al obispo y de frigidez a su favorita: a toda enfermedad le hace el intento el niño, hasta aquellas que aún no han sido descubiertas. Echa a andar por los caminos, como leyenda viva de santidad, y a su casa materna ya no regresa.

Dicen que esta Mamantonia, nunca conforme con la pérdida del hijo, desde entonces lo busca por el desierto y sus alrededores. Dicen que la ven vagabundear, llora que llora y llame que llame.

El Consejo del Influyente escucha testimonios, redacta legajos, delibera. El objeto único de sus desvelos es aquel hombre sin techo que vive en lo alto de una columna, a las afueras del pueblo.

Desde la soledad de su mirador, el Siríaco desafía a la noche y se atiene a las consecuencias: ante él se abre un abismo de maravillas y de terrores. Suya es la lucidez; las cobijas son nuestra ceguera. Al Siríaco no lo vemos pero contamos con su presencia, que palpita al fondo de las plazas, por encima de la última fila de tejados, detrás de los muladares, los desguazaderos, el matadero municipal y los huertos de tomate y berenjena.

No todos los consejeros confían en que este hombre se mantenga libre de caída, o pecado. Dicen que lo sienten débil y proclive a la añoranza, y que en ciertas noches lo escuchan lamentarse, incluso llamar como un crío a su madre.

Hay quien le recomienda a Olibrios, o Nemérodes, que busque por otros pueblos y haga traer de lejos a otro santo varón, más familiar, menos estrambótico. Al Siríaco le objetan que en él santidad y perversión van de la mano; dicen que dialoga con Dios y guerrea contra el demonio, o a veces lo contrario. Ojo con la extrema bondad del Estilita —desde Halicarnaso mandan la voz de alerta—, mucho ojo con eso, porque *la Divinidad tiende a abatir todo lo que descuella en demasía*.

Se confunde el durmiente: todo en su sueño viene de ida y vuelta. El Bien y el Mal conviven indistintamente.

Las cosas con el Siríaco no se facilitan: grave decisión esta que tendrá que tomar Olibrios, la de poner el futuro del reino en manos de quien *habita en el umbral de la locura, o de la lucidez absoluta* (según dice A. A. Álvarez). Desnudo y esquelético a punta de hambre, el hombre de la columna tiene la piel llagada y todo él apesta y supura. Dicen que no puede ser bendito quien abandona y maltrata su propio cuerpo de esa manera, erigiéndose en altar al sufrimiento mismo: *el dolor es sacralidad salvaje* (dice Le Breton).

Y del Siríaco murmuran que venera el dolor como otros veneran al Cristo.

—¿No viene siendo lo mismo?

—Es lo mismo, pero no es igual.

Encaramado en su mástil, echando luz como un faro, el Siríaco permanece de pie, solitario como el chulo del diluvio.

Esos consejeros que dudan de la santidad del Estilita: quizá estén en lo cierto. ¿Qué busca este hombre, por qué se empeña en ver más que los demás, quién le autoriza a escudriñar los misterios? ¿Acaso tiene brújula que lo guíe, para no perderse en las alturas del pánico? Sopla el viento en lo alto de su pedestal y agita sus pelos ralos. Su audacia perturba. Vive en estado puro de fosforescencia cerebral, y un ángel inflama su sistema nervioso. Sus pretensiones se salen locamente del molde: su cabeza enorme pretende tocar el cielo.

El Siríaco: pararrayos del universo. ¿Podrá aguantar las descargas del cosmos, sus eructos feroces, sus vómitos volcánicos?

Lo fundamental aquí viene siendo su compromiso y las posibilidades de cumplirlo. Este hombre se ha comprometido a que mientras tenga vida no bajará de su pedestal; ha hecho ese juramento ante quien considera un ser altísimo (mil millones de veces más alto que él mismo). No bajará el Siríaco, pase lo que pase: ésa es su sagrada promesa.

—Y si se baja, ¿peca?

—Peca mortalísimamente.

En este punto conviene insistir: si el santo peca, se nos viene Gebrayel y desata un sálvese quien pueda.

—Gebrayel el Oscuro. Gebrayel el Arcaico, el Innombrable.

—Acabas de nombrarlo...

—Mala vaina.

Los consejeros le recomiendan a Olibrios poner a prueba al sujeto; montarle una trampa que permita calibrarlo. ¿Cuál ha de ser? Lo clásico. Una mujer, desde luego; ésa será la cáscara de plátano. La trampa está orquestada, y ahora falta que caiga la noche llenando el mundo de miedos. *La oscuridad hierve de posibilidades, todas ellas indeseables* (dice Álvarez). Pesa sobre el desierto una quietud aplastante, y del fondo sale una figura solitaria con una lámpara en la mano. El halo de luz la rodea, como a estrella pálida. Desde lo alto de su columna, el Siríaco la divisa en la distancia. Va cubierta de pies a cabeza, pero su forma de andar devela que se trata de una hembra. Monedas falsas y cuentas de vidrio le cuelgan del cuello, y tintinean. Contra la sorda inmensidad de la nada, suena dulce el repicar de baratijas. El Siríaco imagina un calzoncito de esos que llaman hilo dental apretado entre las nalgas portentosas, y en los tobillos de la hembra prefigura arracadas de cobre que pesan como argollas de esclavo. Todo eso lo inquieta sobremanera.

Quizá bajo el manto la visión venga desnuda: se cruza ese pensamiento por la mente del santo, y su alma se encoge ante el aguijonazo. ¿Estará de veras nuda bajo su cortina de velos negros, o habrá hecho quizás como las yemenitas, que se tapan enteras pero llevan debajo los negligés amarillos con encajes violeta que compran a escondidas del marido en los bazares de Sana'a?

—¡Peca de pensamiento! Ese santón no es confiable. Además, ya no existe Sana'a, hace poco la bombardearon.

La hembra nocturna zumba alrededor del santo como una mosca, espejea ante sus ojos y lo encandila como porno cibernético. Este santón devoraría insaciable video tras video: se amanecería buscando a Dios entre unas piernas rubias, abiertas en ángulo de noventa grados ante sus ojos.

—Su ojo, querrán decir. Sólo le queda uno.

Los desvelados y los tísicos, únicos despiertos a esta hora (aparte de los consejeros de Olibrios), alcanzan a ver por el ventanuco cómo afuera el santo alza los brazos al cielo e implora perdón. Mi amado Señor, grita, déjame saber si eres Tú, o es el Otro, quien así me hace flaquear.

¿Eres real?, atina a preguntarle el santo a la hembra nocturna, y ésta le contesta con una risotada que no es femenina.

Ya logra el Siríaco convencerse de la catadura non sancta del íncubo que tiene delante, y empeña todo su fervor en rogarle a Dios que le dé fortaleza para resistir.

Ha pecado. ¡Ha pecado! Ahora sí, ha pecado, lo acusan de impostor sus detractores.

¡Vade retro, lupa!, le grita el santo a la hembra, y logra sobreponerse. Se encierra dentro de sí y recupera contacto con la tersa placidez del silencio.

—¿Pasó entonces la prueba?

—Escasamente. Aun así se mantiene como primer candidato en la lista de Olibrios, aunque sólo sea por falta de otros postulantes.

El durmiente recupera la manta, que se le ha caído al suelo. Sigue durmiendo.

Alguien dice: Para mí que el Estilita vuela de fiebre. Llamen a la Cruz Roja o a Médicos sin Fronteras, que lo bajen de allá los bomberos.

Una eternidad más tarde, rendido de cansancio tras emociones tan intensas, el Siríaco cierra su único ojo y se deja llevar por el sueño. Un sueño dentro de otro.

—¿No dicen acaso que nunca duerme?

—Medio cabecea a ratos, pero siempre de pie. Nunca duerme del todo, o nunca acaba de estar despierto. Quien nunca duerme escucha voces, para bien si son benignas, venidas de las alturas. Pero pueden ser amenazantes, obscenas como lenguas de fuego.

Los francotiradores se ensañan entre tanto en Alepo. Tan de lejos le llega el fragor al Siríaco, que confunde las ráfagas de metralla con ráfagas de viento.

—Peca por indiferencia.

O no. Pese a su retraimiento, parece saber bien lo que ocurre aquí abajo. El sol lo sofríe inmisericorde: no hay techo ni turbante sobre su cabeza, ni siquiera una cachucha de beisbol. Antes llevaba un capuchón de cuero, que el viento deshizo en jirones y acabó por arrancárselo.

Solo, bajo la resolana, el Siríaco murmura la cantinela de un *mea culpa*. Por mi culpa, por mi culpa, por mi grandísima culpa.

El durmiente puede escucharlo; ahora el sueño le viene sonorizado.

—Con qué culpa carga el santo, si es cierto que lo es.

Hay quien cree adivinarlo. Se cruzan apuestas al respecto.

Le advierten a Olibrios, el Influyente: Desde que al Siríaco le salió competencia, se ha ido convirtiendo en fenómeno de feria. Lo acusan de explotar para sus propios fines el deporte del dolor —espeluznante—, la morbosidad de la llaga y la fascinación que ejerce la sangre cuando se sale de cauce.

Son tantos los curiosos que vienen a verlo, que la minúscula aldea de Telendos, o Telanisos, antes volcada sobre sí misma y apretada como una nuez en el siempre igual de sus hábitos rurales, se ha vuelto un revoltijo donde ya nadie conoce a su vecino. Lugar de tránsito, cruce de caminos, remolino de peregrinajes, meca de aventureros, comerciantes de especias, bandidos, enfermos terminales, buscafortunas, meretrices, suplicantes, profetas de ocasión, oportunistas y mercenarios. Eso es Telendos. Y en el centro del turbión, Siríaco el Estilita.

Otros lugares también cuentan con fenómeno propio. Tienen su foco de atracción, su estrellita en la Guía Michelin, su particularidad que los hace únicos en medio de la monotonía de estas desolaciones. Hacia el sur, las gentes van en caravana a tocar la esfinge, un león de piedra que ruge sobre su pedestal. Hacia el oeste se arremolinan en torno a los adoradores del Falo, que trepan por monolitos erigidos a imagen y semejanza de penes gigantes. Los del norte se entusiasman con las procesiones de flagelantes que exhiben las espaldas rotas a latigazos. Los demás se quedan en casa, escuchando por televisión la encíclica de Francisco.

¿Ha tenido que esforzarse el Siríaco, renovar su catálogo de martirios, para no perder audiencia, impedir que empalidezca su mérito? Hay que reconocerle que ha sido el primero; es de su autoría la original idea de encaramarse y permanecer arriba. Tan es así, que para él se acuñó el término *estilita,* del griego *stylos,* o pilar, que después aparecerá en los diccionarios.

Ahora hay más competencia. A lo ancho del desierto han brotado como maleza las ruinas romanas, cada ruina tiene su columna, y a cada columna se encarama un profeta. Aunque la mayoría desiste a los pocos meses y desciende; se ha visto que los novatos no aguantan la prueba.

Ansia de fama y notoriedad, dictaminan los consejeros, sed de admiración y aplausos.

La vanidad del Siríaco, ¿es acaso urgencia de verse ungido como el más sufridor, el campeón de los dolores, el que derrama más lágrimas? ¿Se exhibe como un boxeador que en el ring ostenta su aguante al castigo y deja al descubierto los daños recibidos, como si fueran medallas?

El durmiente no tiene la respuesta. Sin despertar estira el brazo, agarra el vaso de agua, toma un poco.

*

—¿Y en qué reside su fuerza, su poder de convicción? ¿Cómo puede un santón pestilente y desmechado ejercer tal influjo sobre la gente?

En tiempos que veneran el dolor y admiran el sufrimiento, el Siríaco es superhéroe. Anoche, sin ir más lejos. No nos dejaba dormir el frío: castañeteaban los dientes de nuestros hijos. Ya queríamos maldecir al invierno por su crueldad y al Dios cruel que lo hizo, y en ésas miramos por la ventana y lo vimos. Vimos al santo allá afuera, a la luz de la luna, como una aparición, o un fantasma, blanco él de escarcha, con las barbas colgando en carámbanos y moteadas de nieve las pestañas, figurita de hielo que apenas respiraba en medio de la bruma. Y bastó con esa visión para reconfortarnos, y abrazamos a nuestros hijos para infundirles calor, y agradecimos la ayuda discreta de las mantas de lana y de los calcetines, y del fuego en la estufa, y del techo sobre nuestras cabezas. Bastó con eso.

El Siríaco es dueño del paisaje. Domina desde lo alto las lejanías del Levante. Los arbustos espinosos, los tejos, los tilos y los abetos, las flores silvestres de mayo, los mantos de nieve en diciembre. El erial sembrado de arcos. Las tumbas de piedra.

—¿Y las frutas del pistacho, y los higos?

Desde niño no los prueba. A veces los recuerda cariñosamente, pero luego espanta esas nostalgias como si fueran moscas. Ya no sabe a qué saben los higos, ni cuál era el dulzor de los dátiles. Si es que alguna vez se los llevó a la boca.

—¿Quién lo acompaña al anochecer, cuando el pueblo se retira al descanso?

Lo acompañan los lobos, las mofetas, los chacales con sus hembras, las hienas con sus machos y sus crías, los venados. Se le acercan los osos que escapan de los circos. Y el hámster dorado, originario de Siria y ahora mascota de los niños europeos. Del Siríaco se rumora que es el dueño del tiempo, y que desde su poste ve lo venidero como si fuera un antes. Es lo que asegura Adonis, el poeta sirio. Y que echados a sus pies no están la vida o la muerte, sino el entreambos.

—Ya viene siendo tiempo del segundo presagio.

En efecto, el segundo presagio ya va asomando. Lo presencia Olibrios, el Influyente, y se le paran los pelos de punta. También sus súbditos ven el fenómeno, que empieza a desenvolverse.

—Y qué ven, exactamente.

Exactamente no lo sabemos, la percepción del asunto viene según quién. Las versiones coinciden, sin embargo, en una aparición más corta que la primera, pero igualmente admonitoria. Se trata esta vez de una gran tolda en medio del desierto: la carpa de un circo.

Música alegre y banderines de colores anuncian el espectáculo. Es larga la cola de quienes esperan frente a la taquilla para comprar su boleto. Aturde un fuerte olor a aserrín, a pop corn, a orines de fiera. Al público lo recibe el Gran Yusy, pulsador de alturas.

Adentro se extiende una fila de jaulas a lo largo de un corredor con ventiladores. Entre las jaulas hay seres desnudos, ateridos, amarrados. Doblados en dos, obligados a mostrar el culo y a andar en cuatro patas. Están empapados y su piel se eriza bajo los reflectores. El público adolescente circula por ese corredor y no pierde detalle. A los enjaulados, que han sido cegados con vendajes, les tiran a la cara palomitas de maíz y les gritan sucios, sucios, dirty, dirty. Un letrero titila en neón con el nombre del espectáculo: MAN IN THE HOOD, el tipo de la capucha.

Llega por fin lo más esperado, la particularidad que hace famoso a este circo. El Gran Yusy reparte volantes que dicen EVERYTHING GOES, todo vale, animando a la concurrencia a participar; el espectáculo es interactivo. El público toma cerveza, toma Red Bull, se emociona, grita de entusiasmo, se excita locamente. El cielo de Telanisos se enciende. Los encapuchados, en cadenas, están al alcance de la mano. Treat them like dogs!, invita el Gran Yusy a la concurrencia, trátalos como a perros, make their lives a living hell, ¡vuélveles la vida un infierno!

Una muchacha embarazada pone la bota sobre la cabeza de uno de los enjaulados, le encaja por detrás un bastón fosforescente, se toma un selfie —todos se toman muchos selfies— y lo manda por señal satelital a casa, look, mom, look, dad, what a lot of fun, miren qué divertido.

Resuena una voz como salida de una de esas camionetas que recorren los barrios vendiendo cacharros por altoparlante. Esto es no más que un anuncio —vocifera el locutor del megáfono—, preparaos todos, porque lo que ha de venir aún no llega.

Le llegan las fotos por WhatsApp al durmiente.

Por mi culpa, dice en su altura el santo, por mi grandísima culpa.

Nemérodes, también conocido como Olibrios, insulta a los consejeros con palabras soeces. Los amenaza de muerte por haber sido incapaces de llegar a un veredicto sobre el santón que traen en entredicho. Se acerca Gebrayel el Arcaico, advierte, ya nos dejó ver su cabellera y pronto vendrá todo él entero, trayendo consigo a sus bestias hambrientas.

Aquí, una pausa: un descanso para recuperar el resuello. Tal vez el durmiente quiera levantarse un momento para pasar al baño.

*

—¿Un ojo sin santo?

—O un santo sin ojo. Su cuenca vacía es el agujero por el que pasa silbando el tiempo.

En lo alto del pedestal, el Siríaco se deja mecer por el viento, ignorante de la ley de gravedad.

—¿Y no se aburre el Siríaco, tan solitario?

Medita en el límite azul, en la frontera imposible de todas las cosas. Padre nuestro que estás en los cielos, le rezan las gentes a Dios, y al Siríaco le rezan: Pequeño padre que estás en los cielos, también allá, tú muy arriba aunque un poco más abajo que Dios, en tu pupila nacen y espejean los cielos de Telanisos, pululantes de ángeles, y la arena del desierto anida en la doble cueva de tus pulmones y en los caracoles resecos de tus orejas, amén.

—¿Y es ciego ante los presagios? Ya van dos, y él no se entera... ¿Acaso no los descifra?

—Que los ve, los ve; en ésas se la pasa. Pero para él son cosa común; digiere pronósticos apocalípticos como quien lee el diario de cada mañana.

Desde su región más transparente, el Siríaco siente al mundo pequeño y lejano. Con ternura rayana en la condescendencia, observa el quehacer incesante de quienes se emplean en los oficios ordinarios: los oficinistas, los asaltantes, las meretrices, las aguateras. Los que se encargan de las labores de abajo. Él entrecierra el ojo y los bendice: los siglos son un instante en el leve movimiento de su mano.

Se dice que flota en olor de santidad. Hay quienes observan que su cuerpo magro apesta, y que el hedor se extiende como olas de calor. Carcomido está el santo por la lepra de monte. Supuran los pliegues de su piel, curtida y rugosa como un tronco. En sus viejas heridas ponen huevos los gusanos.

Antiguo y aterrador es el tufo de la santidad.

Pero también son muchos los atraídos por el almizcle meloso y floral que emana de su persona. Olor a rosas invisibles invade su alrededor y convoca a la turbamulta que viene a abrevar en él, como enjambre de abejas.

Deleitoso es el aroma de la santidad.

Por los lados de Ayn al-Arab, un muchacho viola a una muchacha y luego le cercena la cabeza, que exhibe victorioso como trofeo de caza. Pese a su situación, el rostro de ella sigue siendo hermoso. Se le han entrecerrado los ojos y afilado las facciones, y la palidez extrema de su piel vidriada le imprime un aspecto de Virgen de mosaico. El muchacho no es verdugo, ni siquiera carnicero; es un pastor borracho de guerra.

¡Dónde estás, Mamantonia!, dicen que en casos como ése el Estilita suspira.

—Oye, tú. ¿Y no le cortan las uñas de los pies y de las manos?

Sus uñas se enroscan en serpentina, pardas y fibrosas, como enredadera seca. Hay quien trama cortarlas y promover su venta como suvenir.

—Cosas se han visto.

—Y más todavía.

—¿Prodigios?

—O atrocidades.

Los consejeros más aguzados advierten al Influyente de una mala maña de aquel que se hace pasar por santo: le dicen que ese hombre pretende superar al Cristo.

—¿Es ésa su mácula? ¿La intención de convertir su pilar en una cruz sin brazos?

Él así, como el Cristo en la cruz. Pero más suavemente, más lentamente, respetando la cadencia de los fenómenos naturales. Él, como el Cristo Jesús, aunque no tanto. Mucho menos tanto. Menos dramático, un poco menos sangriento; más afable aunque más prolongado. El Cristo de los cristianos, según lo vamos conociendo, quema todos sus cartuchos en una sola tarde, en un arrebato de agonía absoluta, mayúscula, insoportable. Se inmola en un estallido único, tan portentoso y escandaloso que desde el Calvario alumbra y deslumbra por los siglos de los siglos: como un astro, magnífico y trágico, en el instante de su blackout.

El estilita, en cambio, se toma su drama con parsimonia. Olibrios el Influyente valora esta cualidad. Este Siríaco va bebiendo su cáliz con cuentagotas, dice.

Y es cierto. Suyo es el desgaste apacible de la rueda del molino, suyos la paciencia del camello y el aguante de la roca. Suyo el sufrimiento circular, nunca definitivo; a veces intolerable, a veces satisfactorio.

Dolor y placer se funden en el sueño del durmiente, territorio difuso donde las cosas pierden sus contornos.

Así, el Estilita de Telanisos. Autoexiliado —o entronizado— en lo alto de su stylos, como el gallo en la veleta, como el gaviero en su mástil. Así él, el Siríaco, amo de la panorámica, expuesto él mismo a la vista del pueblo en su mínimo escenario: un metro cuadrado de plataforma, elevada cuatro varas sobre las ondulaciones doradas del desierto.

*

Hoy cumple el Siríaco seis meses y seis días de permanecer parado y estático sobre su pierna izquierda. Hoy es fiesta mayor en la comarca: la riada humana se desborda. Han traído a sus enfermos y esperan portentos. Hoy se cumple la fecha en que el Estilita cambiará de pierna.

A bocanadas, la arena se traga el sol del ocaso.

El durmiente da vueltas en su cama sin encontrar acomodo: su sueño se torna inquietante y confuso.

*

Al llegar a adolescente, el Siri se cansó de hacer milagros y echó a andar en solitario. Y ahí empieza la leyenda de sus travesías por el desierto, de su reclusión en guaridas de fiera, de su no comer ni meterse con nadie, ni conocer mujer, ni cubrirse con ropa. Y de la decisión que acaba encaramándolo en lo alto de una columna.

—Sospechoso invento.

—Pero ya le digo, a él le cabe la gloria de haber sido el primero. Después cundió el ejemplo.

—¿En qué habla el Siríaco? ¿En arameo?

Casi no habla. Sólo se le oye murmurar el mea culpa, y ése va en latín.

—Pero dicen que dice. Cosas, a veces. Lecciones, o advertencias. La gente no las entiende, pero las interpreta como grandes verdades.

A una mujer yazidí, que llaman Rosa de Anáplux y que todas las mañanas asoma por los arcos a echarles bayas a los pavos reales, el santo le gritó desde su cuchitril en lo alto: Señora, señora —o el equivalente en arameo, d'baita, d'baita—, señora, d'baita, ¡espabila!, ¡no alimentes con migajón a los leopardos!

En otra ocasión le escucharon decir con voz ensimismada: Como me descuide, me quedo dormido y me voy de culo de aquí para abajo.

—Pertinente advertencia.

No le hacen falta palabras, en todo caso: *Alto como una estrella en su desnudez* —dice José Emilio—, la verdad que se impone es la de su presencia.

—Y aquella Mamantonia, la mujer de la espalda torcida, ¿nunca volvió a ver a su hijo favorito?

—Larga historia.

—¿Larga y triste?

—Agridulce y larga.

—Contra su propia madre pecó el Estilita. Los mandamientos ordenan honrar a padre y madre.

Pecó como cualquiera. Contra nuestra madre todos pecamos, al no lograr quererla y menos cuidarla como ella nos cuidó y nos quiso. No será eso lo que descalifique al santo.

—¿Cómo se encaramó por primera vez a la columna?

Y sobre todo, ¿para qué diablos lo hizo? Cabría armar así la frase, si no fuera impertinente mencionar al Maligno en medio de esta historia. Porque el Maligno la merodea, la muerde por los bordes, la empaña con su aliento. Eso hay que saberlo. Donde hay extrema bondad, las caídas son más hondas.

Dicen que el Siríaco se encaramó bregando a escapar de su propia fama. Le arrancaban la ropa para hacerse relicarios, y hasta tiras de piel y mechones de pelo. Dondequiera que fuera, hasta allá le llegaban, prendían cirios en su loor, quemaban incienso para alabarlo. Pretendían que cantara con guitarra eléctrica. Exigían de él curaciones y quimeras, montaban en cólera si éstas no resultaban, y le gritaban al santo farsante y embustero.

Lo único que él ansiaba era estar solo y andar lejos, midiendo sus propias fuerzas y retando al dolor en sus límites extremos.

—Eso de rebuscar en el dolor... Yo digo que son malas mañas.

Dicen que aprendió a utilizar su propio cuerpo como laboratorio, para que el dolor lo fuera llevando por caminos luminosos de salud ultramundana. Y que tras mucho golpear a la puerta de lo intolerable, le fue dado visitar los parajes secretos de Juan el Extático, oscuros por fuera e inflamados por dentro: las ínsulas extrañas, los ríos sonorosos, los huertos deseados, las cuevas de leones, los lechos floridos. Parece ser que el Siríaco descubrió la ciencia secreta —por no decir demoníaca— de hurgar en el dolor para encontrar el éxtasis.

—Suena a pecado mortal, eso del éxtasis. O a droga de discoteca.

Dicen que a punta de estómago vacío supo a qué sabe el pan de los ángeles.

Penetró en las tumbas y se refugió en ellas. Y dicen que fue yaciendo como cadáver en el inframundo, y encajando sus huesos en lo hondo de lo negro y de lo húmedo, como aprendió a no temerle a la muerte.

Dicen los que saben que fue luego, o sea después de eso, cuando tramó el asunto de la columna. Ya le había probado el gusto al abajo y ahora deseaba beber las alturas, y se encaramó a su poste para enterrarse en el cielo, valga decir encielarse. Dicen que en el vértigo del aire aprendió a perderle miedo a la vida.

—Para mí la cosa es más sencilla. El santo se encaramó a esa columna para escapar del pecado. Simplemente. Para poner distancia entre su persona y las tentaciones rastreras del mundo y la carne.

Ésa parece una conclusión sensata y no pasa desapercibida para el Influyente, que agarra papel y lápiz y toma nota. Cuanto más alta la columna, más abajo y más lejos la tentación del pecado. Interesante. Un propósito empieza a gestarse en su cabeza, como en el huevo el embrión que luego será pollo.

Todo se refunde en el sueño del durmiente; al no tener bordes, las cosas se tornan en sus opuestos.

Ya está decidido, anuncia el Influyente, superando la dubitadera y sacando a relucir el espíritu práctico que les ha asegurado la supremacía a él y a todos los de su estirpe. Se quedarán con Siríaco, no hay de otra. No ha aparecido un santo mejor que ése. Pero tomarán las debidas precauciones. Lo alejarán en lo posible de todas las ocasiones de incurrir en pecado; le facilitarán la tarea.

Lo primero será construirle una columna bastante más alta y una gota más cómoda; que el padecimiento sea más tolerable y no llegue a quebrarlo. Nada de cambios sustanciales, apenas un techito y un rudimentario mecanismo de desagüe que permita que sus excrementos bajen; que no tenga que seguir sembrado en su propia inmundicia. Pero además no estará solo, el santo; no conviene dejarlo aislado, en los márgenes deprimidos del pueblo, donde tiene acceso a él cualquier pobre diablo que pretenda venirle con tentaciones o iniciativas aviesas.

La nueva columna será erigida en todo el centro del mismísimo patio del palacio, a vista de ojos del balcón del Influyente, y estará defendida día y noche por guardias armados. Y habrá que tomar ciertas medidas administrativas: las básicas.

Se acabó, por ejemplo, ese escándalo de hombres y mujeres revueltos. Se organizará un acceso central para varones, que podrán observar al santo de frente; para las mujeres se acondicionará un espacio trasero desde el cual podrán alabarlo pero no verlo, y menos aún mostrársele para provocarlo. Las mujeres detrás, donde corresponde. Y se acabó también el quilombo de carpas y toldos hacinados por doquier, en camping improvisado y espontáneo; de ahora en adelante, alrededor del patio, equidistantes de la columna, se construirán albergues para peregrinos, de cuatro, tres y dos estrellas, y dormitorios colectivos para los indigentes. En síntesis, y visto de conjunto, habrá un gran hábitat diseñado en términos más atractivos, en condiciones modernas e higiénicas, con bazares, tiendas de suvenires, aseos públicos y complejo monástico. Todo para resaltar la importancia del santo, para que él sea el propio centro del complejo y al mismo tiempo se encuentre más a gusto, o al menos no tan incómodo. Y menos a su aire, es decir, donde haya posibilidad de controlarlo un poco, mejor dicho colaborarle, ponerse a sus órdenes si la cosa se le está saliendo de las manos.

Ante la iniciativa del Influyente, el Consejo se divide; la mayoría aplaude sin reservas, pero unos cuantos señalan un inconveniente insuperable. No podemos trasladarlo a otra columna, objetan. Tendríamos que bajarlo de la actual y así incumpliría el juramento: incurriría en ese pecado enorme.

A Olibrios no lo agarran corto con nimiedades; nadie le salta largo. No por nada los que mandan, mandan: saben pensar más rápido. De antemano el Influyente trae el problemita debidamente resuelto: hará construir un puente de la punta de la vieja columna a la punta de la nueva, y así el Siríaco podrá pasar de una a otra sin tener que bajarse en ningún momento.

Ahora sí, el clamor es unánime. El Influyente se ha dejado venir con la solución perfecta, en todo sentido. El Consejo se pone de pie para aplaudir su astucia. Manos a la obra, entonces; para ayer es tarde.

¿Y si el Siríaco no está de acuerdo?, en el fondo de la sala suena, tímido, ese interrogante.

Ya nos encargaremos, asegura Olibrios. Ya nos encargaremos.

El durmiente da vueltas en su cama, inquieto. La sábana se enrosca entre sus piernas. Debe tener agruras, o pesadillas.

*

Entre tanto, Mamantonia busca al hijo con ahínco. Ha dejado atrás casa, tierra y cabras, en abandono de los demás hijos, para correr mundo tras el más amado. Lo pregunta dondequiera que llega, y donde pregunta escucha versiones. Indicaciones vagas. Que lo vieron comiendo lechuga en las ruinas de una Alepo destruida por las bombas. Que anda flaco como una gata y no se mete con nadie. O por el contrario, que relumbra de bondad y derrama gracias y curaciones. Se contradicen las gentes, no se ponen de acuerdo. Lo describen como un milagrero, un monje rayado, un paranoico, un ermitaño, un líder de multitudes, un antisocial, un sujeto peligroso, un anacoreta, un salvador redivivo, un guerrillero enmontado, un prodigio de santidad. Un nuevo Jesucristo, o un demonio.

A la madre, pobre mujer, le ponen la cabeza como un bombo con tanto cotorreo, y la mandan tras huellas falsas. Cuando llega por fin a un paradero auténtico, hace varios veranos que el hijo se fue de allí y anda por otros rumbos.

Ella lo llama a gritos por las montañas: ¡Siiiiriiiii!

Hay quien compadece su angustia de madre y le ofrece un buñuelo o un tazón de mazamorra, o la deja pernoctar en su cocina. Los demás ni oyen sus lamentos ni se percatan de sus urgencias; éstos no son tiempos ni lugares que tengan a las mujeres en cuenta.

—¿Nunca encuentra al hijo?

—No se me anticipe.

En algún momento, ella escucha hablar de una cierta aldea, Telendos, o Telanisos, donde causa revuelo un santón que bala como una oveja y trina como los pájaros. ¡Ése es el mío! Enseguida lo sabe Mamantonia: su pecho por poco estalla. Y hacia allá se encamina.

Se va acercando al lugar por entre un arrume de andamios, grúas, jumentos de carga, cimientos, excavaciones, polispastos, descargas de cemento y piedras; mucho revuelo y mucho polvero. Está claro que aquí andan construyendo algo importante, quizá una pirámide, o un teatro de la ópera, o una terminal de trenes... Sucede que, dada la extrema premura de las circunstancias, el Influyente le ha encargado su megaproyecto arquitectónico a dos grandes empresas constructoras, siete peritos y veintiocho capataces, que a golpes de látigo movilizan a trescientos albañiles y a una innumerable cantidad de mulas y caballos de carga, sin contar a los extras, o alarifes auxiliares, a quienes sólo se les paga con salchichón y cerveza. Las obras van avanzando al ritmo deseado y sin grandes descalabros: el propio Olibrios se encarga de que así sea, supervisando personalmente hasta el último detalle.

*

Mamantonia se abre paso a codazos, esquivando a los hombres que cargan ladrillos, evitando caer en las zanjas, maldiciendo a los mulos que amenazan con arrollarla.

De este punto en adelante, las mujeres no pasan, se le atraviesa un guardia con bigotes y ojillos de nutria, pantorrillas poderosas y sandalias griegas.

Vengo a ver al santo, implora ella, no más eso, no vengo a más, deja pasar a esta pobre vieja.

Ya no se puede.

Vengo a traerle estas lechuguitas, mira, se las hago llegar y ahí mismo me retiro, para no molestar a nadie. Mamantonia le besa las manos al chafarote, pero éste no se conmueve y la saca a empellones.

—Las mujeres atrás, ya le dije.

Ella se escabulle, avanza en cuatro patas, se hace la invisible, pretende colarse por entre las piernas de la autoridad: al fin de cuentas, a una cucha en chanclas no la nota nadie. Pero sí que la pillan y la sacan de allí y la mandan a la explanada trasera, la que han designado para el mujererío.

Que se tenga de atrás el que no sepa lo testarudo que puede llegar a ser el amor de madre. Y si es emperrado el hijo que esta señora parió, ella es más empecinada todavía, y no va a dejar que la derroten tan fácil. Y menos ahora, cuando por fin cree haber encontrado rastro de su Siri.

Mamantonia es lo que llaman una mujer recursiva: la vida le ha enseñado a serlo. Se echa por la cabeza su rebozo de bolita, que tiene más años que ella, se pone de pie, se frota las manos —hinchadas las coyunturas en los dedos flaquitos— y se dedica a rebuscarse a orillas de la megaconstrucción un rinconcito propio, preferiblemente en loma para que no se encharque. Con cuatro palos y un lienzo se monta una tienda con fogón en medio, y se instala a vivir: se abre su espacio, discreto, en la inmensidad del universo mundo y en medio de la montonera.

Y ahí se propone esperar. Hasta que San Juan agache el dedo, o sea para siempre si fuera necesario. Si no estuviera yo tan jodidamente vieja, piensa.

Va chancleteando de acá para allá por entre el apretuje de gente, se roba de la obra unos azulejos y algo de cemento, se gestiona un poco de agua, alguien le presta una cazuela abollada, otro le socorre una manta, y deje y verá que por ahí debe haber un tronquito, alguna cosa que le sirva de almohada, y así va Mamantonia, juntando chamizos para prender un fuego y hervirse un caldo. Más le vale conseguirse un buen garrote para ahuyentar a los lobos que merodean en la noche, y ahí va ella, viendo a ver cómo le hace para instalarse. Su nueva vivienda no será un Four Seasons, pero qué importa. Y se promete a sí misma que no va a morir, que aguantará contra tiempo y marea hasta llegar al hijo, pase lo que pase. Viviré para ver ese día, le dice a quien quiera oírla.

A tarraditos va trayendo tierra negra y se organiza una minihuerta donde siembra verduras, que, según le han dicho, es lo único que come el anacoreta. Busca por ahí a algún muchacho que pueda traspasar la barrera de los celadores y llegar al otro lado, acercarse a la columna antigua y hacerle subir al santo un par de pepinos y un ramito de cilantro mediante la soga larga, con polea y canasto, que para ese fin han instalado los discípulos. Pero tiene que ser ya, ¡corra, mijo!, antes de que trasladen al santo a esa otra columna más alta, mire y verá, ya están construyendo el puente que lo llevará de la una a la otra.

¡Corra, mijo, vuele! Grítele que ahí le manda su madre, le pide al emisario.

De día Mamantonia trabaja en su huerta, incansable, y va escuchando los decires que circulan.

Una bola de chismes: que si el Siríaco tal, que si el Siríaco cual. Gracias a las murmuraciones, se pone al tanto de la vida y milagros del hijo de sus entrañas, su existencia santificada de sacrificios y renuncias. Todo eso procesa esta madre coraje, y todo lo traga entero. Pero en las noches no duerme; se queda dándole vueltas a la cuadratura del círculo. No logra entender cómo es posible que Dios necesite y acepte el suplicio de un hombre. Y sobre todo, ¿por qué ese hombre tenía que ser precisamente el Siri? Si tanto te urgía, Dios mío, le reclama, al menos hubieras escogido a otro.

Entre tanto, la magna construcción avanza. Y la nueva columna destinada al Estilita, primordialísimo elemento, va quedando erigida en todo el centro, alta y esbelta como un lirio. Dicen que irá rematada en orden corintio: con fuste acanalado. Y a manera de capitel, tendrá hojas de acanto talladas en mármol. Sobre el capitel ajustarán una plataforma con todo y su barandal y su medio techo, que estará dotada de instalación sanitaria: toda una novedad en materia técnica. Dicen que cuando esté lista, será una pilastra espléndida y sólida, de quince varas de altura, y que en bajo relieve policromado relatará los hechos del Siríaco. Monumento como éste ningún otro estilita tendrá ni tiene.

Se corre la voz de que a la plaza de armas piensan llamarla Times Square, pero enseguida la gente monta chacota y la apoda End of Times Square, o Plaza del Final de los Tiempos, así que las autoridades desestiman el bautizo en esos términos. Barajan más bien otros nombres: Place de la Concorde, Piazza del Popolo, Puerta del Sol, Midan Tahrir, Tenoch-titlan, Plaza de Mayo... Muchas iniciativas y poco acuerdo. Y más vale que se apuren: corre prisa. Y es-tán atorados en esa discutidera, o alegato bizantino, cuando empieza lo bueno. El escándalo de los caba-llos. Recuas de caballos de fuego galopando por el cielo.

—¿Llegó el tercer presagio?

Así es, según la inevitabilidad de las cosas. Con el tercer presagio asoma Gebrayel emberriondado, y ahora sí se despeluca de veras.

¿El tercer aviso, pues?

—Propiamente: Gebrayel emberriondado, que sí se despeluca en forma.

Pero se va dejando venir poco a poco, o por etapas: como toda venganza, se la sirve en frío. Su anuncio va naciendo de madrugada y apenas como rumor: a un Olibrios todavía dormido le llegan hasta la cama con la noticia de que alguien le pren-dió fuego a su bien más preciado, las pesebreras donde alberga a sus cien potrancos de la raza Akhal-Teke, o caballos místicos, tan suaves como la seda y tan brillantes que parece que la luz la llevaran por dentro; bestias siderales, altivas, antiguas, de mira-da inteligente y cabeza afilada al cabo del largo cue-llo arrogante, rasgo que les da cierto aire de pájaro, o de grifo. Animales orgullosos, sabedores de su don: la belleza absoluta. Y estilizados hasta la beati-tud, como pintados por el Greco.

—Que yo sepa, el Greco no pintó caballos.

—Sí que los pintó. Unos cuantos, sobre todo blancos.

En fin, no viene a cuento. Caballada soberbia y digna de los dioses, para decirlo en una sola frase. Y ahora vienen a despertar al Influyente con la novedad de que su mayor tesoro se deshace en ceniza, en medio de grandes carrerones y relinchos.

Por el pueblo también corre la noticia: hay quienes dicen haber visto con sus propios ojos recuas de caballos en llamas que esparcen el incendio y siembran el pánico.

¡Se queman los cien Akhal-Teke, unos de azabache, otros de plata, los demás de oro puro! Arden como demonios de la crin a la cola, echando centellas por ojos y hocico. ¡Se desbocan en alas de locura por estos cielos ardidos, por este desierto en ascuas!

Y es indescriptible el furionón que se agarra el Influyente cuando se entera, él, ya de por sí hipoglucémico y por tanto de pésimas pulgas antes del desayuno. Olibrios el Influyente anda fuera de sí: ahora conoceremos el tamaño de su cólera. ¡Prenderles fuego a sus caballos suntuosos, a los que venera más que a sus amantes nubias! ¡A los que mima más que a sus propios hijos! ¡A los que cepilla él personalmente hasta sacarles relumbre! Esos caballos, los que le han costado de a millón de dólares por cabeza. Dios nos libre de la rabia de los poderosos.

Enseguida el Influyente manda traer a Jordanes, el encargado de sus caballerizas: su magister militum. Y ahí mismo, sin derecho a respingo, hace que lo azoten con un zurriago.

De nada sirve que los consejeros intenten advertirle que no le eche la culpa al servidor fiel, porque los que corren sin control y como hogueras vivas no son sus caballos, sino otros más temibles: los del Apocalipsis. Y que el responsable de eso no es el bueno del Jordanes, alma inocente, sino el propio Gebrayel, que ya se acerca y está mandando su tercer aviso.

Ante este argumento, el Influyente se serena un poco, acepta reflexionar, camina hasta sus establos y comprueba que es cierto, sus caballos dorados siguen ilesos y altivos como esfinges. Pero para todo efecto, es demasiado tarde: Jordanes, magister militum, yace vuelto un guiñapo; ya tiene sus buenos años y es posible que no sobreviva a la paliza.

El durmiente ha tomado Alka-Seltzer, pero su sueño sigue siendo agitado.

*

A Mamantonia las visiones no la amedrentan: qué caballos de fuego ni qué ocho cuartos. Ni corta ni perezosa aprovecha la confusión y el espanto generalizados y, sin pensarlo dos veces, le apunta a su cometido estratégico. Se calza sus huaraches, se arrebuja en su rebozo de bolita y como una sabandija se cuela por debajo de la valla electrificada. Por poco la dejan frita los corrientazos, pero eso no la detiene: pasa al otro lado. Al atravesar terrenos hirsutos y peñascales pierde las chanclas y se corta la planta de los pies con el filo de las rocas. Pero no importa. Sigue corriendo como una sombra hasta llegar a la zona vedada... y allí por fin la ve. A unos ciento cincuenta pasos de distancia, ve la vieja columna con su estilita encaramado.

Y encuentra por fin a su hijo tras haberlo buscado la vida entera: lo encuentra y en ese instante se corta en dos el tiempo de esta historia. Lo encuentra y en él se encuentra, se reconoce y lo reconoce, y cómo podría haber sido de otra manera, si él es carne de su carne y sangre de su sangre, si él es ella misma, sólo que más joven, con otro empaque y embeleco propio.

Encuentra, sí, al hijo de sus entrañas, pero no puede abrazarlo, apretarlo contra sí, curarle el archipiélago de laceraciones, dormirlo en sus brazos, soltarle la ristra de quejas y de reproches que viene acumulando desde hace tanto, cantarle unas cuantas verdades, llamarlo al orden. Nada de eso puede hacer, porque el hijo está lejos del alcance.

Baja, hijo, le ruega, baja un momento, cúrame este dolorón de espalda que me está matando. Como cuando eras niño, ¿recuerdas? Baja, hijo, no seas necio, mira que me estoy volviendo vieja.

—¿Y él baja?

Él no responde. Se encuentra más allá, entregado a su misión, tragando dirigibles y transportado en vuelos cósmicos, o a lo mejor anda absorto en la desbandada de los caballos. Lo mismo da. Él es así: ecuménico. Y en cambio su Mamantonia es una mujeruca tan del común, tan de pie a tierra... Podría cantarle al hijo con guitarrones, como en las serenatas de José Alfredo: *Tú y las nubes me traen muy loca, tú y las nubes me van a matar, yo p'arriba volteo muy poco, tú p'abajo no sabes mirar.*

Qué desgarro en su pecho de madre cuando cae ante el hijo doblada en dos y de rodillas, viendo allá encaramado a su niño, convertido ya casi en cadáver, en fenómeno de feria, en cuerpo maltrecho hasta la agonía, apestoso y demente, esquelético, mechudo y tuerto. Con pañuelo de cuatro nudos en la cabeza, como hincha de Boca. ¡Ay de mi niño lindo! ¡Ay de mi Siri!

Olvidado de sí, el hijo de sus entretelas. Y desde luego olvidado de ella: así lo ve la madre. Allá arriba él, como en un trance. Qué tristeza y qué vergüenza, ni que fuera simio su muchacho. Y se rompería su corazón de madre si no estuviera roto desde hace tiempo.

¡Ay de mi niño, a qué hora te dio por ésas!, le grita ella. ¿Y dices que ésa es tu forma de alabar a Dios? Pues que Dios te perdone, hijo, por el espectáculo impúdico de tu desnudez, y por tus ínfulas. Bájate de ahí, cariño, ya déjate de rarezas, ven que te limpio la cara y te doy de comer, vuelve a casa que no hay quien cuide al rebaño, y tus hermanos resienten mi olvido y tu desprecio. Ya estuvo bueno de indocilidades y de insolencias, yo te perdono, hijo mío, borrón y cuenta nueva, ahora vuelve a casa, vivamos la vida discretamente y con humildad, como Dios manda.

Pero la columna es alta y ella no llega, y por más que le grite, él no atiende ni entiende. Y ella no atina a encontrar la manera.

Lo que está pasando en él —su madre no puede verlo aunque lo tenga delante— es un fuego lento que lo hace arder sin quemarlo. Ha aprendido a vivir tan adentro de sí, que está a años luz por fuera.

Espabila, hijo, se queja ella, que andas borracho.

Borracho de luz, responde él, como hablándole al aire. Y traigo de allá noticias buenas.

De allá dónde, hijo.

De allá, del universo.

Y esas noticias, ¿cuáles serán?

Que todo está bien. Todo está en paz. El Creador extiende su unidad.

Quién te dijo semejante cosa.

Me lo dijo la Voz.

Y qué voz es ésa...

La que me dice: Yo soy la Luz.

Qué más te dice.

Con eso me dice todo.

Y ese alboroto espantoso de caballos, ¿acaso no te enteras?

Sí que lo veía el santo, espléndidamente; desde allá arriba se veía fenomenal, como en cinemascope. Pero aquella visión tremenda no perturbaba su creencia en que *todo horror es sólo una ilusión y Dios se esconde tras él* (Steve Jones).

Y esa voz que habla contigo, insiste la Mamantonia, ¿no te ha dicho acaso que están a punto de sembrarte en el centro del patio más principal para convertirte en bufón del poderoso? ¡Quieren tu alma limpia para trapear el piso, y tú no lo ves! Vamos, hijo, bájate de allá, dile a esa voz que está atrasada de noticias, cómo así que todo bien, si todo va para el carajo. Vámonos, Siri, que en tiempos oscuros es mejor estar en casa.

Se deshace en lágrimas la mujeruca y quisiera ver al hijo con otros ojos, valga decir: verlo como lo ven otros, o como se ve a sí mismo, una cabeza colosal a años luz del resto del cuerpo, tan inmensa y sobrehumana como las cabezas olmecas en las planicies del Papaloapan, o como las testas de piedra de la Cadena del Toro. Es decir, una entidad casi divina, inmensa, a salvo de la corrupción terrena y más allá del bien y del mal. Pero no es eso lo que ve la madre.

¡Ay, hijo mío!, llora ella, y del fondo del pecho le sale un lamento viejo como el mundo: ¡Ayayay!

Ayayay, como había sido antes, tantos años atrás: ayayay, que se cayó mi niño y se raspó un codo, ayayay, que lo picó una avispa, ayayay, que le dan las fiebres de angina o los cólicos de estómago. ¡Ayayay!, como cuando él era muy pequeño y se quejaba... (Dice Le Breton que los primeros vocablos del niño son los del dolor.)

¡Ayayay!

Y ese sonido familiar, tan quedo y tan delgadito, se cuela por el caracol del oído del santo, trayéndole el recuerdo de aquel otro tiempo en que la santidad flotaba sin etiqueta ni nombre, y se daba por descontada.

¿Las ovejas, madre?, pregunta el Siríaco, como si algo muy profundo se hubiera roto en él, o como si algo muy profundo hubiera sido recuperado.

Digamos que las ovejas fueron su magdalena, o algo así: la lente que le permite verse con nuevos ojos y adivinar en su propio afán de alturas el germen de la insolencia. Tal como había advertido el viejo Isaías, profeta de tiempos de antes: *Subirás a los cielos, alzarás tu trono por encima de las estrellas, subirás a la cima de las nubes, querrás ser como el Altísimo.*

Y entonces Siríaco, Estilita de Telendos, toma una decisión. Y desciende.

—¿Se bajó, quiere decir? ¿Se bajó de la columna?

—Así como lo oye. Cuando ve aquella torre tan pretenciosa y encumbrada en la que están a punto de entronizarlo, el santo se echa la bendición y, por la misma soga con que le suben el pan, se va bajando de su tarima, poco a poco, hasta que llega ese momento histórico e irrepetible en el que pone pie a tierra y da el primer paso. *One small step for a man...,* dirá después desde la Luna Armstrong: un pequeño paso para un hombre, un paso inmenso para la humanidad.

El Siríaco ha incurrido por fin en pecado: ahora sí y de manera irrefutable. Por culpa suya y sólo suya, el augurio destructor parece ahora ineludible.

Entre tanto el tercer anuncio estalla en un clímax grandioso: los caballos se desbocan, dejando a su paso deslumbrantes regueros de chispas y océanos de lava. La rebelión de los purasangres anuncia que el día del acabose, triste, solitario y final, ya está encima de las gentes. ¿El punto de no retorno habrá empezado a desenchiparse? Es posible.

Pero no es eso lo que inmuta al Siríaco, para quien no hay pronóstico que valga porque lo venidero ha ocurrido ya, y Armagedón no pasa de ser un desajuste momentáneo en medio de la gran calma de Dios.

—¿Acaso no reconoce su gran pecado?

—Quién sabe. Al fin de cuentas, bajarte de un palo si te da la gana hace parte de los derechos humanos fundamentales.

—Pero rompió la promesa...

—Hay promesas que están hechas para romperlas.

—¿Cuál fue entonces su grandísimo pecado?

—Había algo ostentoso en tanta virtud. Fue la madre quien supo echárselo en cara, pero ya varios veníamos observando la inclinación. Pecado de desmesura, por ahí va la cosa.

—¿Desmesura? Ese pecado no quedó registrado en el decálogo de las Tablas de la Ley.

—Falla de Moisés. Otro gallo nos cantara si lo hubiera incluido, y de número uno.

Pecado de soberbia y desmesura: empeñarse en perseguir un destino que te excede, o hybris, que llaman. Desconocer los límites de lo humano, o pedar por encima del culo, para hablar en cristiano.

—Para qué le caes al santo, habiendo tanto pecador suelto. A mí me gusta ese hombre, peque o no peque. No sólo se está bajando de su columna, sobre todo se está bajando de su propio prestigio. Más difícil todavía.

*

Ahora tendrán que salir corriendo, esa madre y ese hijo; escapar de aquel lugar antes de que pase el aturdimiento debido al desmadre de los caballos, y gentes y autoridades caigan en cuenta que se les escapa el santo.

Si no es ya, van muertos. ¡Rápido, hijo, rápido! Pero cómo va a correr ese hijo suyo, si sus piernas se han olvidado hasta de caminar, tan adiestradas en la quietud extrema y el aguante.

Por primera vez en años no hay nadie por allí, en este paraje siempre atestado de devotos, rezanderas, reporteros, discípulos y aspirantes. El gentío se ha desplazado llevándose consigo la agitación y la alharaca. Los más histéricos corrieron a buscar refugio contra la hecatombe; los más serenos, a buscar posiciones de primera fila para presenciar el fabuloso circo celeste de los caballos de fuego.

El durmiente podrá presenciarlo con comodidad desde su cama.

Hoy, el único milagro es éste: la luz de esta mañana clara que ha de permitirle al Siríaco emprender el descenso clandestinamente y en privado, sin público que monte escándalo, ni guardias que intervengan, ni curiosos que den la voz de alarma. Soledad amable y silencio cómplice que propiciarán el momento en que la madre ayude al hijo a dar sus primeros pasos, como si el tiempo se mordiera la cola y los devolviera a los estadios tempranos y a las enseñanzas de la infancia.

Ella lo llevará prácticamente en brazos, con una delicadeza enorme, como si él fuera de vidrio y pudiera quebrarse, o fuera de barro y pudiera desintegrarse —ya para entonces él no debía pesar ni treinta kilos—, y lo irá guiando palmo a palmo, sirviéndole de bastón, hasta guarecerlo tras unos matorrales. Palabra esa, *matorrales,* propia del trópico y exagerada para estos eriales donde la vegetación, en su mejor faceta, no pasa de ser unas cuantas madejas de espinos, escasas y ralas. Precario el escondite, pero algo es algo.

Allí dejará la Mamantonia a su hijo dilecto, acomodado entre unas pajas cual Niño Dios en pesebre, mientras ella corre a lo que dan sus fuerzas hasta donde se afianzan las obras monumentales. Habría que verla: remozada por la dicha del reencuentro, acicateada por un chutazo de adrenalina e impulsada por el único y fiero propósito del escape, la viejuca volará descalza por esos pedregales con la agilidad y el nervio de una cabra joven.

Las obras cívicas del Influyente, hasta la noche anterior hirvientes de actividad y ruidajón de máquinas y voces de hombres, desde esta madrugada permanecen desiertas y paralizadas, como si el escenario lo hubiera congelado una capa de hielo. Como en el castillo de la Bella Durmiente, o como en Pompeya tras la lluvia inesperada de ceniza, aquí las rutinas y los oficios también han sido dejados de lado. Interrumpido el trasiego de materiales, suspendidos en seco la construcción y el derribo. Abandonados y quietos, como el huso del castillo de marras, han quedado los montacargas y los compactadores, los tacómetros y altímetros, las plomadas y los yunques. Alguien dejó tiradas las sondas, las palas, los clavos, las mazas y cuerdas, las palancas y pisones, los mármoles y granitos, los morteros y maderas. Han huido los quadratarius, los lapidarius, los escultores, los lampistas y los paletas, los arquitectos, los sacamicas: aquí no queda nadie ni se mueve nada.

Atolondrados por igual los capataces y los obreros, los que llevan el látigo y los que ponen la espalda, todos se han unido al resto del pueblo en desbandada general. Desde Olibrios el Influyente hasta sus consejeros, esclavas y caballerangos, no hay quien no corra hacia la explanada donde mejor se observa el despliegue, todos boquiabiertos y atemorizados, mirando el cielo con suprema ansiedad, pendientes de ver qué especifican los pronósticos nefastos.

Sacando provecho de deserción tan extensiva y para ella conveniente, Mamantonia se cuela a esa zona electrificada que trae carteles de OBRAS EN PROCESO, PERDONE LAS MOLESTIAS, y busca lo que trae en mente, hasta que lo encuentra: una carretilla. Le echa mano, se la apropia y con ella baja a donde está el hijo, detrás del espino enmarañado. Le acerca entonces la carretilla, lo ayuda a levantarse y a acomodarse, con chamizos le medio cubre el cuerpo, le oculta el rostro con su rebozo y se vuela con él, desierto adentro.

—Pero ni siquiera una madre tan obstinada puede impedir que la carretilla se le vaya enterrando por esos arenales.

La marcha es lenta y dificultosa, ésa es la verdad. La huida está tardando demasiado.

¡Atrapen a esa vieja, véanla, allá va, atrápenla! ¡Se robó una carretilla, la muy zorra!, el grito de uno de los capataces hubiera podido despertar al mundo, y siguiendo sus órdenes saldrían enseguida dos o tres obreros en la persecuta.

No parecería difícil alcanzar a la infractora: no es mucho lo que puede correr una anciana con una carretilla que se le atasca a cada nada. En un santiamén quedaría cumplida la orden: de dos zancadas habrían llegado hasta ella para atajarla, a ella y al infeliz que llevaba cargado.

—¿Recuperaron entonces la carretilla?

Aseguran que sí. Y que al grito de ¡ladrones!, ¡malparidos rateros!, procedieron a moler a los dos fugitivos a palos. Los molieron, literalmente; nunca mejor utilizado el término. Mataron a golpes y volvieron compota a la mujercita y al desgraciado que iba con ella. A quien por supuesto no reconocen, ni remotamente: ni se les pasa por la cabeza que pueda tratarse del prestigioso santo, tan venerado, tan decisivo para los planes del Influyente en estos momentos cruciales, el único ser que nunca ha pecado —o al menos muy poco—, el emisario de Dios, el asceta de gloria extendida por el Levante y sus vecindades. No barruntaron aquellos hombres a quién estaban liquidando a garrotazo limpio: no lo supieron ni lo sabrán, ni ellos ni nadie.

La muerta era apenas una vieja sin zapatos y sin nombre, y el muerto apenas un despojo, un semicadáver como tantos y tantos que se dejaban venir por aquellos lares, a ver si de pronto la salvación los favorecía, por efectos de la fe o por carambola; uno más entre los que iban llegando comidos de lepra o afectados de tisis o fulminados por los ataques, uno más entre docenas de boquinches, endemoniados, paralíticos, tullidos, sidosos, ciegos o mutilados.

Uno más, y nada más. Al fin de cuentas, Santo Siríaco Estilita, tan afamado, tan importante él y tan milagroso, venía siendo demasiado igual a aquellos miserables urgidos de sus milagros.

Aunque ese mismo argumento no deja de ser cierto si se lo lee en reversa, o sea para el otro lado. Precisamente porque no reconocen al santo, ni se dan cuenta de quién se les escapa, precisamente por eso: los dos prófugos se salvan.

Digamos que los caballos, hasta hace un momento utópica visión o delirio colectivo, empiezan a aterrizar físicamente y a hacer de las suyas, ya corpóreos. Sus patas se han vuelto ruedas de tanque; su lomo, caparazón blindado de armadillo metálico. Y entran a todo galope, ardiendo en rabia y a cañonazos, por las puertas de Telendos, para matar a los primogénitos, pongamos por caso, o exterminar a las veintisiete tribus del desierto, o ejecutar algún otro castigo de los bíblicos.

Y en medio de semejante atafago, no suena verosímil que alguien demuestre preocupación por una vulgar carretilla. Por ahí hace agua esa versión, que se diría oficiosa y amañada. No se conoce el capataz que deje que maten al mayor de sus hijos, o que unos cuadrúpedos le incendien la casa, y todo por recuperar una triste carretilla que al fin de cuentas pertenece al amo. No se le conoce.

—¡Entonces lograron fugarse! La madre y el hijo, ¿se fugaron?

La madre es habilidosa, eso ya se sabe: haciéndose pasar por una del montón, habría ido suplicando: ¡Déjame pasar, se me muere mi hijo, es mi primogénito y está muy enfermo, si no me lo llevo van a liquidarlo estos tanques invasores y atarvanes! O también: ¡Déjame pasar, tú, obrero de la construcción, o tú, guardia pretoriano, ve a ocuparte de tus propios hijos en vez de estar aquí, jodiendo a los ajenos! Y se habría salido con la suya.

—Puede ser, por qué no.

*

Versiones hay varias, y una sola cosa verdadera. Más tarde o más temprano, en medio del desierto yacerán madre e hijo a entera disposición de una manada hambrienta de chacales, que en todo caso un gran banquete no se darán con ese par de flacos: bastarán apenas dos mordiscos para dejar a Telendos, o Telanisos, sin santo que la proteja de la embestida final de Gebrayel, el Malo.

Y a todas éstas, ¿qué va a pasar con el durmiente? Convendría que alguien fuera a despertarlo, al menos para comunicarle el curso reciente de los acontecimientos.

En un montoncito ya calcinado se arrumarán los huesos de la madre, los huesos del hijo, ¿cuál tu fémur, cuál mi cráneo?, ya indistintos y revueltos con los restos de otros muertos silenciosos de la Tierra, o de los nonatos. Como fuera en un principio, cuando todos se hacían bola en un solo ser. O antes todavía, cuando aún no eran nada y flotaban en la levedad más diáfana, donde habrán regresado los dos, y habrán logrado, quizás, la santidad anhelada: serán *lo gris contra lo gris,* copiando *incansablemente el color de la arena* (Watanabe).

—Y entonces, ¿qué hay de los relicarios que circulan con astillas de los huesos del Siríaco?

—Falsos como toda reliquia, irreales como todo santo.

Sin dolores ni contradicciones, sin vanidades y para siempre, madre e hijo serán dos y serán todos, y serán con todos synanceia horrida, o sea piedra entre las piedras, o tigre de Bengala, que sabe mimetizarse en los pastizales. Y no ostentarán honores ni tendrán carnet de identidad, y sabrán desentrañar, ahora sí por fin, el secreto del cenzontle, que imita el trino de otras aves, el ruido de una sierra eléctrica y la detonación de un disparo. Ya podrán esos huesos pelados preguntarle al pájaro políglota: Si yo cantara un aleluya, ¿tú sabrías imitarme? Y el cenzontle repetirá como un eco sus palabras.

El desierto se tragará al Siríaco y a su madre, y nadie hará reliquias con sus restos. Nec spec, nec metu. No habrá esperanza, pero tampoco habrá temor.

Amor sin pies ni cabeza

—Así no puede entrar —me dice una guardiana de la cárcel de mujeres del Buen Pastor—. Si quiere visitar reclusas, vuelva de falda ancha, zapato de tacón plano y sin media pantalón. Nada de joyas, pinzas en el pelo, ganchos o hebillas. Si su reloj es metálico, déjelo en casa. Tiene que traer un pañuelo limpio. Visitas entre semana sólo los miércoles, sólo mujeres y menores, de siete a diez de la mañana.

Presento mi carnet de periodista para que me dejen pasar como estoy, de pantalones y botas de tacón.

—Así no entra, el reglamento es para todas —machaca la guardiana.

En la calle sucia y cerrada al tráfico que lleva al penal, entre kioscos de venta de cigarrillos, diarios y refrescos, los hay también de alquiler de ropa usada. Para las visitantes que no conocen el reglamento y no pueden volver a casa a cambiarse. De unos ganchos de alambre cuelgan faldas amplias de distintas tallas y zapatos planos para todos los pies. Detrás de una cortina han improvisado un espacio para mudarse y un espejo para comprobar el resultado. Entro y me pongo una falda que he escogido, plisada, de color vago. Y unas chanclas que me quedan grandes, pero que parecen menos gastadas que las demás. La dependienta mete mis botas y mis pantalones entre una bolsa plástica que luego cuelga de un clavo numerado, y me entrega una ficha para que reclame mis cosas al salir, cuando devuelva las prendas de alquiler.

Camino de nuevo hacia la puerta del penal, sintiéndome disminuida. Esta ropa que no es la tuya te reduce, te doblega desde el vamos.

Frente a la caseta de ingreso hay una cola de mujeres y de niños. Una guardiana gruesa, embutida en un uniforme azul que apenas le cierra, es la encargada de requisar a las visitantes en busca de droga, de armas, de lo que sea que no deba llegarles a las presas. La requisa es sistemática y a fondo. Es revulsiva, es mortificante. La mujer usa guantes de plástico y ejecuta su trabajo sin asco ni dobles intenciones. Toca y escarba los cuerpos como por rutina, como quien plancha ropa o sella documentos. A todas las visitantes nos dice *mi reina*. Usa fórmulas de condescendencia aprendida, recurriendo al diminutivo, como lo hacen las enfermeras. Dice piernitas en vez de piernas. Utiliza el plural de humildad, como el Papa: Nos abrimos la blusita, mi reina. Nos hacemos a un lado, reinita, y nos vamos quitando la chaqueta. A ver, a ver, ¿qué tenemos entre este bolsillo? Nos desabrochamos el sostén, reinita, y alzamos los brazos.

Pobre fila de pobres reinitas, apabulladas por la vejación. La guardiana no se cambia los guantes de plástico para cada tacto: cuando ausculta orificios, coloca sobre el guante de la mano derecha el *pañuelo*

304

limpio que cada quien ha traído y le va entregando. Su amabilidad de cartilla aumenta el fastidio, las ganas de no estar allí, la vergüenza ajena por esta gente con cara de madrugón y aliento de no haber desayunado, que espera en fila a que la hurguen con dedos enfundados en plástico, y hagan públicas sus celulitis, sus várices, sus cicatrices de viejos golpes o de cirugías mal remendadas. Observo a estas mujeres que, con tal de acompañar un rato a su familiar presa, esperan con resignación a que les ventilen las pequeñas miserias que traían ocultas bajo la ropa hasta este momento solitario y sin orgullo en que las desvisten y les meten mano.

Siento vergüenza también por la guardiana, que se aprieta entre en su uniforme de paño como si fuera armadura; como si quisiera dejar muy claro que a ella no la desviste ni la toquetea nadie. Pobre mujer, con su sucio oficio de violar la intimidad humana.

Se acerca mi turno. Delante de mí pasan dos niños que vienen a visitar a su madre. Me indigno porque también a ellos les sacan los suéteres, les hacen quitar los zapatos. Según se ve, la guardiana ya los conoce.

—Jairito, sumercé por qué no vino la semana pasada —le dice al mayor.

El más pequeño rompe a llorar. Ya me llega el turno, y el malestar se me convierte en náuseas.

—Tenemos listo el pañuelo y abrimos las piernitas —me ordena la mujer.

No soy capaz. Ni traje pañuelo, ni quiero abrir las piernitas. No voy a hacerlo. Estoy a punto de darme media vuelta para largarme, pero lo pienso mejor y recurro de nuevo a mi condición de periodista.

—Vengo a entrevistar a una presa —digo esgrimiendo el carnet, que esta vez surte efecto.

La carcelera me ahorra el *reinita* y el dedo fisgón: me requisa apenas por encima y me deja pasar.

Los edificios del Buen Pastor están pintados de gris ratón y tienen ventanas pequeñas y enrejadas. Están dispuestos en torno a un enorme patio de cemento. Al centro del patio, sobre un pedestal, hay una estatua sobredimensionada de Cristo. Está claro que se trata del buen pastor que le da nombre al penal, porque en la mano lleva un cayado. A su alrededor pacen tres ovejas pétreas que se agachan mansamente hacia el pasto. O lo que sería pasto si todo el patio no estuviera encementado. En las celdas de los edificios circundantes están encerradas las demás ovejas: una sobrepoblación de 2.129 internas.

Me conducen hasta el pabellón de las que pagan condena por homicidio.

El lugar tiene la pulcritud aséptica de un hospital. De niña me costaba entender por qué olían igual dos lugares tan distintos como los hospitales y los circos. En ambos desinfectan con creolina, me explicó mi madre. Ahora descubro que lo hacen también en las cárceles: deben baldear creolina a lo loco, porque esto huele a hospital. O a circo de fieras. *Creolina,* qué palabra tan propia de mi madre. Su vocabulario incluía varias así, en desuso, como creolina, mercurocromo, azul de metileno, chifonier, sapolín. Una puerta pintada al sapolín, decía ella. Nunca supe qué sería el sapolín, pero debe ser sapolín la pintura que prodigaron por el interior de este edificio, espesa y grumosa, color crema chantilly. *Crema chantilly:* también eso lo hubiera dicho mi madre.

Aquí están encerradas ellas, las nuevas Ménades. Aquí las llaman *las peligrosas,* o *las ogras.* Me cae encima el peso de su presencia; pese a muros y rejas, creo sentir en la nuca su respiración espesa. Aunque la verdad es que no se ve gente ni mugre, ni se oye ruido. Es un lugar frío, vacío y desinfectado, como un hospital en horas nocturnas. Espero de pie a que aparezca la persona que debe guiarme. Nadie viene. ¿Se habrán olvidado de mí? Pasa una guardiana, me acerco y digo lo que ya he repetido varias veces, que estoy allí para entrevistar a Emma.

—Ah, sí, Emma. Ya se hizo famosa, la pobre —me dice la mujer y me repite lo que ya me han dicho, que antes debo ver a una trabajadora social que me explicará el procedimiento.

Un rato después aparece la trabajadora social, una mujer menuda, vestida de gris, que pasaría desapercibida si no fuera por su pelo rabiosamente teñido de rojo; un tono antinatural de rojo que tira a amaranto. Me saluda con un apretón de manos y me conduce por el pasillo de las oficinas hasta su escritorio. Allí me hace sentar, me ofrece café y me pide que la espere unos minutos, mientras despacha una emergencia.

Otra vez estoy sola. Me inquieta lo que me espera, el encuentro con Emma. La oveja más negra del buen pastor. La Ménade. La ogra. Y no una cualquiera: una descuartizadora.

La mujer del pelo rojo se está demorando. Enmarcada en el muro tras la silla de su escritorio, tiene una reproducción de *El jardín de las delicias*, del Bosco. Vengo prevenida, será por eso que capturan mi atención los cuerpos retaceados que pululan en el cuadro. Miembros sueltos. Piernas por aquí, culos por allá, brazos que salen de huevos, una oca decapitada, una oreja gigante, un hombre desgarrado por los perros, un pie cortado. Pedazos: la anatomía desintegrada en fragmentos que cobran vida por sí solos, cada uno en desconcierto frente a los demás. Un manicomio de entidades desprendidas del conjunto. El todo despresado, o la rebelión de las partes.

El cuadro me lleva a Felipe Segundo, quien fuera su dueño. Imagino al rey agonizante, toda su anatomía retumbando como una casa ajena, habitada por miembros inconexos: sobre la almohada, la cabeza incendiada en fiebre. Debajo, la espalda abierta en llagas. Por dentro, intestinos retorcidos en espasmos. Abajo, una pierna que evita el roce de las sábanas, porque el mero contacto es insoportable. Cada uno de los reales órganos abrumado por su propio ruido. Y pensar que a lo largo de su vida este Felipe habría sentido hacia el cuerpo roto una verdadera fascinación fetichista que lo llevó a reunir la colección más completa de reliquias de santos, 7.420 en total, desde prepucios hasta muelas, fémures y cráneos, cada una con su correspondiente certificado de autenticidad. Trocitos que provenían de todos los santos y santas que en el mundo han sido, *con excepción de tres,* según consta en inventario. Cada trocito, atroz y reseco, convertido en amuleto milagroso y atesorado en cristal engastado con joyas y metales preciosos. La parte por el todo: sinécdoque.

Emma. Cada trozo por separado. ¿Qué puede llevar a alguien a reducir a otro alguien a pedazos?

El cuerpo y sus partes. Cuando una de las cuatro esposas de Felipe Segundo, no recuerdo cuál, corría riesgo de morir por complicaciones de parto, el rey hizo que metieran en su cama la pierna prodigiosa de algún santo. En México conservan la pierna de Santa Anna, que no fue ninguna santa sino un prócer que quedó mocho en combate. Nada que llega la pelirroja y yo sigo enhebrando pensamientos a mil por hora. ¿Qué harán en los hospitales con los miembros que amputan, los órganos que extraen? Se lo preguntaré a mi sobrino Gonzalo, él es cirujano y debe saber. Oliver Sacks habla de un hombre con un síndrome raro que no le permitía reconocer su propia pierna, y que lo hacía despertar horrorizado ante la presencia en su cama de ese miembro extraño. Otro tanto debió pasarle a la reina de Felipe, y al final para nada, porque el milagro de la curación no se cumplió y ella murió de todas maneras. Me viene a la mente mi amigo Antonio, tras la amputación de una de sus piernas, diciendo que el dolor más severo era el que sentía en la extremidad ausente.

—Casi todas las de homicidio —dice una voz a mis espaldas, y yo, que ando tensa como un tiple, pego un brinco del sobresalto.

Es la trabajadora social del pelo amaranto, que ha regresado. Me dice que casi todas las de homicidio a quien han matado ha sido al marido o al novio.

Mujeres que durante años aguantan las borracheras y las palizas que les propinan sus hombres. Acostumbradas al sexo por las malas de todas las noches, a que les pateen el vientre, a que les rompan la cara, a ellas y a sus hijos. Mujeres que un día se cansan de aguantar y se defienden: responden. A algunas se les va la mano y el tipo se muere. Ésas vienen a parar al Buen Pastor, y acá pasan el resto de sus vidas.

—No le digo que no haya delincuentes y asesinas —deja en claro la pelirroja—. Sí las hay. Y algunas muy malas.

—¿Ogras? —digo.

—*Ogras* es el término que ellas mismas utilizan. Claro que hay ogras. Pero la mayoría de las de homicidio no lo son.

Entra alguien a avisar que Emma ya está abajo. Me dan veinte minutos para entrevistarla.

—Va a ser difícil que le arranque palabra —me advierte la pelirroja—. Los primeros días vino mucho reportero y ella repartió declaraciones a diestra y siniestra. Después los medios dijeron que era un monstruo de crueldad, y ella no quiso hablar más.

En un patio interior, pequeño y cerrado, espera Emma. Ahí la han dejado y ahí se queda, sentada en un banco. Es más joven de lo que yo esperaba: casi adolescente. Lleva puestas unas grandes gafas negras, jeans ceñidos y una camiseta de manga corta, azul desteñido, que deja ver sus brazos fuertes y morenos y le marca unos pechos puntudos, a lo Madonna. Tiene el pelo rizado, al parecer con permanente, y un peinado asombroso: arriba corto salvo el copete, que va parado con gel, los costados rasurados con navaja y lo de atrás largo, en guedejas irregulares que le caen sobre la espalda.

Emma flota ensimismada, como en una burbuja.

No me ha visto, así que aprovecho para observarla. Se aplica a la tarea de comerse las uñas. Les entra por un lado, por el otro, como un perrito royendo hueso. Se come las uñas, los padrastros, los pellejos. Le da y le da, mascando como un pacman. Como si lo disfrutara. *Disfrutar,* verbo que debe significar sacarle el jugo a la fruta. Ella les saca el jugo a sus dedos. ¿Calma su hambre devorándose a sí misma? Me recuerda un cuento japonés de la posguerra sobre un pulpo abandonado en un acuario, en medio de un zoológico destruido y clausurado. Como no hay quien lo alimente, el pulpo se va comiendo uno a uno sus tentáculos hasta que desaparece, y en el acuario queda atrapada para siempre su presencia invisible, presa de eterna insatisfacción.

Y aquí, en medio del rectángulo yermo, esta muchacha sentada, a la espera de nada, como el pulpo insaciable del acuario japonés.

—¿Emma? —la llamo—. ¿Emma?

Ni me responde ni levanta los ojos, que siguen fijos en sus manos comestibles. Le digo que vengo a entrevistarla, pero me ignora. Deja en paz su índice derecho para entrarle con furor al dedo corazón.

Volteo a mirar, y la guardiana ha desaparecido. ¿Me abandonaron en el medio de la plaza, frente a esta leona? Trago saliva. Vamos a ver. Poco a poco. O vamos por partes, como el descuartizador: valga ese chiste tan viejo.

—¿Emma? —insisto con tacto y de lejitos, como para que no vaya a saltarme encima—. ¿Emma? ¿Te molesta que hablemos?

Ahora alza la cara pero mira hacia otro lado, con indolencia manifiesta. Yo capto el mensaje, me está diciendo bien pueda y cáigase muerta, usted para mí no existe.

Como no hallo otra manera de romper el hielo, le pregunto si puedo sacarle fotos. Tampoco contesta, pero advierto en ella un movimiento de cabeza que parecería mostrar disposición. No le intereso yo, pero le llama la atención mi cámara. Estira un poco los labios en trompa, como una pin-up girl, o como un bebé al que acabaran de sacarle el chupo. Se quita las gafas, se arregla el pelo con las dos manos. Muestra unos dientes recios de carnívoro con los que podría arrancarte el bocado. Pero no lo hace; en cambio le sonríe a la cámara.

—Por lo menos no me saque fea —dice sin mirarme—. Me sacan bien fea, los hijuemadres. Coman mucha mierda, todos. Y usted también.

312

Saca un cepillito y se lo pasa por la melena. Cruza una pierna, la descruza, cruza la otra: aunque parezca increíble, está posando.

—Buen corte de pelo —digo ante esa extravaganza que lleva organizada en la cabeza.

—Y qué querían, pues. Yo antes era lisa, mija, como un aguacero. Y con el cabello por la cintura. Bien largo, sí. Mejor dicho, largotote —habla como en cámara lenta y gesticulando con muecas de desagrado—. Pero con este bonche, pues qué. Ya qué carajo.

—Tuviste que cambiarte el peinado.

—Vos qué querías. Fui a que me cortaran un poco y me hicieran la permanente. Ay, no, qué pereza —dice y se para de golpe, como arrepentida de haberse soltado a hablar—. Ya dejemos así. Ya no más fotos, se acabó. Después van y me sacan fea. Vos venís a entrevistarme, o qué. No sé para qué se ponen en ésas, si no hay nada que contar. Lo que había que contar, yo ya lo conté. Lo demás son las mentiras que inventan ustedes. Ay, no, mija —bosteza—. Qué sueño, ¿no? Y qué frío. Si me advierten que era en el patio, saco un suetercito siquiera. No me jodan, esta ciudad sí que es fría. Oíste, vos que tenés influencia, ¿no podés pedir que me pongan calentador en la celda? Hay unas que tienen, yo he visto. O al menos que me tiren ahí otra mantica, con una sola no alcanza. Puta miseria. ¿Esta ciudad? Más fría que el carajo. O qué. Y hay buen ambiente afuera, eso no se le niega, buen ambiente sí lo hay, pero ya para qué. Hasta acá sólo me llega el frío. Una ventana así, chirriquitica, qué querés, si me asomo sólo veo unas ovejas tiesas y el bueno del Cristo ahí parado, más tullido que yo. ¿Ese Cristo? Te lo digo, ése es el único macho acá. De resto, puras hembras en este lugar. Mejor así, o no, los hombres son cagada, hermana. Bueno, si no es más, me voy. No hay más que hablar.

—Espera, Emma. Por lo menos cuéntame por qué te cortaste el pelo. Y después te vas, si quieres.

—Y para dónde querés que me vaya. Como si yo pudiera andar por acá como Pedro por su casa. Tengo que esperar a que vengan por mí, o ¿qué creíste vos, que esto era hotel? O sea que lo mismo da. Es igual.

—De acuerdo, Emma. Dale, sigue entonces con lo del pelo.

—Pará, pará, no tan rápido, mamacita, sin empujar. Si vamos a conversar, por lo menos llamame por mi nombre verdadero.

—¿No te llamas Emma?

—*Emma* me llamaba. Así me puso mi madrina y así me bautizó el cura con agua bendita y con un ropón blanco que todavía conserva mi pobre abuela. Pero el nombre que yo escogí para mí misma no es ése.

—Tuviste que cambiar de nombre.

—Claro, hermana. Después de lo que pasó. Cambiar de nombre, de look, de todo. Año nuevo, vida nueva. Aunque no fue en Año Nuevo, y ni siquiera en Navidad.

—Qué nombre te pusiste.

—Adiviná.

—¿Cecilia? ¿Andrea? ¿Patricia?

—Ni tibia, hermana. Ensayé con varios, elegidos por mi voluntad propia. A veces era Yeni, a veces era Arleny. O los dos, que es como mejor suena, Yeni Arleny. Qué tal. Yen para los amigos. O si no: Arly. Hasta practiqué mi nueva firma, prestame tu lápiz y verés: *Yen,* así de simple, empezando con la ye.

—¿Y ese corazón que pones al final?

—Es que yo soy muy romántica. Es bien raro, fijate y verés —dice Yen, o Arly—. Muy romántica... pero no creo en el amor. Después de todo lo que he vivido, qué voy yo a creer en maricadas. A un perro no lo capan dos veces. Y a mí tampoco. Yo ya no como cuento.

Para cambiar de vida tenía que hacerse otro peinado, oscurecerse el cabello y rizárselo, buscar un corte original que la dejara distinta; fea no, distinta, lista para meterse con gente nueva, o como ella misma dice con jerga farandulera: para moverse en otros ambientes.

—Yo necesitaba otra cosa, ¿me entendés? Otro ambiente. Emma era cosa de mi pasado, de ahí en adelante yo iba a ser Yeni, y a pasarla bien —dice sacudiendo la melena y soltando una risa que suena teatral—. Y me eché mis buenos tiempos, no te lo voy a negar, pocos pero buenos. Después de eso que pasó y antes de venir a parar acá. Tres meses de vida loca, disfrutando a lo bien. Doce semanitas de libertad.

—Eso fue lo primero que hiciste —le digo—. Ir al salón de belleza.

—¿Lo primero? Cuál lo primero. Lo segundo más bien. Lo primero era salir del bonche en que me

315

había metido. Hondo, muy hondo me había metido, como quien dice hasta el corvejón.

A Emma había que dejarla atrás. Nuevos aires, nueva cara, nuevo pelo, nuevo nombre.

—Al principio pensé en Angelina —me dice—, como la Jolie. Pero no, hermana, mucha boleta. Mejor Yeni, o lo otro que te dije, ¿cómo era? Ya se me olvidó.

—¿Arleny?

—Arleny, esa vaina, sí. Y que me dijeran Leny, y largarme a una playa y echarme al sol. Todo el hijueputa día, echada como un lagarto al sol. A rascarme la panza, hermana, y a contemplar las uñas de mis pies. Nada más. Y mirá en cambio la playita que me vino a tocar, este patio miserable donde apenas si te alcanzan unos rayitos todo raquíticos de sol. Y con este frío tan berraco, hermana, esto es andar uno muy cagado.

—Qué salió mal, Yeni.

—¿Qué salió mal? Preguntame qué salió bien. Nada, mija. Todo salió como el culo. Es que un muerto es cosa seria, hermana. Un cuerpo muerto está jodidamente muerto, ¿me entendés? Más quieto y más tieso que un sofá. Y para colmo bien grande, porque él era un hombrón cuajado. Eso se le amerita, no era ningún langaruto, qué va. Era un personaje grandote y bien plantado. Lo cortés no quita lo valiente, ¿cierto? ¿Está bien dicho el refrán ese? Lo cortés no quita lo valiente, ni sé qué querrá decir. Pero suena bien. Pero todo acabó mal. Todo se complicó feo.

—Cuándo se complicó todo.

—Es que es un enredo y el berriondo, no sé si me entendés. Te metés en un enredo. Eso es lo más jodido. No, mija, qué pereza.

Yeni, o Arleny, se desentume, encoge y estira una pierna, después la otra. Para no encalambrarse, según dice. Cada tanto repite que tiene frío, que le da pereza. Y vuelve a su burbuja y al silencio.

—Qué es lo más jodido —insisto, tratando de retomar el hilo.

—¿Lo más jodido? —se queda pensando. Hace muecas—. Lo más jodido es el olor de la sangre. Ponele la firma. ¿Vos sabés a qué huele la sangre? Eso huele fuerte, hermana, cuando viene en tanta cantidad y lo dejás secar. Vos no sabés a qué huele la sangre. Yo sí lo sabía, a mí no me tomó por sorpresa, porque en el pueblo yo trabajaba de ayudante en una carnicería. Mi tío tenía carnicería y me llevó de aprendiz. Él era el dueño y yo apenas la china de la limpieza, pero yo tenía ojos, y bien abiertos, y podía ver cómo le hacía él. Y aprendía, así fuera sólo de ver. Y mi tío me lo advertía: Dale, Emma, limpia todo ya, que quede como tacita de plata, porque si se seca esa mierda, después nadie saca el olor.

—Con qué limpiabas —le pregunto—, ¿con creolina?

—¿Creolina? Qué es esa vaina. Había que restregar con Ajax, hermana, duro, duro, dele que dele, y después trapear bien con lejía. Para que quedara limpio como una patena, así decía mi tío. ¿Vos sabés qué cosa es una patena? Yo no sé. Si algún día vuelvo a ver a mi tío, se lo voy a preguntar.

Me dice Emma que al principio se desconcertó.

—Mataste al tigre y te asustaste con el cuero —le digo y eso la hace reír, esta vez de verdad: ahora le sale de adentro una risa fresca y clara, de niña de escuela.

—Ahí sí dijiste lo que toca, le atinaste, pues, eso mismo fue lo que pasó, maté al tigre y me asusté con el cuero. Sí, muy bien dicho, así fue, tal cual. ¿Maté al tigre? Pues sí. Y después me asusté. Al principio sí. Es que a Isidro se le puso esa cara que daba miedo. Cada vez más morado y más tieso, y yo ahí como una hueva, toda aterrada y toda asustada. Hasta que me dije a mí misma: Truchas, hermana. O te ponés las pilas, o vas muerta. Pero moverme no se me daba. El sueño llama al sueño y el muerto llama a la muerte, y a mí me fue agarrando un como sueñito, una como modorra, o mareo de la cabeza que todavía no se me quita. Y me eché a dormir ahí mismo, a su lado.

—¿A su lado?

—A su lado, sí, al lado de Isidro, así se llamaba el novio que yo tenía. Ahí me acosté, junto a él, porque dónde más. Sólo una cama teníamos, o vos creíste que eso era un hotel. A duras penas la pieza. Una piecita con cocineta y un baño, no más. Pero todo bien bonito, eso sí. Como quien dice agradable; un buen lugar. Y una cama doble, a duras penas doble, nada de queen o de king, doble no más, y el cuerpote de él la ocupaba casi en su totalidad. Ahora sí, tan manso por fin, tan quietecito, quién te ha visto y quién te ve. Eso le decía yo, quién te ha visto y quién te ve, y él ahí callado, porque te digo una cosa: nada, ni un mueble, nada es tan quieto como un muerto.

—Eso es verdad.

—¿Verdad? Todo lo que yo te cuente es la pura verdad. Yo lo miraba y me preguntaba: ¿Dónde tendría este hombre el alma? Fijo el alma ya se le había escapado y andaba por ahí revolando, y a mí me entró como pánico. Me entró la terronera, hermana, porque hay que temerles a las ánimas. Yo ahí, toda sola, y todo bien cerrado, la puerta, la ventana, todo. Yo misma había cerrado bien, con postigos y cerrojo, qué creés, qué querías que hiciera con la vecindad, si no tomaba las debidas precauciones se iban a enterar, con lo fisgones que son, pura gente chismosa, de lo peor.

—Todo cerrado, Emma, y el alma del muerto no tenía por dónde escapar.

—Ése era el dilema, hermana, vos lo has dicho. Esa alma por ahí rodando, bien rencorosa que era, bien biliosa la jodida alma, y buscando la manera de cobrarse la revancha. Por eso te digo que me agarró el sueño, de puro cansancio no más. Cansancio y despiste, o sea, llegado ese punto, yo ya ni sabía qué hacer. Como cuando alguien bosteza, que a vos te da por bostezar también. ¿Sí ves?

—Veo, sí.

—Me refiero a algo que se contagia, como la gripa. Pues la muerte también se contagia, igual. La muerte de alguien se te pega a ti también. Ver a Isidro ahí, tan quieto, me iba paralizando a mí. ¿Y ahora qué? Ésa era mi pregunta, la que yo me hacía entre mí. ¿Y ahora qué? Te entra la duda del paso siguiente. Muerto el tigre, y vos toda asustada con el cuero. Eso es correcto, sí, vos lo dijiste y es así. Y yo con esas ganas de no hacer nada, de echarme más bien a dormir.

—Se te bajó la bilirrubina.

—Ora sí me hiciste reír —dice y se ríe—. Vos tenés la palabra exacta, hermana, se me bajó la bilirrubina, eso fue. Le atinaste en todo el centro a la cuestión. Pero no es gracia, cierto, porque es tu oficio. Hay que tener la palabra exacta para poder escribir. Entonces para qué hablan tanta mierda, sí o qué.

Otra vez pierdo a Emma. Vuelve a su burbuja y a darles mate a las uñas con los dientes. Yo miro el reloj: los minutos corren y aún no tengo *historia.* Tengo que volver al periódico *con historia,* así dicen y es lo que exigen. Me están esperando con el espacio abierto *para la historia.* Pero Emma roe sus dedos y no suelta prenda, nada que justifique el titular aparatoso que quieren poner. De pronto ella parece salir a flote y me mira como si no me hubiera visto antes.

—¿Y qué? —pregunta—. ¿En qué estábamos?

—Decías que la cama era chica y tu novio grande.

—Y es verdad. Un hombrote como Isidro ocupa toda la cama. Yo lo miraba y pensaba entre mí: Madre santísima, cuántos lunares tiene este hombre. ¿Sí ves? En vida nunca se los conté. Los lunares, nunca se los conté. Y ahora que estaba quieto, me daba cuenta de que eran un montón. Lo que se dice un tipo lunarejo. Por mi pueblo dicen: Hombre lunarejo, malo hasta viejo. Y qué bruta yo, sí

320

ves, tenía que haberme avispado antes. Malo hasta viejo, y ahí estaban los lunares para atestiguarlo, pero yo de mensa no los había contado. Y luego él ahí, bien muerto ya, y a mí que me da por observarlo, porque qué más. Y me fijé sobre todo en su boca, y pensé entre mí: No me gusta esa boca, nunca me gustó, ni cuando me recitaba linduras me gustó. No, hermana, su boca nunca me gustó. Una bocota de labio morado, ¿vos conocés gente así?

—Cómo no, gente con boca morada de labios gruesos, desagradables. Sí, conozco uno que otro así.

—Entonces me comprendés. Una boca así da mucha rabia, o qué. A mí siempre me disgustó la boca de ese man. Y yo se lo advertía: Oíste, Isidro, todo menos besos. Hacé lo que tengás que hacer, pero besos no. No es culpa de uno, si una boca así no atrae. Y con mala dentadura, como la suya, pues todavía peor. Y si se echaba sus tragos, que era casi siempre, le olía remal. Y yo pensé: Odio esa boca. Siempre la odié. Entonces traté de cerrársela. La boca, ¿entendés? Que al menos no le quedara así, toda abiertota. ¿Entendés?

—Entiendo, sí.

Emma repite una y otra vez: ¿Entendés?, ¿entendés? En medio de su pereza, de su apatía, de su frío, de su desconfianza ante el interrogatorio, voy notando en ella un gran afán por que la comprendan.

—Ahora que estaba muerto traté de cerrársela, al menos para no verle los dientes ni aguantarme más su olor. Fijate que muchas veces yo había pensado, así no más por pensar: Lo mato, lo mato, lo mato. Yo a este tipo lo mato. ¿Por qué? Porque no me lo soporto, así de fácil. Sólo que no iba en serio mi forma de pensar; a veces se te ocurren cosas así, pero eso no quiere decir que las vayas a hacer. Lavate la boca, carajo, le decía yo, para qué tenés el Colgate en el baño, hacete unas gárgaras con Listerine y después sí. Pero él ni caso me hacía, me echaba el aliento a la cara, y en ese momento yo lo odiaba más. De todas formas te lo digo bien claro, yo me planifiqué: ahora que está en serio muerto, le cierro la boca y me echo a dormir. Con eso descanso un rato y ya después, más fresca, termino esta labor. ¿Tenía sentido, o no?

—Tenía sentido, sí.

—¿De veras lo creés?

—Sí, Emma, lo creo. Entiendo que te diera sueño. Había sido una descarga fuerte y enseguida la energía bajó. Es natural.

—¿Natural? No sé. En todo caso esa sangre ya se iba secando, como pegados los charcos al piso, y eso ya se iba quedando así. Ya luego le miré las manos, para verificar si se le habían deshinchado. Quería fijarme en la argolla, la que habíamos intercambiado cuando yo todavía pensaba que eso era una historia de amor. Ya te digo, es que yo soy muy romántica, ésa fue mi perdición. ¿Entendés? Le vi la argolla a Isidro y ahí como que me arrepentí, me entró una como ternura y hasta le pedí perdón. Luego pensé entre mí: Qué pecado dejar esa argollita ahí. Y traté de quitársela, era de oro de dieciocho, cuánto creés vos que podría costar. ¿A ver? Cuánto creés...

—Difícil saber... Te pagan por el peso del oro.

—Pero era una joya bonita, bien trabajadita, con un labrado y todo.

—Aun así, te pagan sólo por el peso, creo.

—A lo mejor, pero algo es algo, o no. Borrándole por detrás mi nombre con lima de uñas, la podía vender. Yo tenía un problemita que era la falta de efectivo, mija, sí ves. Dinerito, mija, cash.

—Falta de dinero siempre es un problema, sí.

—Pero la argolla estaba ahí, atorada en el dedote de él. Y me dio por recordar la noche del intercambio de argollas, en ese hotel tan bonito de tierra caliente, la noche tan tibia ahí a la orilla del río, y el restaurante iluminado con antorchas con su florerito en cada mesa, como quien dice adorno central, bien chévere, eso sí, las copas, los cubiertos, todo bien bonito, elegante, y él de camisa blanca y yo de vestido largo y sandalia de charol. Y me vino una como nostalgia y medio me arrepentí: ésa fue la consecuencia de ponerme a recordar. ¿Acaso no te pasa a vos?

—Sí, a mí también. No siempre conviene, no.

—No siempre conviene qué.

—Pues ponerse a recordar, ¿no era eso lo que querías decir?

—Ah, sí. No conviene recordar. Pero esa noche fue algo bien especial. Eso sí. Él pidió champaña, y brindamos. Por nosotros dos, dijo así, y ya luego, cuando lo malo pasó, a mí me parecía estar viendo cómo se llevó esa noche la copa a los labios, esos labios morados que después tanto odié. Isidro les pidió a los músicos: A ver, gente, échense *La copa rota,* de Alci Acosta. Así les dijo y nos soltamos a reír, porque esa canción es muy plebe, tiene una letra bien charra, o qué. Y él, que ya andaba prendido, decía: Es francés, es francés. Qué cosa es francés. Pues el champán, muñeca, el champán. Y yo, ya mosqueada con esa forma de hablar, que no se dice champán, no seás provinciano, Isidro, se dice champaña. Champaña, con A. ¿No ves que es en femenino? Sustantivo femenino, singular. *La champaña es francesa,* a ver, repetí. Pero él dele y dele, todo testarudo, es francés el champán. Todos esos recuerdos se me vinieron en tropel y me entró una tristeza profunda, de esas que paralizan el corazón. La melancolía más negra, sólo de recordar. Eran los buenos tiempos, sí ves.

El cuarto que compartían era un vividero aceptable, con TV a color y equipo de sonido para CD's. Emma, o Yeni, o Arleny me dice que lo mantenía arreglado, bien limpio y en orden, total le quedaba todo el día para no hacer nada más. Sólo dormir a ratos, hasta bien tarde si le daba la gana, y ver las telenovelas y arreglarse las uñas de las manos y de los pies.

—Yo iba de bacana —me dice—, por fin sin tener que trabajar. Y dejaba la pieza como una patena, y el baño que relumbraba. Eso siempre me dio furia, nada que me emberriondara tanto, que él orinara parado y regara orines alrededor de la taza. Qué piedra, hermana, por qué serán todos así, al menos si le atinaran, pero no. Por qué tendrán que pararse con la manguerita esa y regar sus meados por alrededor. Y uno ahí, limpiando eso, no jodás. Si hasta ganas te dan de rebanarles la manguerita, o qué. Y dele a limpiar, hasta dejar todo como una patena. Pero después de esa noche, ya qué patena ni qué patena, más bien un mierdero. Eso quedó de sangre hasta en las paredes. Y el olor, que no se olvida, ya me lo había advertido mi tío el carnicero, limpiá rápido, mija, limpiá fuerte y rápido, que si se llega a secar ya nadie saca el olor. ¿Vos te imaginás?

—Un drama, todo aquello.

—Un drama, bien dicho, sí. Lo primero que corté fue ese dedo, el de la argolla, creo que sólo por eso, por recuperar la argollita esa, y ya pensando en borrarle mi nombre para salir a venderla. Con alicate se lo corté. Y me di maña con lo demás, maneras no me faltaban, ya te dije que mi tío era carnicero y yo le había visto hacer a él. Y ahí empecé a hacerle yo también, cada vez con más gana, y hasta placer daba a ratos, verlo ahí, tan indefenso el man, tan mosquita muerta, sobre todo él. A ver, hijueputa, le decía yo, ahora sí, echame el aliento a la cara, pues. Dale, si podés. Empecé por el dedo de la argolla, y ya luego no supe parar.

Yeny Arleny sacude la melena hacia atrás y me va contando, ahora a borbotones. Habla y habla, como si se confesara, como si lo suyo fuera una confesión que necesitara salir, un exorcismo, una urgencia de cómplice, de alguien que escuche y que entienda por qué. Y yo, que me había preparado hurgando en Google, leyendo aquí y allá, rebuscando en la memoria, los trocitos de santo que Felipe

Segundo atesoraba en relicarios, y los castigos de alta traición en el Medioevo, con exposición de los miembros tasajeados en partes visibles de la ciudad. Para los regicidas, una sentencia especial: hanged, drawn and quartered. Quartered, descuartizado. Las partes arrastradas por las calles, para escarmiento general. La cabeza conservada en brea y exhibida en lo alto de la Torre de Londres. El culpable eviscerado y emasculado, las partes enviadas a otras ciudades. Delito de petty treason: la mujer que asesina al marido será quemada. Y la que le corta la *manguerita,* ¿ésa qué? También había leído yo de recientes investigaciones sobre Jack the Ripper, que removía las partes sexuales de sus víctimas con precisión quirúrgica, y de quien ahora se sospecha que quizá no fuera un hombre, sino una mujer. Había tomado notas sobre la locura mística de las Ménades, que cantan en tono alto para acallar la voz de Orfeo mientras lo destrozan. El pobre Isidro tarareando *La copa rota* de Alci Acosta, y yo me pregunto si Yeni Arleny, antigua Emma, tendría ya desde entonces en mente lo que iba a hacerle después. El frenesí extático de las Ménades al despresar a Orfeo, ¿será eso lo que experimenta una mujer que corta en pedazos a un hombre al que odia? O prima más bien la fría serenidad del desquite. La emasculación como venganza póstuma contra el sexo a las malas y el mal aliento. Había subrayado también lo que dice Roger Bartra sobre las Ménades, mujeres locas con las que es imposible razonar, y que forman un cortejo de salvaje frenesí. Las locas deambulando por la montaña, por los bosques como bestias, blandiendo las partes de sus hombres como trofeo, en alto la cabeza, clavada en una pica y despeinada. Y el poeta Nono de Panópolis, que relata: Animadas de religioso entusiasmo se entregan entre sí a furiosas danzas y sangrientos juegos. Y Lavín Cerda, que cuenta cómo Nietzsche, ya loco perdido en el manicomio de Jena, cree ver desfilar cada noche una turbamulta de mujeres gritonas, pletóricas de libertad. Y unos renglones del psiquiatra Giuseppe Amara: La libertad y la irresponsable ligereza de la inconsciencia, la soltura y la gaya profanación de lo dionisíaco... Las locas de Nietzsche se han atrevido a romper las leyes que las constriñen, aun a riesgo de ir a parar a un manicomio. ¿O a una cárcel, como esta Emma que tengo delante en un patio del Buen Pastor? Y desde luego, Foucault: cortar los nervios y romper a hachazos las coyunturas, separar los muslos del torso; matar al culpable, y después matar cada una de sus partes. Para no hablar de Judith, Salomé, Medea y otras grandes rebanadoras de la Historia, de ésas ya se sabe.

Me dice Emma: Había espanto en su cuerpo. Anoto textualmente su frase: *Había espanto en su cuerpo.*

—Me parecía que su cuerpo me hacía gestos, me decía cosas. Yo sudaba mientras lo cortaba, no era tan fácil, no creás, ni siquiera con las enseñanzas de carnicería. Y yo, con todo ese cansancio encima. Yo le pedía a él, le rogaba al propio Isidro: Ayudame, viejo, no seás malito, así sea lo último que hagás por mí, ayudame te lo pido, haceme ese último favor, no me des tanta brega, facilitame un poquito las cosas. Pero no. Él estando muerto era hasta peor compañía que vivo, y eso ya es mucho decir.

A las diez de la mañana suena un timbre y se escuchan voces y rumor de pasos. Hay movimiento por los corredores. Enseguida Emma se retrae, se contrae, vuelve a sentarse, huraña, y otra vez se entrega a la tarea de comerse las uñas como si tuviera mucha hambre.

—Mirá, no insistás —me dice de pronto, volviendo al tono del inicio—. No voy a decir ni una palabra más.

Se encaja las gafas negras y se agacha, se pliega sobre sí misma como evitando que la vean. Para que no la señalen. Adentro también usa las gafas, según me ha dicho: en los lugares donde están las demás, así sea en el comedor. La reconocen por las fotos que han salido. Se la tragan con los ojos, cuchichean entre ellas cuando le pasan al lado, sueltan risitas, algunas hasta se atreven a preguntarle cómo fue.

Ella hace como el avestruz. Se esconde tras sus gafas con la cabeza en blanco, tarareando la canción de Amanda Miguel, esa tan bonita sobre los engaños del amor. Amanda Miguel con su voz ronqueta de fumadora empedernida, pero a veces también tan alta, voz de quebrar vidrios, o gritos de nena emberrinchada. A Emma le suena completica su canción en el oído, como si todavía tuviera el equipo y pudiera poner el CD. *Él me mintió, él me dijo que me amaba y no era verdad,* aúlla la Amanda Miguel, y Emma dice que la admira, que envidia esa manera suya de sacudir la melena larga, la melenota brava, cuando llega la parte de *él me mintió.* Emma opina que la Miguel escupe las palabras con rabia. Que canta bonito, pero con rabia. Y que azota hacia los lados esa melena larga y enrulada; seguro también ella se hace la permanente. Yo soy muy romántica, les decía Emma a los periodistas que vinieron a entrevistarla en los primeros días de presidio. Los reporteros que venían a preguntarle cómo fue que cortó, con qué golpeó, cómo desmembró. Y ella insistiendo: Yo soy muy romántica, lo que me hace falta es un radiecito para escuchar las canciones de Radio Cordillera, me las sé de memoria. Ustedes los periodistas, ustedes que tienen vara alta y manejan influencia, ¿alguno podría gestionarme un radiecito para escuchar mis canciones? Si tuviera un iPhone y unos audífonos... ¿Será mucho pedirle eso a mi Dios?

Un iPhone y unos audífonos para arrinconarse en una esquina del patio y desaparecer.

—Que me dejen sola, ¿sí? —de nuevo hay silencio en la cárcel y Emma se desenrosca y vuelve a hablarme—. ¿Acaso es mucho pedir? Ya me aburrí de ser el payasito del cumpleaños. De mí que no esperen más monerías. Si están aburridas, que se hagan la paja. A mí que no me jodan, yo no soy bufón de nadie. Y no tengo nada más que contar. Que me dejen sola y ya está, yo no pido más.

Alguien le había traído un recorte de periódico, que ella leyó. Luego lo guardó en el bolsillo y se enroscó. Se hizo zurullo, se tapó la cara con el pelo, se acostó en el catre, se apertrechó en la manta y no quiso levantarse ese día. *Sin inmutarse, con pasmosa sangre fría, Emma Vélez Mojica, una agraciada joven de 19 años, armada de un afilado cuchillo, descuartizó a su amante, empacó en bolsas plásticas los pedazos y diseminó los restos por diversos lugares de la ciudad.*

Con pasmosa sangre fría, dice la prensa, y en las fotos la sacan seria y fea, a ella, a quien tanto le gusta que la vean bien linda y arreglada. Le dicen monstruo, le dicen asesina, a ella que es tan romántica y quiere verse bien, dar que hablar, deslumbrar en las discotecas por su manera tan espectacular de bailar. Lucirse, sí, pero por coqueta y entradora. No así, hermana, esto no es justo, no se vale así.

—Al principio empezás como con asco —me dice Emma—, como con remordimiento. Como con temor de Dios. Ya después vas entrando en calor. Le vas encontrando el gusto, o mejor dicho el ritmo. ¿Yo? Al fin de cuentas yo era Emma, la sobrina del carnicero. Y yo recordaba cómo le hacía él, el tío mío con su hachuela, con su sierra cortadora y sus tijeras, enganchando cada trozo de carne en un garfio y colgándolo del techo. A mí me faltaba la herramienta apropiada, claro está, pero cuchillos de cocina sí tenía. Y bien afilados que estaban. Y también contaba con serrucho y martillo, de la caja de herramientas del propio difunto. De todo tenía entre esa caja, porque él era albañil. O más bien *cons-*

tructor, como le gustaba decir. Tanto que cuidabas tus herramientas, mi pobre Isidro, quién te iba a decir para lo que iban a servir. ¿La película esa de las sombras de Gris? Ya la vi, qué creés. Sombras de gris, las pelotas. ¿A mí con jueguitos de ésos? Vos me azotás las nalgas, y yo te parto la jeta. Porque ya aprendí. Gris, las pelotas. Bien negro es como la vas a ver, si me volvés a tocar. Pegarle a una mujer no es juego ni es seducción, es una bellaquería y una maldad. A mí que no me vengan con peliculitas de ésas, porque yo sí le cuento cómo es la historia de verdad. Y no tendría yo las herramientas de mi tío, pero su ciencia sí. Despresar una res, eso lo sé hacer. Yo, la sobrina del carnicero. Lo que se hereda no se hurta. No, señor. Yo soy Emma, y aquí estoy.

—Ya no quieres que te llame Yeni, ni Arleny...

—Llamame como vos querás, siempre y cuando no olvidés quién soy. ¿Pobre Isidro, pobre, pobre, cómo es posible que yo le haya hecho lo que le hice? Pobre, las pelotas. ¿Así es como me pierdes? Así es como te gano, infeliz, así es como te gano la batalla y te vuelvo trizas. Así, así, tras, tras, tras, y ojalá con cortaúñas para que duela más. ¿Querés ver cómo? Así: tras, tras, tras. De a poquitos, presa por presa, a ver si nos entendemos. Te llegué arregladita, bien hacendosita, dulce de carácter, dócil en la cama. Y todo para nada. Quién te manda, bicho infecto, quién te manda haber soltado a la fiera. *The Beast in Me,* esa canción en inglés, ésa me gusta también. Tan inculta no soy, no creás, tomé mis cursos de inglés en el British, y hasta obtuve buenas calificaciones; conviene saber idiomas para atender a clientes internacionales. Yo sé lo que quiere decir the beast in me. No quieras torearme, porque le abro la puerta y la dejo salir.

—Me decías que es difícil —vuelvo al tema, así, sin concretar, a ver por dónde me sale ella.

—Tan difícil no es, aunque tan fácil tampoco. Lo primerísimo es el degüello, y dejar que se desangre en el balde. Y luego ahí le vas llegando, poco a poco: paleta, vacío, bife ancho y mediano, roast beef. Lo primero que sacas es el matambre. Marcas con el cuchillo y vas abriendo hasta encontrarlo. Vas separando la palomilla. Vas cortando con serrucho, entrándole al hueso por la coyuntura, que es por donde rompe mejor. Los buenos cortes parrilleros los colocas a un lado. Y tenés lista el agua caliente, para limpiar. Cubetas para los desechos, todo a lo maniático, poquito a poco para que el desastre no sea total. Método y orden, así recomendaba mi tío. Método y orden, y yo me grabé la lección. Bueno, más o menos, siempre dejándole campo a la improvisación. Te mueves con cortes secos, finos, mano firme y nada de brusquedad, todo con estilo y calma total. Así separas el costillar. Los huesos los vas dejando limpios, que al final de la faena te queden blancos. Lo importante es no vararse; una vez que empiezas, ya te fuiste hasta el final. Y ya está. No es más. Bueno, sí, falta lo peor. ¿La cabeza y la cara? Eso sí es trágico. En la cara del difunto está su alma, no te quepa duda, y su alma te está mirando. La cara del muerto te va a mirar, por más que lo hayas matado bien muerto. Contá con eso y no te hagás ilusiones. El muerto te va a mirar, no importa adónde vayas, te va a mirar. De ésa no te escapás. Y qué iba a hacer yo con esa cabeza, la que seguía fija en mí, como preguntando por qué. Si yo te quería, vamos a ver, por qué, por qué. Decime a ver, qué hacía yo con ese ensarte. Pesaba como una piedra, la cabezota de él. Una piedra de las grandes y redondas. Al final la envolví en una toalla, pero más que nada para que dejara de mirar. Bien muerta que estaba ya, suelta del cuerpo, y aun así seguía fisgona, incriminadora, como echándome mal de ojo con su bendita espiadera y su desconfianza. Creo que así mismo me miraba en vida, con esa mezcla sucia de deseo y de espanto. Hasta ternura me dio, te lo juro, verlo ahora tan indefenso y todavía tan celoso y tan mirón. Así es la cosa, mija. La mirada del muerto: ésa es la prueba mayor. Ahí es cuando las piernas se te vuelven gelatina, y tu mano arranca a temblar. Lo demás es lidiar con el fiambre: no tiene mayor misterio.

A Emma le gustaba exhibirse en las discotecas, en los rumbeaderos. Tarde o temprano aparecía el pinta que le echaba el ojo y la sacaba a bailar. Algunos se quedaban mirándola, y ella escogía al mejor. El que llevara camisa fina y pantalón de marca. El de la sonrisa completa, el que mostrara arma en el sobaco y entre el bolsillo buena plata. Ella tomaba nota, se hacía la que no, pero sí: hacía cálculos, sumas y restas, le metía ritmo a la salsa. Mucho Richie Ray con su Jala Jala. Mucha Celia con su Azúcar. Emma, o Yeni, o Leny, con tacones ocho y medio, o sea mejorada su estatura en quince centímetros o más, no tan enana, digamos: la estatura siempre impone. Taconazos con media negra y minifalda: ésa es la fórmula ganadora. No tiene pierde ese look, y menos si sabes bailar. Ya luego tuvo que cortarse el pelo, mandárselo encrespar: por eso que sucedió. Aun así. El copete tipo Alf le sentaba bien. Y para allá fue derecho, a la pista donde truena la salsa de Fruko y sus Tesos, sus favoritos. Fruko, el salsero preso por traficar o por estafar. O por injusticia, opina Emma. Seguro lo enrejaron por pura injusticia, como a mí. Fruko que cantaba *olvidado para siempre en esta horrible celda, donde no llega la luz ni la voz de nadie.* Y Yeni Arleny dando vuelta para acá, dando vuelta para allá. En esos días alegres de jarana y discoteca, ya libre de Isidro y de su sangre negra, ¿sospechaba ella que la letra de Fruko se le volvería realidad? Lo sabía, seguramente. Y ahora recuerda los buenos ratos, los focos azules y rojos reflejados en sus ojos bien maquillados. Con pestaña postiza y tal. Sus dientes blanquísimos cuando prendían la luz negra. Que no es negra, es violeta, ¿sí te has fijado?, me pregunta. Tienes razón, le digo, no es negra sino violeta. ¿Cierto que los dientes resplandecen de blancos? Cierto, muy cierto, le respondo, y ella queda pensativa. Cada vez que se detiene para pensar, la emprende otra vez con los colmillos contra los dedos.

Antes de Isidro hubo años buenos, recuerda, tiempos dorados: el justo desquite de los primeros catorce, tan aburrida en el pueblo. De día a trabajar en la carnicería del tío y de noche a no hacer nada, porque ni televisor tenían. ¿Niñez? Responde a mi pregunta con una contrapregunta: ¿De mi niñez querés saber? La niñez no existe, mija, eso es para niños ricos. A mí la niñez me la quitó de un solo envión mi tío, el carnicero. En un rincón y en diez minutos, ahí perdí yo mi niñez. Después me regaló caramelos, para que no contara, y me ofreció el trabajo, dizque para compensar.

Su tío fue el primero, y después vinieron muchos más. Y en medio del jaleo llegó el embarazo. Lo que tenía que llegar.

Ahora sí, Emma Yeni se suelta a llorar. Un poquito, apenas; unos cuantos lagrimones. Yo no lloro nunca, hermana, dice, limpiándose los ojos con el dorso de la mano. Eso no es para mí. Antes no lloraba nunca, y ahora tampoco lloro. Sólo de vez en cuando, cuando me acuerdo de mi bebé. Ah, no, hermana. Yo no lloro. Para qué.

Le pregunto cómo se llama su bebé, y me dice que Giovanni. Un nombre italiano, precisa. Dice que el niño debe tener cinco años, allá en el pueblo con su abuela, que lo cuida bien. Fotos de él le mandaban al principio, ya no. Su cara no la recuerda, dice, pero le sabe la apariencia, más o menos el empaque; ella misma le puso Giovanni cuando le vio lo blanquito, peliclaro y ojizarco. Ella misma lo llevó a bautizar antes de venirse a la ciudad. Giovanni, un nombre elegante, y sobre todo distinto, me dice, no como Emma, que es tan común; nombre de vieja. Y de presa, añade, y se ríe.

De Isidro, el difunto, sí se acuerda a toda hora, aunque no quiera. Sobre todo se le ha quedado su voz, que se le cuela por los oídos aunque ella ande tarareando las canciones de Radio Cordillera.

—Le dio por llegar borracho, hermana, cómo la ves. Caído de la perra, a veces, y con ganas de irse a las manos. Hasta la noche en que yo le dije: ¿Vos querés guerra, no? Pues guerra tendrés. Ahora sí. Vos me tocás, y ahí fue. Ahora es cuando nos matamos vos y yo. Dicen que el que avisa no es traidor. Y yo avisé.

Isidro Sánchez, novio de Emma, albañil y futbolista aficionado. Robusto y alto. Trabajador cualificado, enchapador, que sacó a Emma de la movida discotequera y la llevó a compartir vida y habitación. Parejita de tórtolos en un vecindario sano, y lo que ella iba pidiendo él se lo iba regalando. ¿Que nevera? Nevera. ¿Que radiola? Radiola. ¿Que tapete, y colcha nueva, cortinas y visillos, sábanas de algodón? Sí, mi reina, lo que quieras, tapete, colcha, sábanas de seda si eso te gusta. Y TV a color, para sus telenovelas. Un hombre soñado, mija, me dice Emma. Un príncipe azul. Un novio decente, cumplidor, trabajador y complaciente, quién puede pedir más.

—Lo querías —le digo.

—Pues cómo te dijera, al principio sí. Pero el tigre no es como lo pintan... Al menos ese tigre no. Me lo prometieron sin rayas, y me salió rayado.

Primero un príncipe, los meses iniciales. Cuando Emma se enfermó de una pierna por várices prematuras y no podían salir a bailar, él la llevaba a ver fútbol con sus amigotes y a tomar cerveza. Los dos hinchas del Santa Fe: compatibilidad total. Santafesito lindo para acá y para allá. Isidro muy detallista, me cuenta Emma, muy romántico, también él. Le gustaba llegar y ver el cuarto arreglado, la comida lista, la cerveza fría, para quedarse dormido viendo la tele, cansado del trabajo. Una buena vida, ¿me entendés? Aburridona pero buena, dice Emma, sobre todo porque ella ya no tenía que salir a trabajar. Se había acabado el rebusque, y a descansar. Pero eso no duró. Ya despúes el tigre empezó a tomar, a llegarle tarde, a querer besarla con su bocota morada y apestosa a alcohol. Besos no, le decía ella, ya sabés las reglas, lo que querás, pero besos no. Por qué rechazas mis besos, le gritaba él. A quién más estás viendo, zorra, yo sé que alguien estuvo aquí, a mí no me engañas, puedo oler su olor. Nadie, mijo, le explicaba ella, tranquilo, muñeco, que yo sólo lo quiero a sumercé.

Chiste repetido no tiene gracia, me dice Emma. Siempre los mismos gritos, los celos, las rabias, hasta que el tigre empezó a golpearla, y se le convirtió en maña. ¡Zorra!, le gritaba, y le daba. ¡Zorra!, y le zumbaba una cachetada. ¡Zorra!, y la alcanzaba de una patada. ¡Zorra! Malparida zorra, perra, puta, zorra, me cuenta Emma que el príncipe le mentaba todos los animales. Y le pegaba.

Una noche llegó Isidro y encontró un regalito que alguien le había hecho a ella. Para colmo era un perfume, según me cuenta.

—Un perfumito ordinario, no te creás que era ningún Christian Dior. Nada del otro mundo, vos también sos joven —me dice—, vos sabés cómo es la cosa, te aparece un admirador que tiene el detalle con vos. Eso no quiere decir. Pero el perfumito estaba ahí: descuido mío. He debido esconderlo, sabiendo cómo venía la mano. Y lo dejé sobre la repisa. Y ahí se armó el Juicio Final. La tunda fue mayúscula, me dejó los ojos machacados, y al otro día se me presentó con cerrojo y candado, para encerrarme, según anunció, porque yo abusaba de su confianza y no me merecía la libertad. Vos de aquí no salís mientras yo esté trabajando, so zorra y so perra, porque vos salís a putear. Y me echó a la basura mi ropa bonita, mis minifaldas, mis taconazos, ni qué hablar del perfumito que me habían regalado. Ah, no, mija, qué aburrimiento, yo durmiendo todo el día y esperando que a la noche me llegara mi borracho. Sola como una ostra, viendo una telenovela tras otra y con moretones y contusiones por todo lado. Qué vida es ésa, no señor. Yo ya ni limpiaba la pieza, ni le organizaba al tigre sus comiditas. Que se fuera a la mierda, yo nada de nada. Sólo por hacerlo rabiar. El maquillaje tuve que esconderlo, o también me lo hubiera arrebatado. Y yo, métale a añorar. A añorar mejores tiempos, a echar de menos las amistades, la gentecita linda, y a buscar la manera de escapar por la ventana. Ah, no, mija, yo encerrada no me iba a quedar.

El hombre volvía tomado, iracundo, cachondo, a arrancarle la ropa a las malas y a llevarla a la cama a empujones. No, hermanita, me jura ella, el tigre no me resultó como lo pintaban.

Una tarde él regresó más temprano y la encontró peinada y maquillada, encaramada en un butaco y dispuesta a salirse por la ventana. Ahora sí, nos matamos, le dijo él. Emma me cuenta que ella no le creyó. Tanto no. Pensó que sería la misma escena de siempre, los golpes, las cachetadas, los insultos, y después a hacer el amor. Hasta ahí no más. Pero él sacó cuchillo y le tiró dos lances. ¿Me vas a dañar la cara? Decime a ver. ¿Me vas a joder la cara?, dice Emma que le gritó. ¿Y vos creés que me voy a dejar? Aquí nos matamos, le gritaba el otro. Pues sí, hijueputa, aquí nos matamos, y qué. Dice Emma que ella le echó ojo a la varilla de hierro que mantenían tras la puerta, y la agarró. Él grandote y ella chiquita, él fuertote y ella no tanto, él macho y ella hembra, pero él borracho y ella en cambio lúcida y resuelta. Aquí es cuando nos matamos, le advirtió ella esgrimiendo el hierro como una valkiria, como una Ménade que por fin se suelta el pelo, decidida a lo que sea. Escuchame bien, Isidro, porque esto va a ser lo último que te diga: aquí nos matamos vos y yo.

Le descerrajó la varilla en toda la cabeza. Eso sonó feo, mija, me dice. Eso sonó mal, un ruido que anuncia a las claras que el hueso tronó.

Parada sola en la cárcel de mujeres, Emma pasa los días sin hablar con nadie salvo con la trabajadora del pelo rojo, que la consuela diciéndole que hay muchas como ella, también condenadas por matar al marido en defensa propia. Si no lo mato, me mataba, es la historia de las que vienen a parar aquí. El cuento repetido que ya no conmueve, y que no pesa ante la ley.

Sólo que el caso de ella es peor, sin posible atenuante, porque ella cortó en pedazos *con pasmosa san-*

gre fría. Ella repartió los restos por toda la ciudad. Ella actuó con premeditación y alevosía. A Emma le fue mal, le salió todo mal, como a los perros en misa. Primero esa noche de pesadilla, después la limpiadera y el agotamiento por tanto trabajo sucio. Días más adelante encontraron en una zanja la cabeza de Isidro y la identificaron.

Y Emma entre tanto pasándola bien. En las discotecas, con tipos amables que le hacían regalos, la agasajaban, le elogiaban el cuerpazo, el peinado, las piernas bonitas encaramadas en tacones como zancos. La policía había empezado a seguirle la pista a partir del televisor: ella lo había vendido para no largarse sin un centavo. Luego encontraron el aparato de sonido, empeñado en un montepío. Y de ahí, paso a paso y sin obstáculos, le fueron rastreando la pista por cuanta discoteca, esquina, motel por horas, puticlub, bar. La encontraron en su ley: cuando la apresaron, Emma estaba bailando. Otro agravante más.

Emma, la despedazadora, la trituradora de hombres, la artista del fragmento. La Sobrina del Carnicero, y Carnicera ella misma cuando le llegó la ocasión. Emma, la necrófila o necrófoba, la oveja negra, la peor de las Ménades, la ogra más ogra. Emma, como Eva: la culpable de todo, la imperdonable. En la oficina de la trabajadora social del pelo rojísimo había tenido yo hacía un rato un encontronazo agorero con *El jardín* del Bosco. Desde la esquina inferior derecha del cuadro, un personajillo me había mirado directamente a los ojos para increparme, exigiendo que mi atención se centrara en la mujer quieta y desnuda que él señalaba con índice acusador. Ella es Eva, me había advertido el personajillo, y Eva es la culpable. ¿La culpable de qué? La culpable de todo.

—Al fin de cuentas, ya para qué —me dice Emma con una mueca de desprecio dirigida a la existencia en general—. Yo lo único que quiero ahora es un calentador. Un calentador y un radiecito de pilas, no es más. Y que me dejen sola. Nada más. Total a quién le importa, y mi vida yo ya la viví.

El sol ha empezado a caer sobre el patio. Emma se estira al calor de sus rayos, autosuficiente y complacida como una gata, y por un momento la veo guardar las uñas, como si gozara de una gota de paz.

Siento que ahora sí. Ahora podría soltar la pregunta que no me hubiera atrevido a hacer antes. Ahora o nunca. En este preciso instante se me presenta la única e irrepetible oportunidad de echar alguna luz sobre el misterio que me ha traído hasta acá, a las entrañas de esta cárcel de mujeres, a conocer a Emma, este extraño ser que ahora se estira al sol, todopoderosa y atroz, bella y horrenda como un monstruo mitológico. Me ha traído hasta acá el deseo de saber por qué cortó en pedazos. ¿Qué pulsión satánica o celestial —nigredo o albedo— la llevó a hacer aquello, armándose de un cuchillo tocinero, de paciencia macabra, de fuerza brutal y de *pasmosa sangre fría,* como dice la prensa amarilla? O habría sido más bien lo contrario, pasmosa sangre hirviente, sangre apasionada y eróticamente motivada que explotó en ella como una suerte de orgasmo destructor, mutilador? ¿Habría sido un arrebato de furor sacrificial? ¿O una insaciable sed de venganza? ¿O más bien el veneno de una rabia largamente contenida y de repente liberada a borbotones?

—Pero dime una cosa, Emma. ¿Por qué hiciste eso..., digo, eso de cortarlo en pedazos?, ¿por qué?

—Eh, ave María, cómo le meten de misterio a eso, ¿no? —me responde con un gesto de impaciencia.

—Bueno, es que es raro...

—Raro, te parece. Raro. Hagamos una cosa, hermana. Ahora respondeme vos a mí.

—Dale, dispara.

—¿Vos sos rica?

—¿Cómo? —su pregunta me toma por sorpresa.

—Eso, que si sos rica.

—Pues, ni rica ni pobre.

—Pero carro propio sí tenés, no me lo vas a negar.

—Sí, carro sí tengo.

—Por eso no entendés nada.

—¿Cómo?

—Supongamos el caso de que es a vos a la que te cae la malparida hora y tenés que matar a tu man.

—Supongamos.

—Lo metés en el baúl de tu carro, lo tirás bien lejos y santo remedio, ya te olvidás del asunto y chao.

—Tal vez.

—Bueno, mija, a mí me tocaba en bus. ¿Entendés? ¿Qué hacés si te toca trastear al difunto en bus? Pues te deshacés de él por pedazos, uno en cada viaje, ¿sí o qué?

Peccata mundi (2)

Érase un Rey que tenía una cierta pintura que valoraba por encima de todas las demás. Cada día la observaba durante largo rato: en ella veía delineados los confines de su Imperio y cifrados los secretos de su alma. El Rey era Felipe Segundo; la pintura, *El jardín de las delicias.*

Muere el Rey. Algún tiempo después, descuelgan el cuadro de los aposentos reales para llevarlo a un museo. A partir de ahí, Felipe pierde el derrotero y empieza a vagar como alma en pena por la pavorosa belleza de su Palacio.

Lo que alguna vez fuera para él realidad queda reducido a sus representaciones. Ya no extensos territorios, sino mapas en las repisas de una biblioteca. Ya no el tiempo de su gloria, sino una vasta colección de relojes. A sus pies ya no hay pueblos enteros, millones de súbditos y una corte de carne y hueso, sino partículas de carne y de hueso apretadas en relicarios polvorientos. De su propio padre, todopoderoso Quinto entre los Carlos, sólo le queda un atado de cartas lacónicas. Un recuerdo vagamente dulce de sus cuatro esposas y sus muchas amantes. Y de su hijo Carlos, el Contrahecho, un remordimiento ácido.

Felipe no sale de Palacio: se ahoga en resonancias. Los aullidos de un perro realengo. El tictac de los muchos relojes. Los pasos del muchacho en la torre. Los rezos de los monjes. Desde la ventana, observa los restos de su Imperio. Para gobernarlo se hunde en minutas, tratados, informes; se le van las horas meditando, consultando, dudando, aplazando decisiones que finalmente no toma.

Si Irina pudiera llevarlo al museo donde ahora mantienen colgado su cuadro, quizá el Rey recuperaría el norte. Tener otra vez delante su pintura dilecta podría devolverle algo de lucidez, o al menos un atisbo de comprensión, un mínimo indicio en medio de sus océanos de desconcierto.

Vamos, Señor, le dice Irina ofreciéndole el brazo, y en la Sala 56 A del gran museo encuentran el cuadro. Pero sus dos postigos laterales se pliegan sobre el panel central. El tríptico está cerrado, como las páginas de un libro prohibido, y en su cara externa está pintada una sola cosa: la bolita del mundo en una inmensidad vacía. Lo que en el cuadro abierto es explosión de un magno drama cósmico, en el tríptico cerrado queda comprimido en la redondez hermética de la esfera. Lo que pudo haber develado ha quedado apresado en su interior. *El jardín de las delicias* guarda silencio: oculta sus secretos. No hay llave ni clave, sólo la Tierra suspendida en su propia incógnita, *mota de polvo en un rayo de sol.*

Irina escribe en su cuaderno: Claro que el cuadro abierto tampoco le hubiera aclarado nada, ni a Felipe ni a nadie, porque su poder no reside en aclarar. Rico no en verdades, sino en ambigüedades, el *Jardín* es el espectáculo espléndido de su propio misterio. Sus signos siguen vivos, ahora como siempre, pero hablan de lo que no se pudo ni se puede interpretar. A lo mejor Felipe supo entender esto, y por eso se encerró en sí mismo y renunció a actuar.

Irina sueña que lleva en brazos al Rey, que no pesa casi nada. Posiblemente esté muerto, o vaya muriendo sobre la marcha. Ella lo carga sin dificultad, y avanza rápido. Hacia dónde, no lo sabe.